KB037047

그래서,
산티아고

박응렬 지음

**여 행 을
생각하다**
우리는 왜 여행을 떠날까? 멋진 산과 바다, 아름다운 건물, 낯선 사람과의 만남 속에서 나를 찾는 것이 여행이다. 누군가와 같이 여행을 떠나는 것은 그 사람을 여행하는 것과 같다. '여행을 생각하다'는 여행을 통해 행복한 시간을 보내고 싶은 사람, 다음 여행을 더 잘하고 싶은 사람을 위한 이야기를 담았다.

그래서, 산티아고
34일, 915㎞에서 얻은 보물 같은 삶의 지혜

초판 1쇄 발행 2023년 5월 31일   지은이. 박웅렬
2쇄 발행 2023년 6월 20일   펴낸이. 김태영

씽크스마트 책 짓는 집   홈페이지. www.tsbook.co.kr
서울특별시 마포구 토정로 222   블로그. blog.naver.com/ts0651
한국출판콘텐츠센터 401호   페이스북. @official.thinksmart
전화. 02-323-5609   인스타그램. @thinksmart.official
                        이메일. thinksmart@kakao.com

ISBN 978-89-6529-362-0 (03810)
© 2023 박웅렬

•**씽크스마트** - 더 큰 생각으로 통하는 길
'더 큰 생각으로 통하는 길' 위에서 삶의 지혜를 모아 '인문교양, 자기계발, 자녀교육, 어린이 교양·학습, 정치사회, 취미생활' 등 다양한 분야의 도서를 출간합니다. 바람직한 교육관을 세우고 나다움의 힘을 기르며, 세상에서 소외된 부분을 바라봅니다. 첫 원고부터 책의 완성까지 늘 시대를 읽는 기획으로 책을 만들어, 넓고 깊은 생각으로 세상을 살아갈 수 있는 힘을 드리고자 합니다.

•**도서출판 사이다** - 사람과 사람을 이어주는 다리
사이다는 '사람과 사람을 이어주는 다리'의 줄임말로, 서로가 서로의 삶을 채워주고, 세워주는 세상을 만드는 데 기여하고자 하는 씽크스마트의 임프린트입니다.

•**천개의마을학교** - 대안적 삶과 교육을 지향하는 마을학교
당신은 지금 무엇을 배우고 싶나요? 살면서 나누고 배우고 익히는 취향과 경험을 팝니다. 〈천개의마을학교〉에서는 누구에게나 학습과 출판의 기회가 있습니다. 배운 것을 나누며 만들어진 결과물을 책으로 엮어 세상에 내놓습니다.

자신만의 생각이나 이야기를 펼치고 싶은 당신.
책으로 사람들에게 전하고 싶은 아이디어나 원고를 메일(thinksmart@kakao.com)로 보내주세요.
씽크스마트는 당신의 소중한 원고를 기다리고 있습니다.

그래서, 산티아고

박응렬 지음

34일, 915km에서 얻은
보물 같은 삶의 지혜

915km를 걸으며 보고 느낀 생생한 이야기

서울 올림픽이 열리던 1988년 가을, 처음으로 에베레스트 정상에 서던 순간은 지금도 잊을 수 없다. 마지막 베이스캠프를 출발하여 정상을 향해 한발 한발 옮기던 그 순간, 지금까지 느껴보지 못했던 알 수 없는 희열로 몸도 마음도 들뜨는 듯했다. 세계에서 가장 높은 봉우리, 에베레스트! 그곳을 내 두 발로 딛고 선다는 설렘이 나를 전율케 했다. 그리고 정상에 서던 그 순간의 감흥을 평생 잊을 수 없다.

이 책을 보면서 산티아고 순례길의 대장정을 마치고 산티아고 대성당에 들어서는 순간, 저자도 비슷한 감흥을 느꼈을 것이라고 생각했다. 완주증을 받은 순간에도 비슷한 희열을 느꼈을 것이다. 까미노에서 근육통으로 고생하고, 발톱이 빠지는 고통을 겪으며 30여 일간 온갖 힘든 여정을 거쳤다. 이러한 과정을 묵묵히 참아내며 완주한 저자에게 박수를 보내고 싶다.

사람은 누구나 어떤 목표를 정하고, 이를 달성하는 순간 짜릿한 희열을 느낀다. 915km를 걷는 동안 보고 느끼고 체험한 생생한 이야기는 독자들에게 공감과 큰 감동을 줄 것이다. 이 책이 산티아고를 열망하는 모든 이들에게 꿈과 희망을 일깨워 주길 바란다. 특히 자라나는 청소년들이 자신의 꿈과 목표를 이루는 데 힘을 얻게 된다면 더할 나위 없이 기쁠 것이다.

세계 최초 히말라야 16좌 완등의 사나이, **엄홍길**

배낭은 허리로 메야지!

"세정아, 배낭은 어깨로 메면 힘들어. 허리로 메야지."

선생님을 생각하면 제일 먼저 떠오르는 말이다. 가르쳐 준 방법대로 배낭을 메자, 어깨를 짓누르는 고통이 거짓말처럼 사라졌다. 날아갈 것만 같았다면, 지나친 과장일까?

순례길에서 많은 도움을 받았지만, 배낭 메는 방법만큼 큰 도움이 되는 것은 없었다. 침낭 칸이 따로 있는 줄도 모르고 순례길에 올랐으니, 나는 너무 무지했다. 배낭 짐 싸는 법, 등받이 높이 조절하는 법 등을 자세하게 알려주던 그 모습이 지금도 눈에 선하다.

"우리가 원래 메던 식으로 배낭을 메고 갔으면 800km를 완주할 수 있었을까?" 순례길 완주 후 누나들이랑 나눴던 대화다. 이 책 속에 숨겨진 선생님의 보석 같은 꿀팁들이 앞으로 순례길에 도전하는 독자들에게 많은 도움이 되었으면 좋겠다.

산티아고 둘째 아들, 세정

열정이 대단하신 우리들의 길잡이

선생님을 보면 제일 먼저 강한 열정이 생각난다. 우리 아빠랑 비슷한 연배인데 무슨 열정이 그렇게 강하실까? 하루 20~30㎞, 많게는 40㎞를 걷고 나면 피곤해서 만사가 귀찮을 때가 많다.

그런데도 선생님은 그날 보고, 듣고, 느끼고, 체험한 것들을 꼼꼼히 기록하고, 블로그에 올리셨다. 적어도 3시간은 소요될 텐데, 그 체력과 열정에 경의를 표하고 싶다. 그 덕분에 가끔 순례길이 그리워질 때마다 일기장을 펴듯 그 블로그에 들어가 까미노를 그려본다.

나도 저 연세에 저런 열정을 가질 수 있을까? 그 열정이 책 속에서도 느껴진다. 그런 열정으로 쓴, 그런 열정이 춤추는 이 책을 통해 많은 독자가 산티아고를 더 깊이 알고, 체험할 수 있으면 좋겠다.

산티아고 큰딸, 아름

끝없는 호기심

같은 길을 걷더라도 어떤 시선으로, 또 어떤 지식을 갖고 걷느냐에 따라 길은 색다르게 다가오는 것 같다. 풀과 꽃과 나무, 농작물과 과일들, 심지어 토양이나 기후까지도 선생님의 관심의 대상이었다. 궁금한 것은 꼭 두 눈으로 확인하고, 손으로 만져보고, 냄새도 맡아보며. 세밀하게 관찰하는 샘솟는 호기심은 순례길 내내 변함이 없었다.

어느 날 연두색 작은 열매를 따다가 먹어보라며 건네주셨다. 괜한 의구심에 먹기를 망설이고 있으니 "괜찮아~ 먹어봐."라는 말에 조심조심 한 입 베어 물었다가 혀끝을 찌르는 떫고 쓴 맛에 미간을 찌푸리며 뱉어내고 말았다. 그제야 선생님도 한 입 깨물었다가 뱉어내시고는 배가 아프도록 웃은 적이 있다.

그런 호기심 어린 시선으로 바라보고 엮어낸 순례기이기에 보다 풍부하고 다양한 정보들이 빼곡한 것 같다. 경험과 지혜로 가득한 이 책이 산티아고 순례길을 소망하는 분들, 추억하는 분들, 사랑하는 분들께 많은 도움이 되었으면 좋겠다.

산티아고 둘째 딸, 도영

순례길 시작점인 생장에서 누군가 뒤에서 불렀다. 그게 선생님과의 첫 만남이었다. 이후 도영이와 세정이, 그리고 아름이 누나까지 우리의 인연은 이어졌다. 때로는 함께, 때로는 따로 걷다가도 운명처럼 만나고 헤어지기를 반복했다. 그러다 아스토르가에서, 트라바델로에서도 우연히 만나는 우리를 보면서 우리 인연이 보통이 아님을 깨달았다. "이게 인연이란 거구나, 까미노 매직이란 게 이런 거였구나." 생각하게 되었다.

트라바델로에서 극적으로 만났을 때, "이젠 너희들 속도에 맞춰 함께 갈게. 이게 우리의 인연인가 보다."라고 하셨던 말씀은 지금도 생생하게 남아 있다. 더욱이 선생님이 몸담고 계셨던 직장에 입사까지 하게 되었으니, 이런 인연을 어떻게 말로 다 표현할 수 있을까?

생장에서 시작된 인연이 한국까지 이어진 것처럼, 더 많은 독자가 이 책을 통해서 순례길을 경험하고 추억할 수 있기를, 그리고 순례길의 좋은 인연이 이어질 수 있기를 기원해 본다.

산티아고 큰아들, **재호**

떠나보면 알게 된다,
산티아고 순례길!

"왜 갔어요, 그 어려운 길을?"
"고생한 뒤에 무엇을 얻었어요?"
"어떻게 준비했나요?"

산티아고 순례길을 걷고 온 뒤 주변 사람들로부터 많은 질문을 받았다. 순
례길이 낯설기 때문이리라. 질문에 대한 답을 모아 후배 공직자를 대상으로
'떠나라, 혼자만의 여행을'이라는 주제로 강의를 하고 있다. 이제 60세에 근접
한, 인생 2막을 준비하는 사람들이다. 강의에 앞서 몇 가지 질문을 던져본다.

"기회가 된다면 산티아고 순례길을 걷고 싶은가요?"
"산티아고 순례길 800㎞를 완주할 수 있겠어요?"

첫 번째 질문에는 손을 드는 사람이 많다. 하지만 두 번째 질문에는 쉽게
손을 들지 못하고 망설인다. 마치 산티아고 전도사라도 된 듯 두어 시간 순례
길에 대한 이야기를 한다. 왜 갔는가? 산티아고란 어떤 곳인가? 준비는 어떻

게 할 것인가? 무엇을 얻었는가? 등이다.

이 글도 마찬가지다. 책을 읽고 나서 가고 싶다는 독자가 많아지고, 갈 수 있다는 사람이 늘어나기를 바라면서 글을 썼다.

산티아고 순례길을 걷는 사람들의 사연은 다양하다. 어떤 이는 종교적인 이유로, 어떤 이는 건강상의 이유로, 어떤 이는 어려운 일을 당한 뒤 이를 극복하기 위해 순례길을 떠난다고 한다. 길을 걷는 계기나 이유가 명확한 사람도 있지만, 순례자 대부분은 '이거다'라고 말할 수 있는 경우가 그리 많지 않다고 한다.

나도 처음부터 큰 목표를 세우고 떠나지는 않았다. 퇴직 후 모든 걸 홀홀 털어버리고, 실컷 걸어보고 싶어서 떠난 여행이었다. 하지만 단순한 도보 여행자였던 처음과 달리 점차 길을 걸을수록 순례자의 자세로 바뀌면서 너무나도 많은 것을 보고 느끼게 되었다. 소중하고 값진 경험을 혼자 간직하는 것은 욕심이라는 생각이 들었다.

이 책은 915km의 긴 여정 동안 겪은 까미노[1] 위의 성찰기이다. 안내서 성격의 이야기도 조금은 들어 있다. 자연과 대화하면서 보고 느낀 환경 이야기, 마음 정리에 관한 이야기, 순례길에서 만난 수많은 사람들에 대한 이야기. '까미노에서 만난 나에 관한 이야기이자, 성찰의 글'이기도 하다.

---

1 까미노(Camino) : 길, 일반적으로 '순례길'의 의미로 사용한다.

까미노가 나를 순례자로 만들었다

까미노는 '몸의 길'과 '마음의 길'을 거쳐 '영혼의 길'로 들어선다고 한다. 이 세 단계를 거치면서 변화가 온다. '몸의 길'을 지나 '마음의 길'에 해당하는 메세타 평원을 걸으면서 나는 완전히 변했다. 황량한 '메세타 구간'에서 지나온 과거가 하나씩 생각나면서 눈물이 폭포수처럼 쏟아졌다. 즐거움에 눈물이 나고, 아쉬움에 또 눈물이 났다.

지나온 과거가 낡은 비디오처럼 재생되었다. 과거의 나와 새로운 나를 마주하며, 내가 나를 칭찬하고 격려하는 단계로까지 나아갔다. 나는 그렇게 순례자 모드로 변해버렸다. 내 의지와 상관없이 까미노가 나를 그렇게 만들었다.

이 길을 걸으며 지난 60년 인생이 정리되는 느낌이었다. 가슴 속 깊이 뿌리 내린 무게를 풀어내기 위해 무척 애를 썼다. 바람의 언덕을 넘고, 메세타 평원을 걸으며, 철의 십자가 앞에서 떨쳐버리려 노력했다. 그 무겁던 짐이 바람을 타고 날아갔는지는 나도 모르겠다. 하지만 엄청난 눈물과 함께 가슴이 뻥 뚫린 것만은 느낄 수 있었다.

까미노에서의 경험을 말이나 글로 모두 설명할 수는 없다. 그 미묘한 울림을 어떻게 다 표현할 수 있겠는가? 우리의 가슴을 울렸던 그 무언가는 가슴 속 어딘가에 고이 간직되어 있다.

가봐야 안다. 왜 가라고 하는지를.
느껴봐야 안다. 그 느낌이 무엇인지를.

산티아고 여정에서 마주한 대자연의 경이로운 풍광들. 천년이 넘는 순례

역사와 순례자의 숨결이 녹아 있는 길과 마을들. 오가며 마주한 수많은 외국 친구들. 언제나 반갑게 인사하고 포옹하던 우리나라 사람들. '만날 사람은 반드시 만난다'는 까미노 매직으로 맺어진 네 명의 젊은이와의 보석 같은 인연. 발톱이 빠지는 고통과 근육통으로 고통스러워하던 순간들. 철의 십자가에서 마주한 내 안의 참모습은 영원히 잊을 수 없을 것이다.

기회만 되면 주변 사람들에게 권유한다. 꼭 한번 가보라고. 절대 후회하지 않을 거라고. 나를 평생 고마워할 거라고. 『연금술사』의 저자, 파울루 코엘류처럼 인생이 완전히 바뀌는 것까지는 기대하지 않더라도, 최소한 앞으로의 인생이 '부엔 까미노^(좋은 순례길)'²가 될 수 있을 것이라고 강조하고 또 강조한다.

'까미노는 자신을 직접 밟고 지나간 자에게만 그 의미를 알게 해준다'고 한다. 한 달여 동안의 순례를 통해 정말 많은 것을 보고, 느끼고, 체험할 수 있을 것이다. 앞으로의 인생에 큰 전환기가 될 것이다. 사람이 살면서 멋지게 회상할 수 있는 추억거리 하나쯤 가질 수 있다는 것만으로도 가볼 만한 충분한 가치가 있지 않겠는가?

---

2 부엔 까미노(Buen Camino) : "좋은 순례길 되세요!" 순례길을 걸으면서 가장 많이 듣고, 가장 많이 사용하는 인사말. (Buen : 좋은)

그래서, 산타이아고

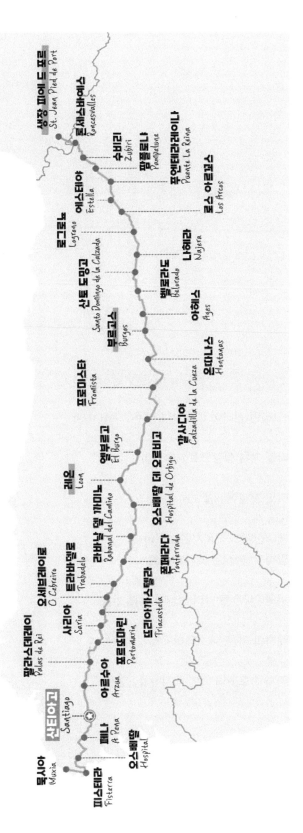

산티아고 순례길에서 내가 머물렀던 도시들

생장 피에 드 포르 St. Jean Pied de Port
론세스바예스 Roncesvalles
수비리 Zubiri
팜플로나 Pamplona
푸엔테라레이나 Puente La Reina
에스테야 Estella
로스 아르코스 Los Arcos
로그로뇨 Logroño
나헤라 Najera
산토 도밍고 Santo Domingo de la Calzada
벨로라도 Belorado
부르고스 Burgos
아헤스 Ages
온타나스 Hontanas
프로미스타 Fromista
깔사디아 Calzadilla de la Cueza
엘부르고 El Burgo
레온 Leon
오스삐딸 데 오르비고 Hospital de Orbigo
라바날 델 까미노 Rabanal del Camino
뜨라바델로 Trabadelo
오세브레이로 O Cebreiro
폰페라다 Ponferrada
뜨리아까스뗄라 Triacastela
사리아 Saria
포르또마린 Portomarin
빨라스데레이 Palas de Rei
아르수아 Arzua
산티아고 Santiago
아 뻬냐 A Pena
오스삐딸 Hospital
묵시아 Muxia
피스테라 Fisterra

1장. 몸의 길

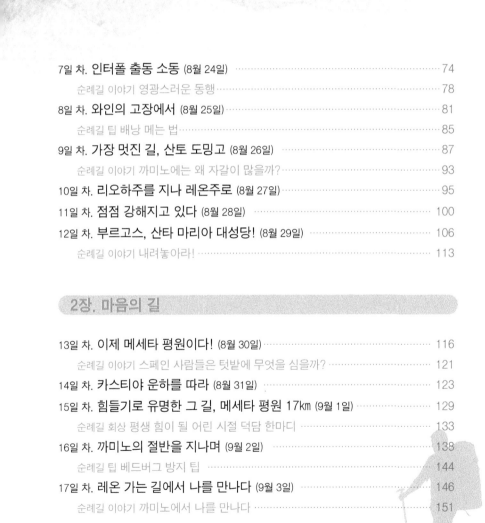

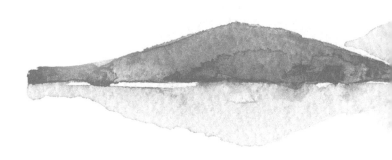

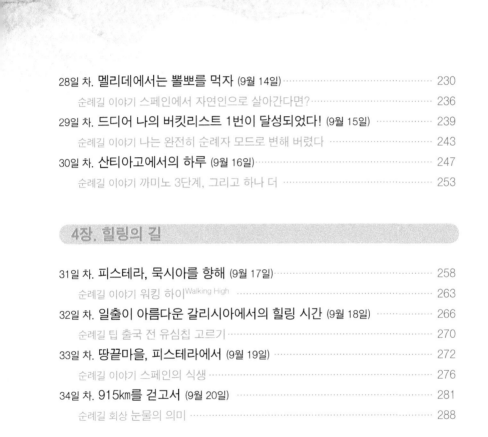

4장. 힐링의 길

1장
몸의 길

D-1

꿈에 그리던 산티아고 출발을 앞두고 (8월 15일)

산티아고를 향해 내일이면 파리로 출발한다. 세계적으로 가장 유명한 도보 여행자의 성지로 떠오른 길. 성인 야고보가 복음을 전하기 위해 걸었다는 길. 천년이 넘는 긴 세월 동안 수많은 순례자의 숨결이 간직된 길. 『연금술사』의 저자 파울루 코엘류의 운명을 단숨에 바꾸어 놓았다는 길. 나는 그 길을 걷기 위해 프랑스 생장으로 간다.

마지막 배낭 점검을 한다. 6.6kg. 경량화와 소형화에 심혈을 기울였건만 여기까지가 내 한계인가 보다. 욕심 탓일까, 불안한 마음 때문일까? 쭉 펼쳐 놓고 보니 가짓수도 엄청나다. 배낭, 스틱, 모자, 신발, 실내화, 복대, 패딩, 약품류, 우의, 침낭, 보조 가방과 물통, 바지와 재킷, 양말과 팬티, 장갑, 선글라스, 안대, 세면도구, 수건, 스카프, 토시, 스패츠, 셀카봉, 플래시, 충전용 선과 보조배터리, 이어폰, 누룽지, 라면수프, 핸드폰 고리, 끈, 집게, 고무줄 등등.

'부족하면 현지에서 채우면 될 것이고, 필요 없으면 가다가 버리면 되겠지…'라고 생각하고 여기서 마무리하련다. 침낭은 맘에 드는 게 없어 사진처럼 망토 담요를 개조해서 만들었다. 무게는 350g. 며칠 써보고 팔 부분이 필요 없어서 잘라버리면 더 가벼워지겠지. 베드버그[3] 방지를 위해 나프탈렌도 하나 넣었다. 자, 이 정도에서 준비물은 끝내기로 하자.

"여행은 갈까 말까 할 때는 무조건 가고, 여행 가방에 넣을까 말까 하는 것은 무조건 뺀다."

어느 여행 고수의 말이다. 가져갈지 말지 망설여지는 것은 무조건 빼고, 될 수록 현지 물건을 쓴다고 한다. 긴 여정을 떠나면서 가지고 가는 짐의 무게는 그 사람 욕심의 무게라고 한다. 처음에는 이것저것 잔뜩 챙겨서 출발하지만, 며칠 지나면 하나씩 버리게 된다. 이런 과정을 몇 번 거치고 나서야 진정한 자기 짐이 완성된다고 한다.

배낭, 스틱, 신발 등 준비물

망토 담요로 만든 침낭

3   베드버그(Bed Bug) : 빈대. 순례길에서 만나는 벌레를 말한다. 물리면 가려움증이 심하다.

그래서 산티아고를 준비하면서 배낭을 꾸릴 때는 무엇을 챙길 것인가의 고민보다 무엇을 버릴 것인가의 고민이라고 한다. 그만큼 버리기가 힘들고 어렵다는 이야기다. 필요할 것 같은 걸 모두 넣다 보면 짐은 한없이 늘어난다. 마치 우리네 인생살이와도 같다. 가진 물건이 적을수록 생활은 더 단순하고 즐거워진다. 몸과 마음도 가벼워진다. 가진 것이 많을수록 자유는 줄어들고, 얽매일 수밖에 없다. 내 등의 짐을 최소화해서 내 어깨와 두 팔의 자유를 최대로 누려보자고 다짐하며 준비를 마친다.

순례길 회상 : 나는 가끔 엄마가 걸었던 그 길을 걷는다

산티아고 순례에 앞서 나는 나만의 순례길을 걷는다. 어머님이 걸으셨던 그 길, 나를 포근하게 감싸주는 그 길을.

고등학교 1학년 어느 가을날, 어머니와 크게 다툰 적이 있다. 다투었다기보다는 어머니를 일방적으로 쏘아붙인 혼자만의 투정이었다. 외할아버지 제사에 다녀오신 어머니는 나에게 320원을 쥐여주셨다. 젖은 지폐와 물기가 미끈한 동전, 어머니의 땀이 밴 돈이었다. 과학 자습서를 사야 하는데 돈이 없다고 투덜거렸던 며칠 후라서 마음에 걸렸다.

"무슨 돈이야?" 하고 물어보니, 외가에서 차비 하라고 준 돈인데 자습서 살 돈을 주기 위해서 80리 길을 걸어오셨다는 것이다. 나는 순간 고마움보다는 어머니의 무지몽매함에 피가 거꾸로 솟았다. 책가방과 돈을 땅바닥에 내던지며 소리쳤다. "엄마는 왜 그렇게 멍청하고 답답하게 살아. 돈 몇 푼 아끼려고 그 먼 길을 걸어서 왔다고? 그렇게 멍청한 사람이 엄마 말고 또 누가 있어. 엄마가 그렇게 답답하게 살 거면 학교 안 다닐 거야!"

어머니는 아무 말도 하지 않으셨다. 그런 어머니를 꼭 껴안고 펑펑 울었다. 그때가 공교롭게도 회갑인 해였다. 그렇지 않아도 잦은 병치레를 하시던 분이 돈 몇 푼 때문에 그 먼 길을 걸어서 오셨다는 말을 듣는 순간 나는 이성을 잃고 말았던 것이다.

어머니는 그런 분이셨다. 계산도 할 줄 모르고, 이해타산을 따질 줄도 몰랐다. 세상 물정 아무것도 모르셨다. 오직 자식만 생각하셨던 분! 그렇게 사는 걸 당연히 여기셨다. 자식들을 위해 좀 더 많은 것을 베풀지 못하는 것을 항상 미안해하며 죄스럽게 생각하셨다. 본인의 삶 전부를 자식들만을 위해 쏟았던 그런 분이셨다.

우리 집은 무척 어려웠다. 어머니는 집에 양식이 떨어지면 살림이 좀 여유로운 외가에 가서 쌀이나 곡식을 얻어오셨다. 그걸 머리에 이고 80리 길을 걸어서 오시곤 했다. 그렇게 친정에 다닐 때마다 어머니의 마음은 어떠하셨을까? 얼마나 힘들고 서러우셨을까? 그 자그마한 체구에 어떻게 쌀을 한 말이나 이고 그 먼 길을 걸어서 올 수 있었을까? 굽이굽이 굽어진 깃재 고갯길을 어떻게 넘으셨을까?

오로지 자식들을 먹여 살리겠다는 사랑 하나가 왜소한 어머니를 그렇게 강하게 만드셨던 것일까? '어머니는 자식들 짐을 모두 가슴에 묻고 이승과 저승의 올레길을 가셨겠구나.' 하는 생각에 마음이 숙연해진다. '여자는 약하나 어머니는 강하다'는 평범한 이야기가 있다. 이를 가장 철저하게 실천하고 가신 분이 바로 울 엄마가 아니었을까?

나는 가끔 그 길을 걷는다. 어머니가 단돈 몇백 원을 아끼려고 걸었던 그

길, 쌀 한 말을 머리에 이고 걸었던 그 길을. 어쩌다 실컷 걷고 싶을 때나 지리산 종주에 앞서 체력을 점검하고 싶을 때도 그 길이 생각난다. 산티아고 순례길을 앞두고 장거리를 걷고 싶을 때도 그 길을 걸었다. 어머니처럼 무거운 짐도 아니다. 작은 배낭 하나 달랑 걸쳤을 뿐이다. 어머니의 숨결을 느껴보고 싶을 때면 내 발길은 언제나 그곳으로 향한다. 지금까지 10여 차례 걸어봤지만 결코 쉽지 않은 길이다.

그 길을 걸을 때면, 그때 일이 가장 먼저 떠오른다. 가방을 집어 던지며 대들었을 때 어머니 마음은 어떠셨을까? 생각할수록 미안한 마음뿐이다. "엄마! 미안해. 그때 화냈던 거. 정말 미안해. 그리고 또 올게. 힘든 일이 있거나 엄마가 그리워질 때, 울 엄마 올레길 걸으러 또 올게. 엄마가 그렇게 좋아했던 막내며느리와 손자들에게 엄마 마음만은 꼭 전해줄게. 울 엄마 사랑을 얘기하며 손잡고 또 올게."

자식들 위하는 희생이 그렇게도 혹독해야 했던가? 어머니에 대한 회한이 밀려와 눈이 흐려지곤 한다. 세상에서 가장 무지했던 사람, 그러나 진정으로 강했던 사람, 울 엄마! 어머니가 힘들게 걸으셨던 그 길을 밟으며 많은 걸 생각하게 된다. 이제 육십이 넘은 적지 않은 나이의 나는 어머니처럼 순박하고 헌신적인 삶을 살아가려 노력하고 있는가? 이 길이 나를 되돌아보게 한다.

D-day

파리를 거쳐 생장으로 (8월 16일)

드디어 출발이다. 설렘 때문일까? 파리까지 11시간이란 긴 여정도 그렇게 지루하지 않다. 걱정했던 피곤함도 그다지 없다. 이코노미석으로 장거리를 이동하다 보니 힘들 수도 있겠다 싶어 걱정했지만, 중간에 스트레칭을 서너 번 해주었더니 그게 많이 도움이 된 모양이다.

내일 아침 몽파르나스 역에서 생장으로 가는 열차를 타야 한다. 공항에서 몽파르나스 역 인근에 있는 엔조이 호스텔까지 가는 것도 두어 시간 넘게 걸렸다. 문제는 시차에서 오는 피로감을 최소화해야 하는 것. 서둘러 식사하고 이곳 시간으로 밤 10시경 잠자리에 들었다. 우리와 시차가 7시간이다. 밤을 새고 새벽 5시에 잠을 자는 것이나 마찬가지니, 컨디션 조절이 얼마나 중요하겠는가? 느긋하게 즐기러 왔는데 벌써부터 서둘러지는 느낌이다.

잠을 충분히 자려면 시간 낭비를 줄여야 한다. 잘 자는 것이 컨디션 조절에 가장 중요하기 때문이다. 짐은 모두 기내로 가져가 짐 찾는 데 걸리는 시간을 최소화해야 한다. 검색대를 거친 후 셔틀 열차까지 최대한 빨리 가야하는데, 안내인에게 셔틀 트레인shuttle train이라고 물어보면 알려준다. 다행히 열차를 타면 몽파르나스 역까지는 별로 어렵지 않다. 역에서 숙소까지는 구글 지도를 이용하거나, 현지인에게 물어보는 게 좋다.

첫날 저녁에 먹을 것은 한국에서 미리 준비해 오는 것도 좋을 것 같다. 기내에서 점심과 저녁을 주어서 충분하지만 그냥 잠들기는 허전하고, 나가서 먹기도 애매하기 때문이다. 집에 있는 기정 떡 몇 조각을 넣지 않은 게 그렇게 아쉬웠다.

몽파르나스 역에서 열차를 타면 바욘에서 한 번 갈아타고 생장에서 내린다. 테제베가 상당히 고급 열차인 것으로 생각했는데, 이렇게 불편한 열차인 줄 몰랐다. 좁고 시끄럽고, 더욱이 빠르지도 않았다. 그렇게 도착한 생장 역! 여기서 내리는 승객은 모두 순례자인 것으로 보인다. 다들 커다란 배낭을 짊어지고, 스틱을 갖고 있다. 길을 찾아 헤맬 필요도 없다. 배낭을 멘 젊은이들을 따라가면 순례자 사무실이 나온다.

바욘역

오랜 역사의 질곡이 배어있는 것 같은 성문을 지나 돌로 포장된 언덕을 오른다. 언덕을 오르고 나면 고풍스러운 마을 전경이 펼쳐지는데 어느 중세 도시에 들어온 느낌이다. 이곳의 과일과 채소 등 특산물이 가득 쌓인 식료품 가게, 줄지어 늘어선 카페와 식당들. 어디나 사람들로 가득하다. 중세풍의 분위기에 압도되는 것 같다.

앞에 태극기를 배낭에 매단 청년이 씩씩하게 걸어가고 있어 말을 걸었는데, 그게 '재호'와의 첫 만남이었다. 우리의 인연은 여기서부터 시작되었다. 재호와 함께 순례자 사무실에 들러 등록을 마쳤다. 사무소에는 마음씨 좋아 보이는 자원봉사 할아버지와 할머니들이 계시는데 정말 친절하게 안내해 주신다. 그 많은 사람을 접하면서도 항상 웃는 모습으로 응대하신다. 그분들의 몸에 밴 친절과 미소가 우리에게 기분 좋은 하루를 선사해준다. 이름과 국적, 여권번호 등을 기재하고, 첫 번째 세요[4]를 찍은 크레덴시알[5]을 받았다.

산티아고까지 전체를 서른네 구간으로 나누고, 길의 높낮이까지 표시한 지도도 받았다. 각 마을의 알베르게[6] 리스트가 적힌 종이도 함께 받았다. 배낭에 매달고 다닐 조개껍데기도 하나 받았다. 이걸 매달고 나니 비로소 순례길에 들어선 느낌이 든다.

등록하면서 젊은이 둘을 더 만났다. '아름'이와 '도영'이와의 인연도 이때부터 시작되었다. 알베르게를 정하고, 시내를 구경하고, 저녁 식

생장 순례자 사무소

---

4   세요(Sello) : 바(bar)나 알베르게, 성당 등에서 크레덴시알에 찍어주는 도장을 말한다.
5   크레덴시알(Credencial) : 순례자 여권으로 알베르게를 이용할 때 제시해야 한다.
6   알베르게(Albergue) : 순례자를 위한 저렴한 공유형 숙박시설로 공립과 사립이 있다.

생장 시내 전경

사도 함께했다. 그렇게 우리는 자연스럽게 일행이 되었다. 모두 따로 출발했음에도 마치 같이 출발한 사이처럼 모이게 된 것이다. 나만 파리에서 바로 이곳으로 왔고, 셋은 파리를 며칠씩 구경하고 이곳으로 왔다고 한다.

사진으로만 보던 알베르게가 무척 궁금했는데 막상 와서 보니, 환경이 매우 열악했다. 20여 개의 이층 침대가 한 방에 가득 있고, 여유 공간도 넓지 않다. 청소는 잘 되어 있지만 오래된 건물이라서 그런지 깔끔하게 보이진 않는다. 앞으로 계속 이런 공간에서 지내야 한다는 것이 조금은 걱정이 된다. 하지만 이런 환경에 빨리 적응해야 한다. 아무 내색도 하지 않고 배정된 침대 위에 침낭을 깔았다.

생장St. Jean Pied de Port은 의미 있는 도시여서 구경할 곳이 많다. 프랑스 남서부 바욘 주에 있는 자그마한 도시로 중세 시대 성벽의 흔적들이 많다. 전체를 보기 위해 일단 높은 성곽으로 올랐다. 언덕 위에 있는 '생 자크 문'이라는 곳에 올라가면 시내 전체가 한눈에 들어온다. 전형적인 유럽의 도시로 아담한 프랑스 마을이다. '주교 감옥'과 '성모 승천 성당' 등을 둘러보았다. 오랜 역사의 숨결이 배어있는 듯하다. 첫날부터 중후하고 어딘지 묵직한 느낌의 건물들을 돌아보고 나니 왠지 조금은 숙연해지는 것 같다.

산티아고 이정표

저녁 식사를 위해 레스토랑을 찾았다. 다양한 메뉴 중에 밥이 들어간 오징어 먹물 요리를 시켰다. 입맛에 맞지 않을까 걱정했는데, 조금 짜긴 해도 맛이 좋았다. 젊은 친구들은 스파게티 종류를 택한다. 이런 게 세대 차이인가? 식사를 하고 나서 아침에 먹을 통밀빵과 요구르트 등을 챙기고, 일찍 자기로 했다. 힘들기로 유명한 피레네산맥을 넘으려면 오늘은 충분히 자야 한다.

순례길 이야기 : 왜 산티아고에 순례자가 많을까?

산티아고 데 콤포스텔라[7]! 세계에서 가장 많은 순례자가 찾는 곳이다. 어떤 이는 종교적인 이유로, 어떤 이는 무언가를 얻으려고, 또 어떤 이는 무언

---

7 산티아고 데 **콤포스텔라**(Santiago de Compostela) : '별들의 들판.' '야고보 성인의 무덤.'
  · 산티아고(Santiago, Saint lago)는 성인 야고보의 스페인식 이름.
  · 콤포스텔라(Compostela)는 '별들의 들판'이라는 뜻의 스페인어.
  · 까미노 데 산티아고(Camino de Santiago) : 산티아고 가는 길.

가를 버리려고……. 다양한 자기만의 무언가를 위해 이곳을 찾는다. 왜 이렇게 많은 사람이 머나먼 이곳까지 와서 고행의 길을 걷게 되는 걸까? 그 많은 길 중 왜 하필이면 산티아고 길을 택할까?

순례자들의 최종 목적지는 '산티아고 데 콤포스텔라', 정확히는 성인 야고보의 무덤이 있는 '산티아고 대성당'이다. 성인 야고보는 예수의 열두 제자 중한 사람으로 첫 번째 순교자이기도 하다. 그는 이베리아반도에서 복음을 전파하다 서기 44년에 헤롯 1세에 의해 예루살렘에서 순교를 당했다. 그의 유해는 야고보의 제자들에 의해 이베리아반도에 묻히게 된다. 그리고는 수 세기 동안 잊혀 지내다가 813년 별빛이 쏟아지는 지금의 산티아고에서 그의 무덤이 발견되었다.

당시 이베리아반도는 이슬람 세력과 기독교 세력이 한참 전쟁 중인 상황이었다. 이 지역은 원래부터 기독교 세력이 살던 지역이었고, 이슬람 세력은 척박한 중동과 북아프리카에 본거지를 두고 있었다. 지브롤터 해협 14km만 건너면 비옥한 이베리아반도가 있어 이 지역이 이슬람 세력에게는 늘 선망의 대상이었다. 복잡한 이베리아반도의 역사 중 산티아고에 순례자가 많은 이유와 관련된 사건들만 모아보았다.[8]

이베리아반도에서 8세기 초 로드리고 왕이 즉위하자, 그 반대 세력이 북아프리카에 있던 이슬람 세력에게 지원을 요청했다. 그렇지 않아도 기회를 엿보던 이슬람 세력은 별다른 저항 없이 수도 톨레도에 입성하여 불과 7년여 만에 대부분의 이베리아반도를 차지하게 되었다. 이때부터 780여 년 동안 이

---

8   출처 : 『순례의 인문학』, 황보영조 지음, 2021

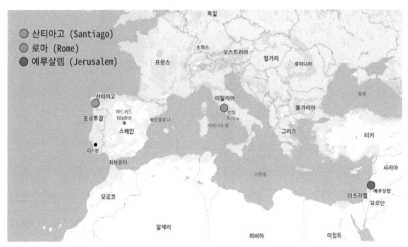

이베리아반도와 주변 국가들(가톨릭 3대 성지)

슬람 세력과 기독교 세력 간의 전쟁이 계속된다. 기독교 세력이 이슬람 세력을 몰아내기 위한 이 전쟁이 그 유명한 레콘키스타, '국토 회복 전쟁'이다.

전쟁이 한창이던 813년에 이베리아반도에서는 성인 야고보의 유해가 발견되면서 기독교 세력은 그를 중심으로 뭉치게 된다. 특히 844년 성인 야고보가 백마를 타고 나타나 이슬람 세력을 무찌르고 대승을 거두는 사건을 계기로 성인 야고보는 기독교 세력의 정신적 지주 역할을 하게 된다. 원래 기독교인들이 제일 중요시한 순례지는 '예루살렘'이었다. 예루살렘이 이슬람에 점령당한 7세기 이후에는 성 베드로의 무덤이 있는 '로마'로 바뀌었다. 11세기 이후 '산티아고'가 새로운 순례지로 부상한 것은 이베리아반도의 상황, 즉 이슬람 세력을 추방하기 위한 레콘키스타와 밀접한 관련이 있다.

1189년, 교황 알렉산더 3세가 두 가지 중요한 칙령을 발표했다. 하나는 산티아고를 예루살렘, 로마와 함께 가톨릭의 3대 성지로 지정한다는 것이다.

또 하나는 성 야고보의 축일(7월 25일)이 일요일과 겹치는 해에 순례하면 모든 죄를 면제해 주고, 그 외의 해에 순례하면 절반을 감해준다는 파격적인 내용이었다. 중세 시대 기독교인들은 순례와 같은 육체적 고행을 통해 정신적으로 깨달음을 얻으려는 종교관을 갖고 있었다. 이러한 상황에서 교황의 칙령은 산티아고 순례가 더욱 늘어나는 결정적인 계기가 되었다.

이후 순례자가 계속 늘어나 13세기부터 15세기까지 산티아고 순례가 최고조에 달했다. 많을 때는 한 해에 50만 명 이상이 순례에 나섰다고 한다. 그래서 이 시기를 순례의 황금기라고 한다. 하지만 16세기 이후 종교개혁과 종교전쟁을 계기로 루이 14세가 순례를 금지하면서 순례는 사라져갔다.

잊혀져 가던 산티아고 순례는 20세기 중반 이후 서서히 부활하기 시작했다. 1948년에 교황 비오 10세는 산티아고를 "생생한 역사의 거울이자 매우 강력한 신앙의 중심지."라고 평가했다. 1982년에는 교황 요한 바오로 2세가 산티아고를 순례했다. 이어서 1989년에 세계 청년대회가 산티아고 인근 몬테 데 고소(환희의 언덕)에서 열렸다. 이런 과정을 통해 순례지로서의 산티아고 이미지를 전 세계에 알리는 계기가 되었다. 1985년에 산티아고 도시가, 1993년에는 산티아고 순례길이 유네스코 세계유산에 등재되면서 순례자는 점점 늘어났다.

2017년에 순례자가 30만 명을 넘어섰고, 2019년에는 약 35만 명이 순례했다. 여성 순례자가 51%를 차지해 처음으로 전체의 절반을 넘었다. 같은 해 우리나라는 8,224명(2.37%)이 순례하여 세계 8번째로 많았다. 이는 비유럽국가에서는 미국 다음으로 많은 숫자로 지리적 접근성을 감안한다면 그 열기가 얼마나 뜨거웠는지 알 수 있다.

산티아고 순례길의 수많은 코스 중 순례자가 가장 많이 찾는 4대 코스가 있다. 생장에서 출발하는 프랑스 길Camino Frances, 리스본에서 시작하는 포르투갈 길Camino Portuguese, 이룬에서 출발하는 북쪽 해안 길Camino del Norte과 세비야에서 시작하는 은의 길Via de la Plata이 바로 그것이다. 2019년의 경우에는 프랑스 길이 54.65%, 포르투갈 길이 20.82%로 나타났는데, 갈수록 이용하는 코스가 다양해지는 경향을 보인다. 내가 선택한 코스(생장에서 출발하는 프랑스 길)의 순례자는 2017년의 경우 2.3%로 6,900명에 불과했다.

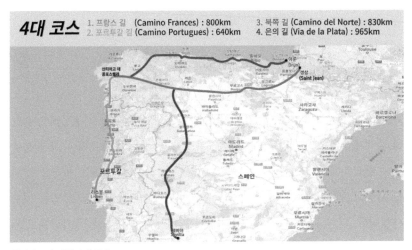

산티아고 순례길 4대 코스

1

일차

까미노 첫날에 (8월 18일)
생장 ~ 론세스바예스 (St. Jean Pied de Port ~ Roncesvalles)
25km

8월 18일. 마침내 800㎞ 대장정의 첫발을 내디뎠다. 프랑스 생장에서 출발해 피레네산맥을 넘으면 스페인이다. 바스크와 나바라, 카스티야 이 레온을 지나 갈리시아에 있는 산티아고까지 기나긴 여정이다. 설레는 마음으로 길을 나섰다. 내가 해낼 수 있을까? 하는 걱정스러운 마음이 조금은 있는 것도 사실이다. 다른 사람의 순례기를 읽다 보면 나보다 약해 보이는 사람들도 거뜬히 해내는 걸 보고 많은 용기를 얻기도 했지만, 이번 순례길 중 가장 어려운 코스라고 알려져 있어 조금은 긴장이 된다.

발까를로스 길이 완만하여 걷기 편하다고는 하나, 대부분의 순례자처럼 직진하여 가파른 나폴레옹 길을 택했다. 오르막의 포장도로와 비포장도로를 한참 걷다 보면 오리손Orison 산장이 반갑게 맞아준다.

어제 만났던 젊은이들을 오리손에서 다시 만났다. 목적지까지 가는 동안 바가 없으니 여기서 이른 점심이라 생각하고 끼니를 해결해야 한다. 모두가 빵 종류라 선택의 폭이 넓지 않다. 우리 입맛에 가장 맞을 것같이 보이는 오믈렛 비슷한 토르티야가 있어 오렌지 주

오리손 산장

스랑 같이 먹었다. 식사 후에는 속도가 조금 느린 도영이와 아름이는 뒤에서 걷기로 하고, 나는 재호와 함께 앞서가기로 했다. 재호는 군을 갓 제대한 젊은이답게 잘 걷는다. 태극기를 매단 첫 느낌 그대로 발걸음이 가볍고 경쾌하다. 덩달아 나도 젊어지는 기분이다.

알베르게를 지나 1,060m의 오리손봉에 오르면 큰 돌무더기가 보이고, 성모 마리아상이 순례객들을 온화한 미소로 맞이해준다. 갈림길에서 십자가가 보이는데 서서히 안개가 끼기 시작한다. 시야가 좋지 않아 아쉽다. 높은 고산지대치고는 차량 통행이 매우 잦아 왜 그런지 궁금했다. 알고 보니 오늘이 산상 기도회가 열리는 날이란다. 가끔 열린다는 이런 기도회를 볼 수 있는 행운이 첫날부터 따라주니, 이 또한 기분이 좋다.

산상 기도회

한참을 가다 보니 푸드트럭이 있는데, 웬만한 먹을거리는 거의 준비되어 있다. 빵과 주스류, 물 등

피레네산맥의 양 떼   피레네산맥에서 만난 말

등. 산행할 때 가능하면 산에서 장사하는 분들한테는 뭔가 사 먹는 버릇이 있다. 힘들게 가져왔으니 최소한 하나 정도는 사주는 게 예의가 아니겠느냐는 생각이 몸에 배어있다. 간단하게 먹고 다시 길을 나섰다.

환상적이다. 넓게 펼쳐진 산하에서 노니는 양 떼와 소 떼, 말 떼가 어우러져 평온함을 더해주고, 운무와 보라색 꽃으로 물든 정상부의 경치는 아름답기 그지없다. 이게 피레네산맥의 매력인가 보다. 재호는 이런 풍경을 별로 구경해보지 못해서인지 연신 감탄사를 연발한다. 여기 있는 것 자체가 힐링이고, 행복감을 느낀단다. 그래, 그래서 우리가 여길 온 게 아니겠니. 실컷 즐기자!

오리손 주변부터 가끔 양 떼들이 보인다. 우리나라보다는 규모가 크나, 호주에서 본 것처럼 대규모는 아니다. 오랜만에 보는 양 떼들이 무척 정겨워 보인다. 정상 쪽으로 올라가니 운무 속에서 말 떼들이 자주 보이는데 우리가 평소 보아오던 말과는 상당히 다르다. 생김새도 그렇고, 색깔도 익숙하지 않다. 짙은 밤색에 회색과 흰색, 검은색이 섞여 있는 동화책에서나 보아왔던 모습이다. 가까이 가도 도망가지 않는 걸 보니 상당히 온순한 말인가 보다.

맑은 하늘이 계속되는가 싶더니 멀리서부터 구름이 점점 몰려온다. 하얀 구름이 우리를 휩쓸고 지나갈 때는 마치 구름으로 만든 옷을 입은 듯 우리를 감싸고 지나간다. 우리는 지금 구름 속을 걷고 있는 것이다. 첫날부터 이런 환상적인 장관을 만나다니! 지리산이나 설악산처럼 높은 산에 오를 때 가끔 만끽했던 아름다운 풍광을 이곳 피레네에서 맞이하니 그 맛이 색다르다.

온갖 만물이 우리의 순례길 첫걸음을 축하해주는 것 같아 소풍을 온 듯 그저 즐거울 뿐이다. 하지만 그것도 잠시. 시야가 흐려질 정도로 운무가 심해지더니 곧 바로 변한다. 그나마 굵은 빗줄기는 아니고, 약한 빗방울이라서 다행이다.

정상부를 오르기 전에 스페인 나바라주 안내 표지판이 나오는데 이게 프랑스와 국경표시인 모양이다. 철조망이나 커다란 경계석 정도를 상상했는데 의외다. 국경인 줄도 모르고 지나는 사람이 많을 것 같다. 오르막을 더 가다 보면 최고봉인 뢰푀더 안부Col de Lepoeder에 대피소 같은 건물이 보인다. 관리하는 사람도 없어 황량해 보인다. 운무는 더욱 심해지고, 빗줄기도 굵어진다. 모두 우의를 입고 천천히 내리막길을 걸었다. 안내서에는 멀리 론세스바예스[9]가 보인다는데 구름과 비 때문에 아무것도 보이지 않는다. 묵묵히 앞서 가는 사람을 따라갈 뿐이다.

정상부에서 론세스바예스까지 오는 길은 거리에 비해 시간이 상당히 많이 걸렸다. 내려오면서 무리하면 후유증이 오래가는 걸 잘 알기에 첫날부터 다치지 않기 위해 매우 조심해서 내려왔기 때문이다. 흐린 날씨 때문에 거의 도

---

9   론세스바예스(Roncesvalles) : 프랑스어로 '장미의 계곡'이란 뜻.

착해서야 건물들이 보인다. 한눈에 봐도 오래된 건물임을 알 수 있다. 회색빛을 띤 전형적인 중세 건물! 이런 곳이 알베르게라니…….

론세스바예스에는 알베르게(12유로)가 하나밖에 없어 선택의 여지가 없다. 중세 건물이라 그런지 외관은 고풍스러우면서 묵직한 느낌을 준다. 옛날 수도원을 개조했다는데 수용인원은 120명이 넘고, 2층 침대가 설치되어 있다. 여유 공간도 많은 편이고, 화장실과 샤워실, 세탁실, 휴게실도 잘 갖추어져 있다. 안내자들은 친절하고 연세가 많은데, 방 배정이나 식당 안내를 할 때 보면 숙련된 베테랑으로 보인다.

첫날 코스에 대한 개인적인 소견은 좀 힘들기는 하지만 너무 겁먹을 필요는 없다고 본다. 한라산 정상을 갔다 오는 것과 비교한다면 그보다는 수월하다. 고도 200m 정도에 있는 생장에서 시작하여 800m 높이의 오리손을 거쳐

피레네산맥에서

1,450m의 정상에 오른 후 1,000m쯤의 론세스바예스까지 다시 내려가는 25km 코스다. 오르막과 내리막이 계속되어 좀 힘들 수는 있으나 한라산처럼 급경사는 없고, 아주 어려운 코스도 없다. 성판악에서 한라산 정상을 왕복하는 거리가 18km쯤 되니 거리만 조금 길 뿐이다.

특히 중간에 틈틈이 맛볼 수 있는 과일들이 별미다. 오리손 가는 길 오른쪽에 사과 농장이 있는데, 떨어진 사과가 길까지 나와 있다. 철조망 아래로 가면 수북이 쌓여있어 서너 개만 챙겨도 가져간 간식이 필요 없을 정도다. 간간이 먹어주니 꿀맛이란 게 이런 것인가 싶다. 론세스바예스까지 3~4km 정도 남겨놓은 지점부터는 산딸기가 엄청 많다. 우리나라에서는 초여름에 한창인데 여긴 이제 시작인 걸 보면 우리보다는 산딸기의 철이 많이 늦은가 보다.

순례길 회상 : 내가 산티아고 순례길을 간 이유는?

산티아고 순례길을 걷는다고 주변에 말하고 나서 가장 많이 받은 질문이 "왜, 무엇 때문에 가느냐?"는 것이었다. 까미노 첫날 곰곰이 생각해 보았다. 당연한 질문인데도 선뜻 답이 나오지 않았다.

한국환경공단에서 임기가 끝나고, 퇴임이 6월경이라는 것을 3월에 알게 되었다. '이제 진정한 공직생활이 마무리되는구나. 끝나면 뭘 하지?'라고 생각하는데 가장 먼저 떠오르는 게 해외여행이었다. 현직에 있을 때 긴 해외여행은 어려웠다. 주변에서 히말라야나 알프스, 밀포드 트레킹, 남미나 유럽 등 장기 여행을 다녀온 사람들이 종종 있었다. 너무나 부러웠다. 특히 트레킹이 그랬다. 평소 산을 좋아하는 편이라 기회가 되면 꼭 한 번은 해외 트레킹을 실컷 하고 싶었다.

구름 한 점 없는 피레네산맥 전경

퇴임 후 인생 2막을 위해 여러 계획을 구상 중이었다. 하지만 무언가를 새로이 시작하기 전에 푹 쉬면서 나만의 시간을 갖고 싶었다. 쉬는 동안 어디로 갈까 생각하는데, 번뜩 떠오른 게 바로 산티아고였다. 영산강유역환경청에 근무할 때 이인영 의원을 통해 산티아고 순례에 대한 이야기를 처음 들었다. 그게 나도 모르게 가슴 속 깊이 잠재되어 있었던 모양이다. 32년간 고생한 나에게 스스로 위로와 격려의 선물을 할 수 있는 절호의 기회, 그것이 어쩌면 이번 여행의 진정한 이유가 아닐까?

누군가는 종교적인 이유로 가느냐고 묻기도 했지만 그건 아니다. 나는 가톨릭 신자이기는 하나 멀리 순례길을 떠날 만큼 독실한 신자는 아니다. 기나긴 공직을 마치면서 나만의 시간을 갖고 싶었고, 모든 걸 내려놓고 그냥 닥치는 대로 지내고 싶었다. 아내에게 같이 가자고 권유해 보았지만, '해야 할 일이 있고, 손녀도 돌보아야 한다'면서 혼자 다녀오란다.

그래, 그냥 부딪혀보자. 그 과정에서 무언가 얻는다면 그건 덤이다. 좋은 친구를 만나거나, 인생 2막에 도움이 되는 아이디어를 얻는다면 그것도 덤이다. 아름다운 자연을 보며 마음껏 힐링할 수 있고, 가슴 속 깊이 묻어둔 응어리를 내려놓을 수 있다면 그것 또한 덤이다. 건강에 도움이 된다면 그건 더욱 큰 덤일 것이다. 곧바로 8월에 출발하는 파리행 항공권을 예약했다.

피레네산맥의 구름처럼 (8월 19일)
론세스바예스 ~ 수비리 (Roncesvalles ~ Zubiri)
23km

오늘의 목적지인 수비리Zubiri는 스페인의 유명한 철학자 하비에르 수비리가 태어난 곳으로, '다리가 있는 마을'이라는 뜻이라고 한다. 인구 4백여 명의 아담한 마을에 있는 중세 시대의 석조 다리, '라 라비아 다리(광견병 교)'의 사연이 특이하다. 다리를 건설할 때 강가에서 흙을 파내다 광견병으로부터 보호해주는 수호여신인 카테리아 성녀의 유해가 발견되어 붙여진 이름이다. 이런 수호성인도 있었나? 고개가 갸우뚱거려진다.

아침 식사가 7시인 걸 모르고 어제 등록할 때 아침 식권을 사버렸다. 자판기에서 간단하게 먹고, 가면서 바에서 먹는 것으로 계획을 짜야 했는데 아쉽다. 아침에 일찍 출발하려면 아침 식사는 예약하지 말아야 한다. 그나마 식사질이 좋아 다행이다. 차분히 먹고 출발하니 7시 반. 어젯밤 비가 온 탓인지 쌀쌀함이 느껴져 재킷을 입어야 했다. 출발은 늦었지만, 전체적으로 내리막 위

성당과 구름의 아름다운 조화

주여서 썩 어렵지는 않다. 어제 고생했던 도영이, 아름이도 오늘은 수월하게 걷고 있다. 멀리 보이는 피레네산맥의 아름다운 정경은 오늘도 계속된다.

　지나는 길목마다 집 벽면에 꽃을 심어 순례객을 반기는 스페인 사람들의 정성이 우리를 기쁘게 한다. 조그만 시골 성당 뒤로 보이는 구름의 형상도 너무 아름답다. 스페인에는 이런 아담한 성당들이 많다고 들었는데 벌써 서너 번 만났다. 산딸기는 어제보다 더 많았다. 뒤따라오는 일행들도 기다릴 겸 기회 있을 때마다 따먹으니 준비해간 간식은 먹을 겨를이 없다. 이제 산딸기가 막 익기 시작하는 시기라서 앞으로도 한 달쯤은 계속될 듯하다. 어린 시절 뒷산에서 친구들과 따먹던 산딸기 생각이 절로 난다.

안내서나 순례기에 피레네산맥의 아름다움에 대한 얘기가 많이 나오는데 직접 와서 보니 그 이유를 알겠다. 한마디로 환상적이다. 울창한 수풀과 넓은 초원이 함께 어우러져 있다. 멀리 커다란 소나무와 잡목들이 뒤엉켜있는 숲이 보이다가 잡목 하나 없는 널따란 초원이 나타난다. 양 떼들이 무리 지어 나타나면 그건 더 환상적이다. 거기에 지대가 높다 보니 하얀 뭉게구름이 저 아래로 지나갈 때면 여기가 무릉도원인가 싶다.

그래서 『느긋하게 걸어라』를 쓴 조이스 랩이 "피레네산맥을 넘어가면서 너

피레네산맥의 구름

무 아름다운 풍광에 내 영혼은 춤을 추었다."라고 표현한 모양이다. 첫날, 힘난한 산맥을 넘으면서 '힘들어도 너무 힘들다'고 투덜대면서도 무사히 넘어올 수 있었던 것은 이런 아름다움이 보상을 해준 덕분이 아닐까 싶다.

피레네산맥을 걸으며 먼 하늘의 흘러가는 구름을 바라본다. 어디선지 출발했을 저 구름은 흐르고 흘러 여기까지 왔겠지. 그리고 또 어디론가 흘러가겠지. 변화무쌍한 자연과 함께 네 모양도 한없이 변하는구나. 내 인생도 그렇게 흘러왔고, 저 구름처럼 또 어딘가로 향해 가겠지. 지나온 60여 년 내 인생도 저 구름처럼 햇빛과 바람을 맞으며 잘도 흘러왔구나!

이제 다시 어디로, 어떻게 흘러갈까? 저 구름처럼 유유히 흘러가고 싶다. 어린 시절 추억들이 불현듯 떠오른다. 친구들과 함께 뛰놀던 고향 마을 전경들이 파노라마처럼 스쳐 간다. 즐겁게 뛰놀던 뒷동산과 징검다리 옆 개울가, 서러움에 눈물 흘렸던 저수지 둑, 모두가 오늘의 나를 있게 한 추억들이다. 쉬고 싶어 가볍게 시작한 여정인데, 처음부터 많은 생각을 하게 된다.

어제부터 자주 만나는 브라질 친구들과는 꽤 친하게 되었다. 중남미 스타

브라질 친구들과 함께

일답게 활발하고 에너지가 넘친다. 브라질 사람들은 벌써 두 팀, 여섯 명을 만났다. 우리에게 상당히 호의적이다. 프레이타스Freitas와 그 부인 마리아Maria는 브라질에 아주 친한 한국 친구가 있다며 반갑게 인사한다. 스리오Srio와 이바닐슨Ivanilson, 마리아노Mariano 역

시 한국 사람을 무척 좋아한단다. 모두 인상이 좋고, 사교적이어서 함께 가면 힘이 절로 난다.

수비리에 도착해 입구에 있는 알베르게(Zaldiko, 10유로)로 들어갔다. 무심코 들어가서 예약했는데, 같이 묵은 한국인은 3개월 전에 예약했단다. 우리는 그렇게 인기 있는 곳인 줄 모르고 왔다. 오늘 와서 방금 예약했다고 하니 깜짝 놀란다. 우리가 정말 운이 좋은 사례라는 거다. 행운이 따르는 모양이다. 뒤따라오는 세 명도 같이 예약해 주었더니 고맙다며 깡충깡충 뛴다. 세탁에서 건조까지 1회당 6유로여서 네 명이 같이 했다. 1.5유로에 한 번에 해결할 수 있으니 이것 역시 너무 좋다. 함께 하면 이래서 좋구나 싶다.

지나가는 현지인에게 좋은 식당을 추천해 달라고 했더니, 숙소에서 가까운 곳을 소개해준다. 알고 보니 아주 평이 좋은 식당이었다. 점심과 저녁을 모두 거기서 먹었다. 점심은 스파게티, 저녁은 파에야. 우리 입맛에는 역시 파에야가 딱이다. 안에 자리가 없어 밖에서 먹다 보니 매우 쌀쌀하고 바람도 심하다. 낮에는 덥다가도 그늘에만 들어가면 쌀쌀한 것이 지중해성 기후의 특징이라는 것을 실감하고 있다. 이런 날씨에 빨리 적응해야 한다.

오늘 코스는 전반적으로 내리막 위주였다. 1,000m 정도의 고지에서 시작해 600m 정도의 수비리까지 내리막이고, 거리도 23km로 길지 않아 누구나 어렵지 않게 걸을 수 있다. 어제 고생했으니 오늘은 좀 편안하게 갈 수 있게 되어 있는가 보다. 아직은 시작 단계이니 서서히 몸을 적응시키며 무리하지 않고 가야 한다.

헤밍웨이, 당신은 왜? (8월 20일)
수비리 ~ 팜플로나 (Zubiri ~ Pamplona)
20.5km

스패츠를 차고 언덕을 오르며

일찍 일어나 출발하려는데 비바람이 분다. 비가 약하고 바람도 심하지 않아 다행이다. 우의를 입고, 스패츠도 차고, 랜턴을 켜고 6시 반부터 걷기 시작했다. 8시경까지는 랜턴을 켜고 걸어야 할 만큼 어둡다. 밤에는 9시가 넘어도 환한데 이게 우리나라와의 큰 차이인 것 같다. 두어 시간쯤 지나 비가 그치고, 걷기 좋은 날씨가 되었다. 3일 연속 이런 날씨라고 하니, 행운이 우리를 안내하는 모양이다.

오늘 코스는 거리도 짧고, 비교적 쉬운 코스로 보인다. 출발지인 수비리나 목적지인 팜플로나 Pamplona 모두 500m 정도의 고도여서 평지를 걷는 기분이다. 팜플로나에 못 미쳐서 약간 가파른 언덕이 있기는 하나 그렇게 어렵지 않다. 젊은 일행들도 모두 수월하게

순례자 형상 따라 폼 잡고

걷는다. 수리아인 Zuriain이라는 지역에 지도상에는 없는 바가 있어서 시금치가 들어간 오믈렛을 먹었는데 맛이 아주 좋았다. 순례자 형상을 따라 넷이 폼을 잡고 사진을 찍은 곳도 이곳 바 앞이다. 상당히 크고 오래된 식당으로 보인다. 어떤 가이드북에는 나와 있는데 내가 가진 안내 지도에는 없었다.

오늘도 산딸기는 산길 옆에 엄청 널려있다. 도영이와 아름이는 이틀 동안 전혀 보지 못했단다. 그 많은 걸 오늘 처음 보았다니, 얼마나 힘들게 걸었을지 이해가 간다. 산딸기를 알려주자 수시로 따먹으며 잘도 걷는다.

오늘은 새로운 열매 하나를 발견했다. 아주 진한 보라색 열매인데 크기는 엄지손가락 한 마디 정도이고, 맛은 자두와 비슷하다. 익은 것은 맛이 좋으나 대부분 아직 익지 않았고, 무척 시큼하다. 일주일에서 열흘만 지나면 먹음직스럽게 익을 것 같다. 길가나 산 여기저기에 있는 걸 보면 야생으로 자라는 듯하다. 중간쯤 가다 보면 마을과 떨어진 허허벌판에 자두나무 몇 그루가 있다. 몇 개 주워 먹으니 간식이 해결되고, 맛도 있어 모두 좋아한다.

아르가 Arga 강을 가로지르는 막달레나 다리 Puente de la Magdalena를 넘어 '팜

술의 원료인 엔드리나스

플로나Pamplona'로 들어갔다. 나바라의 주도인 팜플로나는 나에겐 무척 궁금한 도시다. 헤밍웨이가 가장 사랑했던 곳. 죽기 전까지도 다시 가고 싶어 했다는데 무엇이 그토록 헤밍웨이를 매료시켰을까?

그는 '산 페르민 축제'에 매료되어 무려 여덟 번이나 이 도시를 찾았다고 한다. 투우로 유명한 스페인에 대한 다큐멘터리에서 빠지지 않는 게 이 광란의 축제 현장이다. '엔시에로Encierro'라 불리는 이 '광란의 소몰이'는 투우 경기에 나가는 난폭한 황소들을 좁은 골목에 풀어 놓고, 수많은 축제 참가자와 함께 투우장까지 800여 미터를 질주하는 역사가 있는 행사다. 많은 사람이 뿔에 받혀 다치거나 소에 밟히고, 심하면 목숨까지 잃기도 한다. 선교를 위해 떠났다가 참수당한 '산 페르민' 성인을 기리기 위해 소를 죽이는 축제를 개최하는 것이 나로선 이해하기 힘들다. 너무 난폭해서 개인적으로 호감이 가지 않는데, 헤밍웨이는 그런 걸 무척이나 좋아했나 보다.

온화한 미소를 가진 멋진 남자,
세상에서 제일 멋진 턱수염을 가진 남자,
그러면서 잔인한 광란의 축제에 매료된 남자, 헤밍웨이!
우리는 당신을 어떤 사람으로 기억해야 할까요? 그가 더욱 궁금해진다.

그의 첫 번째 장편소설인『태양은 다시 뜬다』도 팜플로나에서 집필하여 세계적인 작가가 되었으니 헤밍웨이와 팜플로나의 인연은 깊고도 깊은 모양이다. 스페인 전역을 들썩이게 하는 이 축제 기간에 온 도시는 붉은 스카프를 매고 붉은 옷을 입은 사람들로 가득하다. 알코올이 무려 300만 리터나 소비된다고 하니 이를 어찌 이해해야 할지 모르겠다.

팜플로나는 역사적인 유물도 많은 도시로 보인다. 유네스코 세계문화유산으로 지정된 팜플로나 대성당은 14세기 말에 건설에 들어가 무려 150여 년이 걸려 완성되었다고 한다. 그 위용이 정말 대단하다. 문을 열지 않아 밖에서 구경할 수밖에 없어 무척 아쉬웠다. 팜플로나 성벽도 의미 있는 명소다. 800년에 가까운 기나긴 이슬람 세력과의 전쟁 속에서 끊임없는 침략을 받아왔지만, 성벽을 건설하고 나서 단 한 번도 적의 수중에 들어간 적이 없었다고 한다. 그만큼 성벽은 튼튼하고 두툼했다.

저녁 식사 후 이곳에서 제일 크다는 카스티요 광장으로 갔다. 여기 와서 절대 빠질 수 없는 곳, 헤밍웨이의 카페로 유명한 이루나Iruna 카페에 가기 위해서다. 헤밍웨이가 노년에 자주 이용했던 곳으로 누구나 한 번씩 들르는 곳이다. 일산에서 오신 맘씨 좋은 두 어르신이 맛난 피자와 음료를 사주어 얼마나 고마웠는지 모른다. '두 분은 구경할 것 다 하면서 아주 천천히 걷는다.'고

헤밍웨이가 애용했다는 이루나 카페

한다. 나이 드신 분들이 이렇게 함께 다니는 걸 보면 정말 좋아 보인다. 항상 웃는 얼굴에 맛있는 걸 잘 사주어 우리는 '맘씨 좋은 일산 아줌마'라 부르고 있다. 지금도 건강하게 잘 지내고 계신지 무척 궁금하다.

'맘씨 좋은 일산 아줌마' 두 분과 함께 이루나 카페에서

팜플로나에서 들어간 알베르게(Jesus Maria, 9유로)는 공립인데 상당히 크고 가성비도 좋아 모두 만족스러워한다. 나름의 배려인지 한국 사람들을 한 곳으로 몰아서 배치했다. 그 덕분에 일산에서 오신 두 분을 만날 수 있었다. 이곳은 매우 큰 도시라 중국 마트가 있어 라면, 돼지고기, 계란, 와인 등을 사다가

끝없이 펼쳐진 해바라기 농장과 밀밭

부엌에서 요리해 저녁을 먹었다. 쌀과 식용유는 앞선 사람들이 남겨놓은 걸 이용했다.

청년들이라 그런지 음식을 준비하는 게 무척 빠르다. 덕분에 시간이 많이 절약되기도 한다. 이번 여행 출발 후 최고의 진수성찬으로 모두 엄청나게 먹어댄다. 평소 라면을 즐기지 않는 편인데도 너무 맛있어서 행복감을 느끼게 하는 식사였다. 빵이나 파에야가 서서히 질려가려는데 이런 맛있는 저녁을 맛보게 되니 참으로 기분이 좋다. 우리에겐 역시 우리 것이 최고야!

순례길 팁 : 걷기 연습, 어떻게 할까?

산티아고 순례길을 준비하는 사람들로부터 걷기 연습을 어떻게 하면 좋냐는 질문을 많이 받는다. 물집이 생기지 않게 준비하고, 걸으면서 물집을 예방하는 방법을 알면 걷는 준비는 모두 대비할 수 있다.

순례길을 걷다 보면 체력 소모로 인한 낙오자, 근육통을 호소하는 사람, 발목을 삔 사람, 물집이 생겨 고생하는 사람 등 다양한 유형의 환자가 속출한다. 그중에서 물집으로 고생하는 사람이 가장 많고, 물집 때문에 완주를 포기하는 사람도 더러 있다. 함께 걸은 젊은이들 역시 물집과 근육통 때문에 고생을 많이 했다.

나는 사전에 준비를 많이 해서인지 34일 동안 900㎞ 이상을 걸으면서도 물집 없이 걸을 수 있었다. 산티아고 순례길뿐만 아니라 평상시 둘레길을 걸을 때도 도움이 될 수 있는 '물집 예방 노하우'를 정리해 보았다. 걷기 연습은 물집 방지에 초점을 맞추어 준비하면 될 것이다.

먼저 출발 전 준비 단계에서는 다음 세 가지를 실천해야 한다.

첫째, 출발 1년 전부터 하루에 만 보 이상 걸어야 한다. 가장 중요하고, 기본적으로 실천해야 할 사항이다. 나는 아침에 통근버스 타러 갈 때 20여 분을 걸었고, 퇴근은 지하철로 하는데 만 보가 안 되는 날은 미리 내려서 집까지 걸었다. 직장생활을 하면서 걷기 위해 따로 시간을 내기는 힘들다. 가능한 한 생활 속에서 만 보 걷기를 실천하려 노력했다. 주말에는 등산이나 장거리 걷기를 이어갔다. 이처럼 평상시 꾸준한 걷기 연습이 산티아고 완주의 밑거름이 되었다고 생각한다.

둘째, 신발과 양말 선택이다. 다이얼식 신발을 구입해 최소한 3개월 이상 신으면서 내 발에 맞는 신발로 적응시켰다. 기능성 양말도 다섯 종류 이상 구입해서 신어보고 가장 적당한 세 켤레를 가지고 갔다. 발가락 양말은 발볼이 넓은 사람에게는 적당하지 않으니 자기 발 특성을 잘 알고 선택해야 한다.

셋째, 모래사장에서 맨발로 발바닥을 단련한 것도 도움이 된다. 누군가가 동남아 여행을 가서 해변에서 며칠간 놀다 온 뒤에 무좀이 없어졌다는 얘기를 들어본 적이 있다. 이 말을 듣고 7월 말 을왕리 해수욕장에서 맨발로 뜨거운 모래밭을 서너 시간씩 이틀간 걸었다. 걸으면서 발바닥을 자주 비벼주었다. 모래사장 걷기는 발바닥을 단련할 뿐만 아니라 무좀에도 효과가 있다고 하니, 한 번쯤 시도해 볼 것을 권한다. 아울러 황톳길에서 맨발로 걷는 것도 도움이 될 것으로 보인다.

순례길을 걸을 때는 다음 세 가지를 실천했다.

첫째, 아침 출발 전에 발바닥 전체에 안티푸라민이나 바세린을 발라주었다. 발가락 사이사이에도 골고루 발라주고, 발이 건조해진 느낌이 들면 휴식을 취할 때도 가끔 발라주었다.

둘째, 휴식을 취할 때 하루에 한 번, 가능하면 두 번 이상 양말까지 벗고 발을 말려주었다. 다이얼식 신발을 신어야 하는 이유가 바로 이 때문이다. 끈으로 묶는 등산화는 신고 벗기가 귀찮아서 양말까지 벗기는 쉽지 않다.

셋째, 물집이 생길 기미가 보이면 바로 양말을 벗고 종이테이프를 붙여주었다. 종이테이프는 얇지만, 효과가 크다. 마라톤 풀코스를 처음 뛸 때 35㎞ 지점에서 물집이 생겨 포기하려고 했었다. 그때 의료팀이 종이테이프를 붙여주어 완주한 적이 있다. 그만큼 효과가 크다는 걸 경험해 봤기에 34일 동안 테이프를 한 통 반이나 사용했다.

미리 준비하고 연습할 때 걷는 행복, 완주의 기쁨을 누릴 수 있다. 물집 방지 노하우는 순례길을 걸으면서 가장 기본적으로 익혀야 할 필수사항이다.

4 일차

용서의 언덕, 뭘 날려 보낼까? (8월 21일)
팜플로나 ~ 푸엔테 라 레이나 (Pamplona ~ Puente La Reina)
25km

이른 아침, 팜플로나 외곽으로 나와 뒤를 돌아보면 시내가 붉은 여명으로 장관을 이루고 있다. 맑은 날이면 아침마다 이런 아름다운 모습이 계속된다. 부지런한 순례자에 대한 새벽길 선물이라 생각하고 즐거운 마음으로 걷게 된다.

팜플로나의 여명

사리끼에기Zariquiegui를 지나는데 아담한 성당이 있어서 안전을 기원하는 기도를 하고, 약간의 헌금을 한 뒤 출발했다. 큰 성당보다는 이런 작은 성당을 보면 훨씬 정감이 가고 포근한 느낌이 든다. 헌금하고 싶은 마음도 절로 우러나온다. 기부하고 나면 마음이 그렇게 편할 수 없다. 몸이 말하는 대로, 마음이 시키는 대로 그렇게 걷고 있다.

시수르 메노르Cizur Menor와 사리키에키 중간부터 오르막이 시작된다. 페르돈 정상까지 경사도 심하고 거리도 3㎞ 이상이어서 무척 힘든 구간이다. 바람이 어찌나 강하게 부는지 땀은 나오자마자 식어버리고, 풍력발전기 날갯소리도 상당히 거슬린다. 하지만 790m의 페르돈 고개Alto del Perdon 정상에 도달하면 모든 걸 보상받는 기분이다. 언덕 위에 세워진 순례자 형상의 철제 기념비가 반가이 맞아준다.

용서의 언덕에 세워진 철제 상은 까미노의 대표적인 이미지로 자리 잡은

용서의 언덕에 있는 철제 순례자 상

지 꽤 오래되었다. 주변에 비해 우뚝 솟은 봉우리이다 보니 멀리 팜플로나까지 한눈에 볼 수 있었지만, 긴 시간 머무를 수 없을 만큼 바람이 강했다.

'용서의 언덕', '자비의 언덕'. 왜 이런 이름을 붙였을까? 페르돈^{Perdon}은 영어의 용서^{Pardon}라는 의미를 지니고 있다. 미움과 한, 가슴 속 응어리를 여기 강한 바람에 날려 보내며 용서하라고 그런 이름을 짓지 않았을까?

쇠로 만든 표식에 이렇게 쓰여 있다.
'Donde se cruza el camino del viento con el de las Estrellas'
(바람의 길과 별의 길이 교차하는 곳)

그렇다. 여기는 바람이 지나가는 길목이다. 주변의 모든 바람은 이곳을 지나갈 수밖에 없는 통로에 자리 잡은 언덕! 풍력발전기가 많은 것도 그 때문인 것 같다.

푸엔테 라 레이나(여왕의 다리)

이번에 머무를 곳은 이름이 묘하다. '푸엔테 라 레이나^{Puente la Reina}'라는 마을에 같은 이름을 가진 다리가 있다. '푸엔테'는 다리를 뜻하고, '레이나'는 여왕을 의미하니 이는 '여왕의 다리'라는 뜻이다. 까미노에서 가장 아름다운 다리로 불리는 이 다리는 11세기 나바라 왕국 시절 한 왕비의 지시로 순례자들을 위해 건설되었다고 한다. 하천 물

순례자 형상을 따라

살이 거셌던 이곳에 6개의 아치에 길이가 110m나 된다. 당시 여건으로는 상당히 긴 다리에 속하는 편이다.

오늘 코스는 전체적으로 오르막과 내리막이 반복된다. 400m 정도에서 시작해 790m인 페르돈 고개까지 오른 후 가파른 내리막 경사가 계속된다. 특히 사리끼에기부터 5㎞는 긴 오르막도 오르막이지만 꼭대기에서 내려오는 구간은 매우 조심해야 한다. 정상부에서부터 굵은 자갈이 엄청나게 많다. 누가 덤프트럭으로 일부러 자갈을 부어놓았나 싶을 정도다. 무리하지 말고 천천히 내려와야 한다. 청계산과 비교하자면 옛골에서 옥녀봉 오르기와 비슷한 수준으로 보면 될듯하다.

순례길 회상 : 날려 보내고 싶은 기억들

바람의 언덕, 용서의 언덕을 넘으면서 뭔가 답답함을 날려 보내고 싶다.
뭘 날려 보낼까? 그래, 날려 보내자. 시원하게…….

과자를 훔쳤다는 누명을 쓰고, 돈을 물어주는 사건은 초등학교 2학년 때
일어났다. 1년 후배와 싸운 다음 날, 그 아버지가 나를 자기 집 기둥에 묶어
버리는 일도 비슷한 시기에 있었다. 얼마나 무서웠는지 모른다. 친구와 장난
치다 선생한테 실컷 두들겨 맞은 일은 중학교 때 일어났다. 부잣집 아들인 친
구는 때리는 시늉만 하고, 나는 수도 없이 얻어맞으며 얼마나 서러웠는지 모
른다. 도시락을 먹으려는데 급우가 침을 뱉어버리는 서러움도 유사한 시기
에 당했다.

가진 것 없는 집안에서 자라며 겪어야 했던 숱한 서러움은 학교에서도, 마
을에서도 끊이질 않았다. 가슴에 맺힌 게 없어야 하는데 살다 보면 맺히는 게
생긴다. 그게 우리네 인생인 모양이다. 서러운 일을 당할 때마다 나는 아니
라고, 내가 안 했다고 얼마나 울부짖었던가? 얼마나 많은 눈물을 흘렸던가?
그토록 나를 힘들게 했던 그 사람들에게 때로는 고마운 마음이 들기도 한다.
내가 무너지지 않고 버틸 수 있는 원동력이 되어주기도 했으니 말이다.

고시의 길에 들어서서 정말 힘든 과정을 거쳤다. 군 복무를 마치고 복학해
4학년 초에 시작했다. 1983년 3월 31일! 고시에 도전하기로 결심한 날이다.
아버지 제삿날, 어머니와 누나들의 대화 중 한 마디가 내 뒤통수를 꽝 내리쳤
다. 하늘의 별로만 보이던 고시라는 게 나도 할 수 있겠다는 생각이 번쩍 들
었다.

그해 1차에 합격하고, 다음 해 2차에 합격하였으나 3차 면접에서 낙방했다. 기술고시는 분야별로 5명을 선발하는데, 2차에서 6명을 합격시킨 후 면접에서 하자가 없는 한 6등이 떨어진다. 간발의 차이로 6등이었던 것이다. 1985년에 1차와 2차 동시 합격을 목표로 다시 도전했다. 1차는 무난히 통과했는데 2차에서 또 6등이었다. 동점자가 있어 함께 떨어졌다.

2년 연속 6등의 불운! 그때의 기분, 그 당시의 심정을 뭐라고 표현해야 가장 적절할까? 아무리 찾아봐도 없다. 적어도 지구상에는 이를 나타낼 수 있는 알맞은 말이나 글이 없다. 세상을 뒤집어버리고 싶은 심정, 모든 걸 집어던져 버리고 싶은 울분이 치밀었다. 연속되는 불운 속에서 고민을 많이 했다. 계속하라는 것인지, 그만 포기하라는 것인지……

이때 가슴속에 쌓여 있던 응어리가 다시 일어설 수 있게 하는 원동력이 되었다. 나에게는 그 서러움의 구렁텅이에서 빠져나오고 싶은 욕망밖에 없었다. 다시는 그런 암흑 속으로 들어가고 싶지 않았다. 누군가는 고시의 목적이 너무 속된 것이라 비난할 수도 있겠지만, 내 마음은 오직 어린 시절 서러움과 괴로움의 굴레에서 벗어나고 싶은 갈망 외에는 아무것도 없었다. 국가를 위해 헌신하고 싶다거나, 국민을 위해 봉사하고 싶다는 공자님 같은 말씀은 나와는 거리가 멀었다.

나 자신도 힘들었지만, 시골에서 묵묵히 일하면서 온갖 서러움을 밥 먹듯이 당하고 사는 형님이 불쌍해서라도 돌파구를 찾아야만 했다. 이장 자리를 빼앗으려는 사람들에게 집단 폭행을 당한 형님을 보면서 내가 할 수 있는 건 아무것도 없었다. 소나무에 머리를 들이받으며 화를 삭이는 것이 유일한 돌파구였다. 어떻게 해서든 이 구렁텅이에서 빠져나와야만 했다. 2년 연속 6등이라는 비운 속에서 나를 다시 일으켜 세우고, 버틸 수 있게 해주었으니 어찌 보면 고맙기도 하다.

마음을 다잡고 1986년 초에 다시 공부를 시작했다. 3월부터 몇 개월은 주류회사에 들어가 근무했다. 백만 원 정도가 모이자 사표를 내고 고시원으로 들어가 마지막 총력을 쏟았다. 그해 말에 최종 합격했으니 꼭 4년이 걸렸다. 정말 힘든 시간이었다. 중간에 그만둘까 여러 번 고민했지만, 그동안 맺힌 응어리가 끝까지 버틸 수 있는 원동력이 되어주었다. 나는 합격해야만 했고, 그 밖의 길은 생각할 수 없었다.

나는 이 길을 걸으며 엄청나게 많은 눈물을 흘리고 있다. 어렸을 적 겪었던 설움이 생각나서, 나 때문에 한숨짓던 부모님이 생각나서, 그런 부모님께 미안하고, 보고 싶어 흘리는 눈물이다. 하지만 60여 년을 꼭 껴안고 살아온 이 응어리를 이제는 버려야 한다. 이걸 버리지 못하면 나는 단 한 발짝도 더 나아갈 수 없다는 걸 누구보다 잘 알기에…….

머나먼 이국땅 까미노에서 내려놓아야만 한다. 까미노야, 품어다오!

순례자의 마을, 에스테야 (8월 22일)
푸엔테 라 레이나 ~ 에스테야 (Puente La Reina ~ Estella)
23km

여행할 때는 자기에게 맞는 음식을 빨리 파악하는 것도 중요하다. 여기 와서 처음 먹어보는 과일 중에 납작한 복숭아가 있다. 맛도 좋고, 가격도 저렴해서 자주 먹게 된다. 특히 젊은 친구들이 좋아해서 마트 갈 때마다 빼놓지 않는다. 서양배도 내 입맛에 딱 맞다. 파에야는 전자레인지로 2분 정도만 데우면 먹을 수 있어 아주 편리하다. 요구르트는 가능하면 하루에 하나씩 먹을 수 있도록 일행들 것도 함께 사고 있다. 이 정도면 당분간 아침으로는 충분할 것 같다.

풍족한 아침 식사

동두천에 근무했다는 미국 친구

출발하면서 그동안 몇 번 만났던 미군을 다시 만났다. 배낭에 태극기를 매달고 있어 친근감이 가는 친구다. 같은 숙소에 머물렀는데 모르고 있다가 아침에 마주친 것이다. 반갑게 인사하고, 사진을 찍고 함께 길을 나섰다. 2년여 동안 동두천에 근무하면서 좋은 인상을 받았던 기억 때문에 한국 사람을 보면 그렇게 반가울 수가 없단다. '태극기를 매달고 걷고 있는 당신도 정말 멋지고 고맙다'고 거듭 화답해 주었다. 이날 이후로 그를 더 이상 만나지 못했다. 왜 연락처와 이름을 받아놓지 않았는지 두고두고 후회스럽다. 다음에 또 만나면 그때 물으려다 기회를 놓치고만 것이다. 너무 아쉽다. 미안하오, 젊은 미국 친구여!

엔드리나스를 수확 중인 두 수녀님

오늘도 구름 한 점 없는 맑은 하늘이다. 덥지도 않아 걷기에 최적의 날씨다. 이런 날씨가 계속 이어지니 그저 감사할 따름이다. 길을 가다 수녀님 두 분이 보라색 열매를 따고 있는 것을 보았다. 그동안의 의문이 확 풀렸다. 먹을 수 있는 과일일 거라고는 생각했는데, 확인한 셈이다. 이름은 '엔드리나스 Endrinas'이고, 술을 담기 위해 따고 있었다. '파차란Pacharan'이라는 음료의 원료가 바로 엔드리나스라고 알려주셨다. 수녀님, 고맙습니다!

스페인의 마을은 낮은 구릉지나 높은 언덕 위에 형성되어 있는 경우가 많다고 한다. 낮은 골짜기에 있는 마을은 적에게 발각되지 않는 피난처의 역할을, 높은 지대에 있는 마을은 적의 침입을 쉽게 발견할 수 있는 전략적 요충지의 역할을 한다. 이는 중세 스페인에서 기독교 세력과 이슬람 세력 사이의 긴 전쟁의 산물이라 할 수 있을 것이다.

'살모사의 둥지'라는 뜻을 가진 '시라우끼Cirauqui'라는 마을이 있다. 경사진 언덕 위에 자리 잡은 대표적 전략 요충지에 해당한다. 스페인 북부에서 유명한 와인 생산지이기도 한 이곳 바bar에서 간단한 식사를 하고 세요를 받았다. 시라우끼는 아직도 로마 시대 돌길이 남아 있는 아담한 마을로 언덕 위에 그림처럼 조성되어 있다. 누구나 한 번쯤 쉬어가고 싶어지는 아주 예쁜 마을이다.

한참 가다 보니 해바라기밭이 보이는데 어제와는 완전히 다른 모습이다. 어제는 꽃이 지고, 씨앗이 누렇게 익어가고 있었는데, 오늘은 노랗게 꽃이 피어 있다. 비슷한 지역인데도 이렇게 차이가 난다. 아름다운 해바라기 꽃밭을 못 보고 가나 했는데 무척 반가웠다. 당나귀도 가끔 만나는데 오늘 본 당나귀는 매우 깔끔하고 귀여워 그냥 지나칠 수 없다. 밤색과 보라색, 흰색이 조화를 이루어 마치 만들어놓은 인형처럼 보인다. 까미노에서 만나는 동물들은 왜 그리도 예쁘게 보이는지 너무도 사랑스럽다.

오늘 점심은 어제와 같은 시행착오를 반복하고 싶지 않아 가면서 먹기로 했다. 12시 30분경 목적지가 4㎞ 정도 남은 '비야투에르타Villatuerta' 지역에 도

인형처럼 예쁜 당나귀

착해 바^{bar}에서 토마토와 양파를 넣은 수프와 샌드위치를 먹었다. 밀가루 음식을 별로 좋아하지 않는 편이지만 여기선 어쩔 수 없다. 적응하면서 사는 수밖에. 다행히 맛이 좋아 남김없이 먹었다.

에스테야^{Estella} 마을 입구에는 커다란 식수대가 있어 순례자의 마을임을 금방 알아차릴 수 있다. 나바레 왕국의 상업 중심지였다는 에스테야는 한때 '북부의 톨레도'라 불릴 정도로 번성한 도시였다고 한다. 최초의 순례서인『칼릭스투스 서책』에서 '좋은 빵과 훌륭한 포도주, 고기와 물고기가 넘쳐나고, 맛있는 음식이 풍부한 모든 종류의 행복함이 있는 도시'라고 기술되어 있다. 지금은 별로 크지 않은 도시인데 과거에는 얼마나 번성했고, 먹거리가 풍부했는지 짐작할 수 있다.

점심 이후에 걸을 때는 햇볕이 무척 따갑다. 그래도 남은 거리가 길지 않아 무난히 숙소에 도착할 수 있었다. 오늘 묵은 알베르게(Hospital de peregrinos, 6유로)도 가성비가 아주 좋다. 전체적으로 깔끔하고, 무엇보다 친절해서 추천하고 싶은 곳이다.

저녁은 참치 쌈으로 정했다. 양상추, 참치, 고추장만 있으면 되는 초간편식이다. 여기에 라면수프로 끓인 계란국과 밥이 추가되었다. 이 역시 어느 사이트에서 보아둔 레시피를 약간 변형시킨 것인데 대만족이다. 만들기 쉽고,

영양도 풍부하고, 맛까지 좋으니 금상첨화다.

오늘 코스는 대체로 수월하다. 처음 출발할 때 경사가 있어 약간 힘들 수 있으나 전체적으로 400~500m 내외를 오르내리는 코스다. 거리도 23km로 그렇게 길지 않아 누구나 무난하게 걸을 수 있다.

순례길 이야기 : 허리 통증

다섯째 날인 오늘의 몸 상태는 비교적 양호하다. 왼쪽 검지 발가락이 멍이 들었는데 종이테이프를 붙이고 걷고 있다. 걸을 때 발가락이 신발에 계속 부딪히면서 가장 긴 검지 발가락이 고생하고 있는 것 같다. 크게 피곤하거나 근육이 뭉친 부위는 없는데 문제는 허리다.

출발할 때부터 허리는 완치되지 않은 상태였다. 한 원장은 무리하지 말라고 만류하고, 다른 원장은 약을 지어주면서 조심해서 다녀오라고 하고, 또 다른 원장은 아플 때마다 피내침을 꽂으면서 가라고 권한다. 완치될 때까지 연기하느냐, 무리해서 강행하느냐의 갈림길에서 무척 고심이 많았다. 이번 계획을 변경할까도 생각했지만 그럴 수는 없는 상황이었다. 동네방네 소문이 너무 많이 나 있었다. 환경부와 환경공단 식구들, 주변 친구들과 지인들 모두에게 오래전부터 광고했으니 어찌하랴.

특히 한국환경공단 직원들이 퇴임할 때 해준 선물들은 온통 순례길과 연관된 것들뿐이다. 배낭에서부터 양말, 재킷, 관련 서적 등 모두가 순례길 잘 다녀오라는 것들이다. 출발할 때 당초 계획이 변경된 것도 허리 때문이다. 처음에는 무게를 5kg 이하로 최소화하고, 동키 서비스[10] 없이 움직이는 거리를 마음대로 조절하면서 걸으려 했다. 어쩔 수 없이 동키 서비스를 이용하면서 허리 재발을 막으려 애쓰면서 가고 있다. 초반에 허리 통증이 재발하면 만사가 허사가 될 수도 있기 때문이었다.

허리 때문에 복대와 약, 피내침, 파스 등이 추가되면서 무게가 많이 늘었다. 젊은 친구들과 보조를 맞추며 같이 걷는 것도 초반 페이스 조절을 위해서다. 나에게는 과속하는 습관이 있다. 한번 탄력을 받으면 제어가 힘들다. 젊은 시절 마라톤을 하면서 생긴 습관인지도 모르겠다. 어느 정도 확신이 생길 때까지는 이런 페이스를 계속 유지할 계획이다. 젊은이 셋을 앞세우고 가니 그 이상 과속은 막을 수 있을 것 같다. 중간중간에 들르는 성당에서도 허리 재발을 막아달라고 기도하면서 가고 있다.

---

10 동키 서비스(Donkey Service) : 배낭을 도착지 알베르게까지 배달해주는 서비스로 가격은 3~7유로이다. 초반에는 비싸고 산티아고에 가까워질수록 서비스 업체 수가 늘면서 가격이 내려간다. 예전에는 당나귀(Donkey)를 이용해서 짐을 옮겼기에 이런 명칭이 붙었다고 한다.

이라체 수도원의 와인 꼭지 (8월 23일)
에스테야 ~ 로스 아르꼬스 (Estella ~ Los Arcos)
22km

오늘도 날씨는 매우 좋다. 구름이 거의 없고, 약간 쌀쌀하다. 재킷을 입고 가다가 두어 시간 지나서 벗어야 했다. 나바라 지방이 끝나가고 '라 리오하' 지방이 가까워지면서 포도밭이 늘어나고, 와이너리도 가끔 보인다.

출발해서 20여 분 지나니 '헤수스'라는 유명한 대장간이 나온다. 조가비 문양의 목걸이가 너무 귀여워서 4유로를 주고 하나 구입했다. 여행 다니면서 기념품을 거의 사지 않는 편인데 왠지 사고 싶은 욕망이 강하게 생긴다. 여행 길의 수호신 비슷한 역할을 해줄 것 같은 느낌이 들기도 한다.

여기서 다시 10여 분 걸으면 와인을 무료로 마실 수 있는 '이라체 와인 샘 Irache Fuente de Vino'이 나온다. 순례자라면 누구나 알고 있는 유명한 와이너리다. 이라체 수도원의 와인 꼭지! 왼쪽은 와인이, 오른쪽은 물이 나온다. 순례

헤수스 대장간

이라체 수도원의 와인 꼭지

자들이 이라체 수도원에서 포도주와 물을 마음껏 마실 수 있게 된 것은 꿈을 이루지 못한 어느 수도승 덕분이라고 한다. 수도사가 되기를 꿈꾸었던 '베르문도'라는 사람이 뜻을 이루지 못하고 수도원의 문지기가 되었다.

그는 순례자들을 기쁘게 해주기 위해 수도원에서 나오는 포도주를 한 잔씩 대접하기 시작했는데, 그것이 지금까지 이어지고 있다고 한다. 중세로부터 시작된 이 전통이 오늘날까지 지속되고 있으니 한 사람의 까미노 사랑이 얼마나 큰 영향을 미쳤는지 알 수 있다. 나중에는 순례자를 위한 병원까지 지었다고 하니 순례자를 위한 그의 사랑이 어느 정도였는지 짐작이 간다.

와인을 마시는 사람들의 표정은 다양하다. 공통점이라면 누구나 밝고 환한 표정이라는 점일 것이다. 그분이 처음 시작한 계기도 바로 이런 것 때문이 아니었을까? 술을 좋아하는 몇 사람은 물병을 비우고 와인으로 채운다. 오늘 저녁은 와인 파티란다. 술이 약한 나는 맛만 보고 떠나는데 왠지 아쉬운 기분이다. 이 또한 부질없는 욕심이려니…….

7.5㎞쯤 걸어서 도착한 아스께따Ascheta에서 휴식을 취하며 바나나, 오렌지 등 무거운 것을 먼저 소비했다. 다시 두어 시간 걸어서 도착한 푸드트럭은 사막의 오아시스 같다. 거의 상설화된 것으로 보이는데 안내 지도에는 표시가 없어 아쉽다. 거리가 멀지 않아 12시경 목적지에 도착할 수 있었다.

오늘 알베르게(Isaac Santiago, 6유로)는 가성비가 최고다. 주인 노부부가 그렇게 친절할 수 없다. 저녁에 제공해준 돼지고기와 감자 요리는 우리 입맛에 딱 맞았다. 날마다 제공되는 건 아닌데 우리가 운이 좋아서 그걸 먹을 수 있었단

푸드 트럭이 있는 간이 바에서

젊은 친구들이 준비한 저녁(스파게티, 새우와 마늘 요리 등)

다. 동네 사람들이 무슨 행사가 있으면 순례자에게 제공해주는 일종의 서비스 음식이라는 것이다. 덕분에 오늘 저녁은 완전 포식이다.

제공된 음식에 재호가 준비한 스파게티, 새우와 마늘을 곁들인 빵 요리까지 푸짐하다. 순례길을 걸으려면 몇 가지 요리를 익혀서 오라고 하던데 재호도 배워온 모양이다. 날마다 오늘처럼 먹으면 순례 끝날 무렵 체중이 늘어날 것도 같다. 오늘은 세정이와 명철이도 식사를 함께했다. 오면서 몇 번 만났는데 모두 혼자 온 데다 연령대도 비슷해서 금방 친해졌다.

오늘 코스는 거리도 짧고 가파른 오르막이나 내리막이 없어, 그렇게 어려운 코스는 아니다. 소요 시간도 길지 않아 다섯 시간 정도면 누구나 쉽게 걸을 수 있다. 다만 아스께따에서 푸드트럭을 지나 로스 아르코스까지 가는 길이 조금 지루하게 느껴진다. 중간에 푸드트럭 빼고는 마을이나 카페가 전혀 없기 때문이다. 바는 까미노의 오아시스 같아서 오랫동안 나타나지 않으면 괜히 힘이 빠지는 기분이다.

순례길 이야기 : 알베르게, 네가 너무 고맙고 부럽다!
까미노를 걸으면서 가장 인상적인 것 중 하나가 알베르게다. 이는 저렴한

가격으로 순례자들이 이용할 수 있는 스페인식 공유형 숙박시설로 크게 공립과 사설로 나뉜다. 전자는 지방자치단체에서 운영하는 시립Municipal과 마을공동체 등에서 운영하는 공립Publico, 그리고 종교단체나 수도회에서 운영하는 교구

등록을 기다리는 순례자들

Parroquial가 있다. 후자는 개인이 운영하는 사설Privado 알베르게다.

공립은 수도자나 '호스피탈레로'[11]라는 자원봉사자가 운영과 안내, 청소 등을 담당하는데, 최소한 한 번 이상 순례길을 걸어본 사람이 맡는다. 공립은 요금이 5~10유로 정도이고, 가끔 기부제인 곳도 있다. 사립은 보통 10~15유로 정도 받는다. 이런 유형의 숙박시설이 없었다면 그 많은 사람이 산티아고 순례길에 몰려들 수 없을 것 같다.

내부 시설과 비품, 세탁 및 건조 시설 등은 알베르게마다 차이가 크다. 만하린처럼 잠만 잘 수 있는 단순한 곳이 있는가 하면 수영장이나 고급 휴게시설, 아름다운 정원이 있는 알베르게도 있다. 론세스바예스나 오 세브레이로처럼 한 공간에 수십 명이 들어가는 시설도 있고, 2~4명씩 자는 곳도 있다. 대부분 2층 침대인데 가끔 1층 침대만 있는 알베르게도 있다.

---

11 호스피탈레로(Hospitalero) : 알베르게에서 일하는 자원봉사자를 말한다.

일반적으로 샤워를 할 수 있고, 간단한 취사가 가능한 시설 정도로 보면 된다. 가끔 부엌이 없는 시설도 있으므로 들어갈 때 확인이 필요하다. 원칙적으로 산티아고를 제외하고는 모든 알베르게는 1박만 가능하다. 저녁 10시에 소등하고, 아침 8시에 비워야 하는 것도 알베르게의 규칙이다.

알베르게에는 숙박 우선순위가 있다. 장애인, 걷는 사람, 말 타고 가는 사람, 자전거 타고 가는 사람 순이다. 아마도 고생이 많은 순서대로 정해진 것 같다. 조개껍데기가 까미노의 상징이다 보니 회사 마크가 조개인 셸 석유회사와 코카콜라가 알베르게 운영을 지원해주었다는데 지금도 계속되고 있는지 모르겠다.

알베르게가 단순히 잠만 자는 곳은 아니다. 세계 각국에서 온 순례자들이 교류하고 소통하는 곳이기도 하다. 저녁 식사를 같이하면서 대화하고 정보를 주고받는 순례 문화가 형성되는 곳이다. 길에서 만난 것도 반가운데 같은 숙소에 묵으면 훨씬 빨리 가까워진다. 일종의 공감대라고 해야 할까? 브라질에서 온 프레이타스Freitas 가족이나 미국에서 온 알도Aldo 가족도 같은 알베르게에 머무르면서 더욱 가까워졌다.

알베르게 내부

산티아고 순례길이 세계에서 가장 많은 순례자가 걷는 최고의 순례길이 된 데에는 알베르게와 같은 독특한 숙박 시스템이 있었기에 가능하다고 한다. 숙박비만 따진다면 하루 평균 10유로가 넘지 않는다. 1만 3천 원 정도면 샤워를 할 수 있고, 숙박이 해결되니 정말 부담이 없다.

산티아고 순례길을 모델로 제주도 올레길을 개척했다는 서명숙 씨 얘기는 너무도 유명하다. 아름다운 길은 만족도가 높은 반면, 숙박시설이 뒤따르지 못해 아쉽다는 얘기를 많이 한다. 숙박비가 저렴한 시설이 있다면 올레길에 더 많은 사람이 이용할 것이라고 말이다. 육지에 있는 각종 둘레길도 마찬가지다.

동해안에는 해파랑길, 남해안에는 남파랑길, 서해안에는 서해랑길이 개통되었고, 조만간 DMZ길이 열릴 것이다. 해안선과 민통선을 잇는 환상적인 길이다. 멋진 풍광들은 산티아고 못지않은데 숙박시설이 따라오지 못하는 아쉬움이 크다.

저렴한 숙박시설 문제가 해결되지 않는다면 그 많은 둘레길을 만든 효과는 기대하기 힘들 수 있다. 오히려 애물단지가 될 수도 있을 것 같아서 걱정이다. 숙박 문제만 잘 해결할 수 있다면 우리나라 둘레길이나 올레길도 이용하는 사람이 훨씬 더 많아질 텐데. 선택과 집중으로 대안을 모색했으면 좋겠다.

7 일차

인터폴 출동 소동 (8월 24일)

로스 아르꼬스 ~ 로그로뇨 (Los Arcos ~ Logrono)
28.5km

로스 아르꼬스의 여명

오늘 코스는 전체적으로 어렵지는 않은데 거리가 좀 길다. 400m 내외의 지역이 대부분이고, 10km 지점에 570m 정도의 포요 언덕Alto del Poyo이 하나 있다. 비아나Viana 전후로 비슷한 길이 계속되어 약간 지루함을 느낄 수도 있겠다. 맑은 날씨에 구름도 거의 없다. 낮에는 몹시 더웠으나 참기 어려울 정도는 아니다. 일행들은 덥다고 난리인데, 나에게는 적당하다. 내가 다른 사람들보다 더위에는 좀 강하다는 말을 들어왔는데 그게 맞는 모양이다.

6시 5분에 랜턴을 켜고 출발했는데 새벽 여명이 환상적이다. 해를 등지고 걸으면서도 연신 뒤돌아보며 사진을 찍게 된다. 저 멀리 앞쪽에는 수많은 산과 엄청난 수의 풍력발전기가 마치 병풍처럼 서 있다. 이곳에도 신재생에너지 붐이 한창인지 풍력발전기가 자주 눈에 띈다.

산솔Sansol에 도착하자 배도 출출하고 쉬기도 할 겸 바에 들렀는데 종류가 다양하지 않다. 계란과 감자를 버무린 토르티야Tortilla를 주문하니 빵 한 조각을 같이 준다. 가격도 1.5유로밖에 안 된다. 여기서는 간단한 음식을 시켜도 빵이 따라 나오는 경우가 많아 그걸 감안해서 음식을 시켜야 한다.

산솔을 출발하여 포요 언덕을 넘으니 포도밭이 많이 나타난다. 지루한 길이 계속 이어지다가 비아나Viana에 도착했다. 여기서 나바라Nabara주가 끝나고, 와인 산지로 유명한 '라 리오하La Rioha'주로 들어서게 된다. 유럽에서는 스페인 와인도 유명한데 그중 라 리오하산을 최고로 친다고 한다. 연일 계속되는 뙤약볕을 보면 포도가 탐스럽게 잘 익는 건 당연하다.

젊은 친구들이 힘든지 비아나에 도착해서 쉬기도 할 겸 점심을 먹고 가자고 한다. 어제 모두 잠을 설쳤으니 피곤한 건 당연하다. 어젯밤 12시경 인터폴이 들이닥쳤다. 가장 깊은 잠을 자야 한 시간에 두어 시간이나 머물다 갔으니 얼마나 피곤하겠는가? 조사를 받은 도영이도 그렇지만 다른 사람도 잠을 설친 건 마찬가지다. 인천 송도에서 도박하다 검찰 수배를 받는 용의자와 이름이 같아 벌어진 일이다.

비아나에서 식사하고 가려는데 문제가 생겼다. 식사 주문이 오후 1시 30분까지는 안 된다고 한다. 할 수 없이 제과점에서 입맛에 맞을 것 같은 빵 몇 개와 오렌지 주스를 먹고 출발할 수밖에 없었다. 이 나라 사람들의 생활 리듬에 빨리 적응해야 하는데 그게 쉽지 않다. 끝날 때까지 적응하지 못하고 갈 수도 있겠구나 싶은 생각이 든다.

비아나에서 로그로뇨Logrono까지는 9.5㎞인데, 와인의 주산지답게 포도밭이 무척 많다. 출발할 때만 해도 까마득히 앞에 보이던 풍력발전기가 어느덧 뒤쪽에 와있다. 제일 먼저 도착해 침대를 예약하고, 샤워 후 낮잠을 잤다. 걷고 나서 하는 샤워도 그렇고, 낮잠도 그렇게 달콤할 수가 없다. 따뜻한 물에 하는 샤워는 가히 황홀경이요, 잠깐 자는 낮잠은 그야말로 꿀맛이다.

로그로뇨 성당

저녁은 젊은 친구들이 알아서 준비한다고 쉬고 있으란다. 연장자라고 늘 배려해주니 고마울 뿐이다. 어제부터 세정이가 합류해 일행이 다섯으로 늘었다. 저녁은 뭘 준비하나 봤더니 김치찌개라고 한다. 마트에 통조림 김치가 있어 돼지고기를 넣어 찌개를 만든 것이다. 이런 곳에서 우리의 김치를 맛볼 수 있다니. 젊은이들과 같이 다니니 이런 좋은 점도 있구나 싶어 새삼 고마움을 느낀다.

사람들이 까미노를 걷는 이유는 다양한 것 같다. 대학 마지막 학년에 뭔가 전환점을 찾고 싶어서 순례길을 걷는 경우가 있다고 들었는데, 세정이도 그 중 한 명이 아닌가 싶다. 마지막 한 학기를 남겨두고 휴학 중인데 시간을 내서 왔다고 한다. 이왕에 왔으니 열심히 걷고 많은 것을 느끼고 가라고 격려하며 함께 저녁 시간을 보냈다.

젊은이들에게 꼭 하고 싶은 말이 있다.
"젊은이여, 세상이 힘들게 느껴지거든 산티아고 순례길을 걸어라!"

로그로뇨는 나바라와 라 리오하, 카스티야의 경계에 위치한 교통 요지다. 인구가 15만 명이나 되니 까미노에서 만나는 제법 큰 도시에 해당한다. 리오하 와인의 주산지로 스페인 최고의 와인 생산 중심지이기도 하다. 시내를 둘러보는데 이 도시가 라 리오하주의 주도답게 상당히 큰 도시임을 알 수 있다. 다른 도시와 마찬가지로 로그로뇨 성당도 무척 웅장하다.

로그로뇨는 역사적 질곡도 많았던 지역이다. 그 유명한 끌라비호Clavijo 전투가 벌어졌던 곳이다. 844년에 기독교도들은 수적으로 매우 열세인 상황에서 이슬람 세력과 중요한 일전을 앞두고 대치 중이었다. 이때 성인 야고보가 백마를 타고 나타나 적진으로 돌진하여 이슬람 세력을 물리치고, 전쟁을 승리로 이끌었다. 이게 사실인지, 꾸며낸 이야기인지는 모르겠다. 어찌 되었든 이를 계기로 모든 기독교 세력은 야고보를 정신적 지주로 삼고 똘똘 뭉치게 된다. 1492년 이슬람 세력이 완전히 물러날 때까지 800여 년간 이베리아반도의 정신적 지주로서의 역할은 지속된다. 이에 크게 영향을 미친 전투가 바로 끌라비호 전투인 것이다.

양송이 타파스

로그로뇨에 가면 라우렐 골목에서 반드시 타파스Tapas를 먹어보라고 한다. 이 골목은 스페인 북부 지방의 유명한 간식인 타파스를 파는 가게들이 많기 때문이다. 구운 양송이 위에 올리브 오일과 소금, 마늘 등을 뿌려 새우를 얹어주는 것이 타파스다. 우리도 저녁 식사 후에 아이스크림과 양송이 타파스를 먹으러 갔다. 유명하긴 유명한 모양이다. 관광객과 순례객이 함께 어울려 사람들로 북적인다. 배가 부르지 않은 상태였다면 정말 맛있게 먹을 수 있는 음식이었기에 모두 아쉬운 표정이다.

타파스는 맛만 보고 아이스크림을 먹으러 갔다. 작은 멜론 아이스크림을 시켰는데 2.8유로다. 맛은 좋으나 여기 물가치고는 상당히 비싼 편이다. 비슷한 또래의 넷은 마치 죽마고우처럼 가깝게 지낸다. 먼 이국땅, 그것도 산티아고 순례길이라는 특별한 곳에서의 만남이라 더욱 그런 것 같다. 함께 아이스크림을 먹으며 알베르게(Alb peregrinos, 7유로)로 향한다.

순례길 이야기 : 영광스러운 동행

오늘은 거리가 멀어 일찍 출발하기로 했는데 어젯밤 소동으로 잠을 설쳐 버렸다. 한밤중에 인터폴이 들이닥쳐 일행 중 한 친구를 데리고 나갔다. 국내에서도 누군가 경찰에 끌려나가면 겁을 먹는데 외국에 나와 이런 일을 당하니 얼마나 놀랐는지 모른다. 그것도 모두 깊은 잠에 빠져있는 12시경에 들이 닥쳤으니 마른 하늘에 날벼락을 맞은 셈이다.

다정한 네 젊은이(로그로뇨의 라우렐 골목)

사연인즉 인천 송도에서 도박을 하다 검찰의 수배를 받은 사람 중에 동명이인이 있는 모양이다. 우리 일행 중 한 사람과 영어 스펠링이 똑같아 검거하러 찾아온 것이다. 알베르게 주인이 그 이름을 연신 부르는데 얼마나 놀랐는지 그는 완전 멘붕 상태로 보였다. 깜짝 놀라 함께 따라 내려갔다.

우리 검찰에서 인터폴에 요청한 문서를 보여주었다. 사진과 함께 인적 사항, 범죄 내용 등이 자세히 기록되어 있었다. 살펴보니 사진부터 다른 사람이고, 더욱이 수배자는 남성이다. 내가 문서에 있는 사진을 보면서 이 사람은 남성이고, 완전히 다른 사람이라고 설명해도 고개만 끄덕일 뿐 조사를 끝내지 않았다. 대충 봐도 다른 사람이란 걸 금방 알 수 있어서 빨리 끝내고 돌려보낼 것 같은데 이것저것 물어보면서 두어 시간을 지체했다. 걱정되어 따라갔는데 내 여권까지 조사했다. 한국인이라는 이유만으로 내 여권도 조사한 것이다.

그 사람의 인적 사항을 보고 눈을 의심했다. 이게 어떻게 가능하단 말인가? 둘은 영어 스펠링이 정확히 일치한다. 거기에 생년월일도 똑같다. 둘은 같은 해, 같은 달, 같은 날 태어난 것이다. 이럴 수가? 스페인 경찰이 의심할 만도 하겠다 싶었다. 까미노에서는 기적 같은 우연이 자주 일어난다고 한다.

어떻게 이런 일이 일어날 수 있지? 이런 기이한 일이 우리 일행한테서 일어나고 보니 할 말이 없다.

나중에 그에게 물어보았다. 지금까지 생년월일이 같은 사람을 몇 명이나 만나보았느냐고. 생일이 같은 사람은 몇 명 만났지만, 출생 연도까지 같은 경우는 처음이란다. 거기에 이름까지 똑같으니 이를 어떻게 설명할 수 있을까? 까미노는 참 이상한 길이다. 그가 수배자만 아니었다면 얼마나 좋은 인연일까? 아쉬움이 많다. 당사자는 더욱 그럴 것 같다.

알베르게에 등록할 때마다 여권을 정확히 기록하는 이유를 이제야 알 것 같다. 이날 이후에도 똑같은 조사를 두 번이나 더 받았다. 스페인 경찰은 인터폴과는 정보를 공유하면서 국내 정보는 공유하지 않느냐고 쏘아붙이자 더는 오지 않았다. 그들은 꼭 한밤중에 온다. 가장 깊은 잠을 자야 할 시간에 잠을 설치게 하니 이만저만 힘든 게 아니다.

까미노에서는 컨디션을 조절하고 유지하는 게 무척 중요하다. 잠을 한 번 설치고 나면 후유증이 생각보다 오래간다. 같은 일로 세 번이나 잠을 설쳤으니 얼마나 힘들었겠는가? 어쨌든 이 사건을 계기로 그녀는 유명 인사가 되었다. 덩달아 우리도 유명 인사가 되었다. 인터폴의 수배를 받을 만한 저명인사와 순례길을 함께 걷고 있으니 이 얼마나 영광스러운 일인가!

8
일차

와인의 고장에서 (8월 25일)
로그로뇨 ~ 나헤라 (Logrono ~ Najera)
31km

'로그로뇨Logrono'라는 도시가 상
당히 큰 모양이다. 도시를 빠져나
가는 데 50여 분이 걸렸다. 랜턴 없
이도 갈 수 있어서 좋은 점도 있지
만 도시를 걷는 건 왠지 지루하다.
시가지를 거의 빠져나오는데 기아
자동차 지사가 있어 매우 반가웠
다. 이 먼 곳까지 진출했으니 좋은
성과를 거두라고 기원해본다. 시내

로그로뇨의 여명

를 빠져나오면서 뒤를 보니 오늘도 역시 멋진 여명이 우리를 반긴다.

간식을 먹기 위해 나바레테Navarrete에서 잠깐 쉬었다. 스페인 최고의 와인 생산지로 유명한 곳이다. 다른 지역 와인도 훌륭하지만, 리오하 지역 와인을 가장 높게 평가해주는 모양이다. 그중에도 가장 맛이 좋다는 '생 제이콥'을 사서 마시는 사람들을 자주 볼 수 있다. 나바레떼에서 벤토사Ventosa 가는 길에는 포도 농장이 무척 많고 가끔 올리브와 호두, 복숭아 농장도 보인다. 아직은 모두 수확하기엔 이른 시기인 것 같다. 스페인 최고의 포도 산지다운 모습이다.

바에서 쉴 때마다 도장을 하나씩 받는다. 세요 모양은 바마다 모두 다르다. 둥근 모양, 세모난 모양, 십자가 모양 등 그 지역 특징을 나타내는 문양으로 만든 것 같다. 세요가 하나씩 늘어갈 때마다 무슨 임무를 수행하는 것처럼 재밌기도 하고, 우습기도 하다. 우리 아이들이 학교에서 받아 오는 '참 잘했어요.' 도장을 보는 기분이다. 도장이 늘어날수록 우리들의 추억도 쌓여간다. 소소한 것에 기뻐하고 웃을 수 있는 게 까미노의 매력인가 보다.

여기 와서 처음으로 토끼와 청설모를 보았다. 그러고 보니 지금까지 야생동물을 한 번도 만나지 못했다. 호두를 물고 나무로 올라가는 청설모가 우리

다양한 세요

나라에서 잣을 물고 달아나는 모습과 흡사하다. 소, 말, 양 등 가축은 자주 보았지만, 우리에게는 흔한 고라니, 멧돼지, 다람쥐, 청설모 등의 야생동물이나 꿩이나 매 등의 조류는 거의 없다. 숲속에서 지저귀는 이름 모를 새들은 많다. 이 길이 그런가 보다. 울창한 수풀과 아

나헤라의 붉은색 지형

름다운 나무와 꽃은 많지만, 야생동물은 별로 없는 길. 그래서 이런 동물들을 만나면 반갑기 그지없다.

나헤라 조금 못 미쳐 '롤란의 언덕Poyo de Roldan'이 나타났다. 샤를마뉴의 조카인 롤란이 골리앗의 후손인 거인 페라구뜨를 쓰러뜨리고 승리했다는 전설이 있는 언덕이다. 힘으로는 도저히 이길 수 없었던 롤란은 지혜로 이슬람 세력을 물리쳤다. 기독교인들을 구한 승리였기에 이들의 싸움을 표현한 조각이나 그림을 까미노에서 자주 볼 수 있다. 까미노는 재미있는 전설 같은 이야기가 많은 길인가 보다.

나헤라Najera는 그리 큰 도시로는 보이지 않으나, 면적은 상당히 넓어 보인다. 도시 뒤편에 있는 산은 여기 와서 처음 보는 지형으로 붉은색인데 층층이 쌓인 모습이 특이하다. 마치 커다란 벌통처럼 구멍이 뚫려있어서 한참을 바라보았다.

우리는 라 리오하의 주도였던 나헤라의 나헤리아Najerilla 강 옆에 숙소를 정했다. 그 알베르게(Alb peregrinos, 15유로)에는 12유로짜리 자리가 두 개밖에 없

나헤리아 강

단다. 4인 별실은 남아 있는데 개인별 15유로라고 한다. 조금 비싸긴 해도 별실이고 별도의 잠금장치도 있어서 그걸 이용하기로 했다. 개인적으로는 늘 이런 곳으로 정하고 싶지만, 일행이 학생이거나 사회 초년생들이라 그들의 입장을 고려해서 따라가고 있다. 다들 만족스러워하니 다행이다. 더 좋은 것은 알베르게에서 바라본 풍경이 너무 아름답고, 주변에 공원이 있어 쉬면서 글쓰기도 좋다는 것이다.

저녁 식사는 좀 어려웠다. 순례길을 걷다 보면 요일 개념이 사라진다. 오늘이 일요일이란 걸 아무도 모르고 있었다. 코스가 워낙 길어서 최소한 빠에야는 먹고 싶었는데 일요일이라 식당이 문을 빨리 닫아 느끼한 피자와 파스

때로는 피자나 파스타로 식사를 대신해야 한다.

타 등을 먹을 수밖에 없다. 식사 후 곧바로 마트에서 구입한 배와 주스 등을 먹고 나니 좀 살 것 같다. 내가 먹고 싶은 것을 골라서 먹을 수 없는 고통! 이곳 상황에 내 몸을 적응시키며 지내야만 하는 이 고역, 보통이 아니다.

어제와 오늘은 코스가 좀 길었다. 일부 안내서에는 세 번에 나누어 가라고 하는 코스를 두 번에 온 것이다. 젊은이들이 가능할까 걱정했는데 의외로 잘 걷는다. 그동안 가장 늦

게 따라오던 아름이도 오늘은 잘 걷는
다. 어제 가르쳐준 스트레칭을 열심히
하더니 효과가 있다며 오늘도 같이 하자
고 한다. 코스가 길다 보니 오르막과 내
리막이 반복되는 코스다. 25㎞ 지점까지
는 꾸준한 오르막이고, 그 이후 나헤라
까지는 내리막이다. 난코스는 없더라도
긴 코스라서 다들 힘들어한다.

와이너리 앞 까미노 이정표

　모두 발바닥과 발가락에 물집이 생겨
고생하고 있다. 도영이와 아름이는 발바
닥과 발가락에, 군에서 갓 제대한 재호마

저도 발가락에 물집이 생겨 힘들어한다. 세정이는 양쪽 새끼발가락에 물집이
생겨 얼굴을 찌푸리고 있다. 연습 없이 온 대가를 치르고 있는 것이다. 치료
하는 것도 많은 시간을 요하고, 힘든 과정이다. 물집에 물을 빼내고, 실을 통
과시키고, 건조하게 유지해야 한다. 아침까지 잘 아물기를 기원해본다.

　나는 아직 물집은 없다. 그동안 걷는 연습을 꾸준히 한 덕분인 모양이다.
왼쪽 둘째 발가락과 발톱이 멍들어 있는데 테이프를 붙이고 있으면 걷는 데
지장은 없다. 다만 허리가 묵직해 오는 것이 걱정될 뿐이다.

순례길 팁 : 배낭 메는 법

　젊은 친구들을 처음 만났을 때 배낭 메는 걸 보고 깜짝 놀랐다. 모두 어깨
로 메고 있다. 넷이 모두 똑같은 모습이었다. 너희들 그렇게 800㎞를 갈 수
있겠느냐고 물으니 이렇게 메면 되는 게 아니냐는 것이다. 어이가 없었다.

세정이는 한술 더 뜬다. 등판을 조절해서 쓰는 고급 배낭인데 등판 높이가 너무 높았다. 얼마나 불편했을까? 구입할 때 주인이 등판 조절을 안 해주더냐고 물으니 그걸 조절해서 쓰는지도 몰랐단다. 이건 상도덕의 문제다. 등산용품점을 운영하는 사람들은 대부분 산악인이다. 산사람은 정직하고, 기본이 된 사람들이다. 상도의를 모르는 몇몇 사람들 때문에 다른 산악인들까지 욕을 먹고 있는 게 안타깝다.

등판을 조절하는 건 나도 정확하게 모르고, 적정 높이를 찾는 게 쉬운 일이 아니었다. 게다가 등판 조절용 찍찍이는 부착력이 강해 한 번씩 떼고 붙일 때마다 무척 힘이 들었다. 여러 번 메고 벗고를 반복해서 적정한 높이로 조절해주었더니 조금 더 편하다고 한다. 더욱 어이없는 건 배낭 밑에 침낭 칸이 있는 것도 모르고, 침낭을 제일 위에 올려놓고 다니고 있었다. 침낭 칸을 아래에 둔 건 넣고 빼기 쉽게 하려는 의도 외에 무거운 것을 위로 가게 하기 위함인데 얼마나 힘들게 다녔을까?

기본적인 것은 익히고 와야 한다. 무거운 배낭을 어깨로 메면 엄청 힘이 든다. 배낭은 허리로 메고, 허리 벨트에 70~80%의 무게를, 어깨에는 20~30%의 무게만 실리게 해야 한다. 유튜브에서 '배낭 메는 법'을 검색하면 전문가들이 올려놓은 자료가 많으니 꼭 숙지하고 왔으면 좋겠다. 동행하고 있는 젊은이들과 여러 가지 도움을 주고받고 있다. 나한테 제일 고마운 것은 배낭 메는 법을 알려준 것이라고 이구동성으로 얘기한다.

"우리가 원래 메던 식으로 배낭을 메고 갔으면 800㎞를 완주할 수 있었을까?" 순례가 끝난 후 젊은이들끼리 했던 얘기를 들어보면 그 효과가 얼마나 컸는지 짐작할 수 있다.

가장 멋진 길, 산토 도밍고 (8월 26일)

나헤라 ~ 산토 도밍고 (Najera ~ Santo Domingo de la Calzada)

21.5km

　이틀 연속 30여㎞씩 걷다가 오늘은 21.5㎞로 줄어드니 훨씬 수월하게 느껴진다. 이참에 충분히 쉬면서 천천히 가기로 했다. 그래도 출발은 비슷한 시간대에 하게 되는 건 며칠간 그렇게 습관이 든 탓인가 보다. 출발시간이 빨라지면서 아침 식사가 간편하고 설거지가 필요 없는 방식으로 바뀌고 있다. 전날 저녁에 과일, 요구르트, 빵, 주스 등을 사두었다가 간단히 먹고, 가는 길에 바가 나오면 식사하고 있다.

　오늘도 날씨가 좋다. 구름이 조금 낀 맑은 하늘이다. 바람이 솔솔 불어주니 걷기에는 최적이다. 행운이 계속되기를 기원하며 알베르게를 나선다. 6㎞ 지점인 아소프라에서 아침을 먹었다. 앞으로 10여㎞ 안에는 마을이 없으니 여기서 먹고 가야 한다. 이곳에는 아소프라의 원주가 있다. 돌로 만든 칼을 땅에 꽂아 놓았는데 여기에도 사연이 있다.

아소프라의 원주

중세에는 순례자를 상대로 한 도둑들이 많았던 모양이다. 그들에게 범죄를 저지르지 말라고 경고하기 위해 칼을 거꾸로 꽂아 놓았다는 것이다. 벼룩의 간을 빼먹는다는 말이 이런 경우에 어울릴 듯하다. 순례자들을 상대로 뭘 빼앗겠다는 것이었을까?

오늘 코스 초반에는 포도 농장이 많았다. 하지만 아소프라를 벗어나니 포도 농장은 자취를 감추고, 주로 밀 농장만 보인다. 리오하를 중심으로 한 포도 주산지는 이제 끝나가는 모양이다. 산토 도밍고Santo Domingo를 4~5㎞ 남겨놓고는 호프 농장을 처음 보았다. 4~5m 높이로 A자형 망이 설치되어 있고, 넝쿨이 올라가 있는 호프 농장이 그렇게 넓지는 않다. 콩 농장도 보이고, 가끔 나무 하나 없는 민둥산도 보인다.

나무 하나 없는 민둥산

트랙터로 밀밭을 갈고 있는 모습도 오늘 처음 보았다. 그 크기가 우리나라와는 비교가 되지 않을 만큼 크다. 포도밭에 제초제를 뿌리고 있는 모습도 처음 보았다. 포도밭에 풀이 전혀 없어, 어떻게 관리하고 있나 무척 궁금했었다. 포도 이랑 사이는 트랙터로 밀어서 풀을 제거하고, 포도와 포도 사이는 약을 치고 있었다. 오늘은 새로운 걸 자주 보게 되어 궁금증도 풀리고, 속까지 시원해진다.

이어지는 오르막은 무척 길다. 호프 농장과 넓은 밀밭을 보며 정상에 오르니 산토 도밍고Santo Domingo de la Calzada가 한눈에 보인다. 전체 까미노 중 아름다운 사진이 가장 많이 나온다는 곳이 바로 산토 도밍고 주변이다. 끝없이 이어진 길과 널따란 들판이 환상적인 장면을 연출한다. 모두들 열심히 사진을 찍는다.

산토도밍고 가는 길에서

산토 도밍고는 엄청나게 넓은 평야 가운데 자리 잡은 도시다. 한눈에 봐도 농산물 집산지 역할을 하는 도시로 짐작된다. 입구에 들어서자 대규모 창고들이 보이고, 감자를 싣고 있는 대형트럭도 보인다. 도시 입구를 지나 알베르게(Casa la Confradia del Santo, 8유로)에 도착하니 11시 30분밖에 안 되었다. 충분히 쉬면서 왔는데도 일찍 도착한 것이다. 이제 많이들 적응이 되어가는 모양이다. 이번 알베르게는 휴식 시설과 여유 공간이 많고, 가성비도 좋은 편이다.

점심은 햄버거가 유명하다는 집이 있어 거기서 먹기로 했다. 구글에서 검색한 집으로 갔는데 원하는 메뉴는 판매하지 않는다고 한다. 몇 군데 더 알아보았지만 알맞은 곳을 찾지 못했다. 시간도 충분하니 마트에서 사서 요리해 먹기로 하고 점심, 저녁, 아침까지 구입했다. 총 36유로. 다섯 명이니 1인당 7유로다. 세끼를 합쳐 9천 원 정도에서 해결한 셈이다. 스페인은 물가가 정말 싸다.

세계 각국에서 이렇게 많은 사람이 몰리는 데에는 여러 가지 이유가 있겠지만 합리적인 숙박시설과 함께 저렴한 물가도 한몫할 것으로 보인다. 젊은 이들과 같이 다니니 이런 좋은 점도 있어 항상 고마움을 느낀다. 오늘은 쌀도 샀다. 그동안 이전 순례자들이 남겨놓은 걸 먹기만 했으니 우리도 이제 남겨놓고 가야 한다. 까미노에서는 서로가 지켜주어야 할 예의와 규범이 있는데 모두를 위해 필요하다.

점심은 미트볼, 치킨 윙, 소시지, 양상추 등으로 먹고, 저녁은 요리를 해서 먹기로 했다. 오늘도 토달^(토마토+달걀)은 내 담당이다. 재호는 밥을, 세정이는 튀김을, 도영이와 아름이는 계란과 반찬 담당이다. 토달이라도 배워오길 정말 잘했다.

함께 요리하고 식사할 때가 가장 재미있고, 행복한 시간이다. 비교적 과묵한 세정이도 군에서 취사병 시절 에피소드를 얘기하며 즐거워한다. 아름이와 도영이도 자기들의 요리실력을 자랑하면서, 입이 잠시도 쉬질 않는다. 특히, 도영이는 타의 추종을 불허한다. 입담이 정말 좋은데다 재미까지 있다. 여기에 재호까지 거들면 부엌은 전쟁터 같다. 부엌에 다른 사람들이 없어서 천만다행이다.

오늘 점심 (완자, 닭 날개, 양상추 등)

식사 시간에는 모두 엄청나게 먹는다. 식사하면서 공통적으로 하는 얘기가 '여기 와서 식욕이 부쩍 늘었다'는 것이다. 누구 하나 예외 없이 출발 전보다 많이 먹는데 체중은 오히려 빠진 것 같다고 한다. 그만큼 활동량이 많다는 반증일 것이다. 지방은 빠져나가고, 근육은 늘어난 덕분일 테니 얼마나 좋은 현상인가?

브라질에서 온 프레이타스 부부와 함께

식사가 끝날 무렵 브라질에서 온 프레이타스 부부가 수박을 사서 들어왔다. 며칠째 같은 알베르게에서 지내다 보니 정이 많이 든 부부다. 연세는 많은데 인상이 푸근해 모두가 좋아한다. 우리가 지내는 모습이 보기 좋고 부럽다면서 함께 해도 되겠느냐고 묻는다. 너무 떠들어서 다른 사람들한테 피해가 되었을까 봐 미안해하고 있었는데, 정말 고마웠다.

기꺼이 자리를 내주고 이런저런 얘기를 나누는데 같은 식구냐고 묻는다. 내가 아버지이고 아들딸들과 함께 온 것으로 생각하고 있었단다. 전혀 그런 관계가 아니고 '여기 와서 처음 만난 사이'라는 말을 듣고 깜짝 놀란다. 그 후에도 함께 왔느냐는 질문은 수도 없이 받았다. 그만큼 우리가 지내는 모습이 다른 사람들에겐 가족처럼 보인 것 같다. 까미노의 연륜이 쌓일수록 우리들의 정은 더욱 깊어만 간다.

산토 도밍고 데라 칼사다Santo Domingo de la Calzada는 설립자 성 도밍고 데라 칼사다에서 유래한다. 산티아고 순례길로 인해 생겨났고, 까미노를 위해 존재하는 마을이라 할 수 있을 만큼 중요한 의미를 갖는 마을이라고 한다. 신부였던 산토 도밍고가 오하 강 때문에 어려움을 겪는 순례자들이 편리하게 통행할 수 있도록 돌다리를 놓았다. 교회와 구호소도 짓고, 환자들을 위해 병원도 세웠다고 한다.

산토 도밍고 데 라 칼사다 대성당 역시 깊은 전설을 갖고 있어 많은 순례자가 들르는 곳이다. 성당 안에 그의 무덤이 있고, 정면에 암탉과 수탉이 있다. 황금 전설The Golden Legend에 따르면 젊은 순례자가 어느 여관에 머무르는데 그를 짝사랑한 주인의 딸이 사랑을 고백했으나 거절당했다. 이에 앙심을 품고 순례자 짐에 은잔을 숨겨놓고 도둑으로 신고했다.

고을 책임자는 아들과 아버지 중 한 명이 범인일 것이고, 둘 중 한 명만 교수형에 처한다고 판결한다. 두 사람은 서로 자신이 사형당하겠다고 우기지만 결국 아들이 교수형을 받게 된다. 아버지는 성인 야고보에게 아들의 구원을 기원하며 순례를 마친다. 순례를 끝낸 아버지가 아들의 처형장소에 찾아갔을 때 믿을 수 없는 일이 일어난다. 아들이 이때까지 살아 있었던 것이다. 그는 야고보께서 지켜주셨다고 믿었다.

아버지는 고을 책임자에게 그 사실을 알린다. 그는 닭요리를 먹다 그 젊은

일출 직전의 붉은 여명

이가 살아있다는 얘기를 듣고 "죽은 이 닭이 다시 살아난다면 그 말을 믿겠다."라고 하자 갑자기 그릇 속의 닭이 살아났다는 전설이다. 그 이후 통닭의 전설이 깃든 이곳 대성당에서는 한 쌍의 흰색 닭을 키우고 있다고 한다. 사실인지는 모르겠으나 까미노에는 이런 믿기 어려운 전설이 깃든 곳이 참 많다.

까미노를 걸으면서 비포장도로에 왜 이렇게 자갈이 많은지 궁금했다. 흙길이면 좋을 텐데 자갈이 너무 많다. 흙길을 만나면 맨발로도 걷고 싶었다. 잘 아는 원장님이 허리에는 맨발 걷기가 좋으니 이왕 걷는 김에 가능한 구간에서 한번 시도해보라고 하셨기에 그런 구간을 기다리는 중이다. 하지만 지금까지의 모든 길은 온통 자갈뿐이다.

걸으면서 먼 산을 보고 있노라면 나무가 거의 없는 산이 많다. 우리나라처럼 소나무나 참나무 같은 교목으로 이루어진 숲이 가끔 보이고, 관목으로 이루어진 숲도 그리 많은 편은 아니다. 산에 대부분 잡풀이 많고, 지금은 누렇게 색이 변해 있어 약간은 황량하기까지 하다. 이는 기후의 영향이 더 클 수도 있겠지만 토양의 영향도 클 것으로 보인다. 스페인 토양이 그렇게 비옥하게 보이지는 않는다.

농경지도 온통 자갈투성이다. 포도밭은 물론이고 사과밭, 호두밭, 복숭아밭도 자갈이 많다. 심지어 밀밭에도 주먹만 한 자갈이 널려있다. 우리나라 논밭에서는 상상할 수 없는 일이다. 돌이 있으면 모두 주워낼 수 있을 만큼 자갈이 많지 않은 우리나라 토양과는 대조되는 특징이다.

자갈투성이의 스페인 농경지 (포도밭)

트랙터로 경운하는 모습을 유심히 살펴보았다. 경운 깊이가 우리의 절반도 되지 않는다. 마치 게으른 머슴이 낮잠을 더 자려고 가는 시늉만 한 것처

스페인 토양은 법면이 자갈층으로 되어 있다.

럼 밭을 갈고 있다. 단위 면적당 수확량을 높이려는 우리의 집약농법과는 거리가 너무 멀다. 단위 면적당 수확량이 많지 않더라도 면적이 넓어 전체 곡물 수확량이 충분하니 그러한 방식으로 농사를 짓고 있는 것으로 보인다. 밭에 자갈이 많은 것도 이러한 농법에 영향을 주었을 것으로 생각된다. 이렇게 자갈이 많으니 집약농법은 적정하지 않을 것으로 보인다. 환경이 방식을 이끌게 되어 있다.

왜 이렇게 자갈이 많은 걸까? 자갈이 많은 원인을 나름대로 생각해보았다. 도로나 밭의 경사면, 즉 법면을 보면 답이 나온다. 지질학 쪽에 깊은 지식은 없지만, 도로의 법면을 보면 우리나라와는 전혀 다른 모습이다. 우리나라는 법면이 큰 돌이거나 흙으로 된 단층을 이루고 있다. 골프장의 절개면을 보면 큰 바위이거나 굵은 돌과 흙층이 섞여 있는 것을 보면 알 수 있다.

스페인에서 만난 법면은 대부분 흙 반 자갈 반인 곳이 많았다. 어떤 지질 작용에 의해 이루어진 것인지는 모르겠으나 이런 지반으로 만들어진 도로나 농경지에는 자갈이 많을 수밖에 없을 것이다. 흙길을 기대하고 왔는데 자갈 길뿐이라 아쉬울 따름이다. 그래도 앞으로 가야 할 길은 많이 남아 있다. 흙길을 만나 맨발로도 걸을 기회가 왔으면 좋겠다.

리오하주를 지나 레온주로 (8월 27일)

산토 도밍고 ~ 벨로라도 (Santo Domingo ~ Belorado)
23km

일차 10

어제 오후부터 비가 오고 천둥이 쳤다. 오늘은 힘들 수도 있겠다 걱정했는데 아침에 일어나 보니 다행이도 비 올 기미가 전혀 없다. 약간 선선해서 걷기에는 최적의 날씨다. 이렇게 우리의 행운은 계속되고 있다. 젊은이들은 누군가 '날요'가 있어서 그럴 것이라며 서로 자기라고 우긴다. 아름이도, 도영이도 자기가 날요라고 한다. 날요? 처음 들어보는 말인데 젊은이들 사이에서는 '날씨 요정'

산토 도밍고에서 벨로라도 가는 길

이라는 뜻으로 많이 쓰이는 모양이다. 아무튼 열흘째 최적의 날씨가 계속되고 있다.

리오하주를 지나 카스테야 이 레온주로 넘어온다. 리오하 지방의 마지막 마을은 그라뇽이고, 레온의 첫 마을은 레데시야 델 까미노Redecilla del Camino 다. 간판 하나만 서 있을 뿐 경계라고 해도 별로 달라지는 것은 없어 보인다. 이제 스페인에서 가장 넓은 카스테야 이 레온 주가 시작된다.

재밌는 해바라기 표정들

어제 출발한 나헤라를 지나면서 큰 변화가 있다. 포도 농장이 점점 줄어들고, 밀 농장 위주로 바뀌고 있다. 지역마다 특정 작물이 집중적으로 재배되고 있는 경향이 보인다. 산딸기도 현저히 줄어들고 있어 아쉽다. 오늘도 해바라기 농장이 여기저기 보이는데 누군가 길바로 옆 해바라기에 재밌는 모양들을 많이 만들어 놓았다. 화살표, 웃는 얼굴, 이름 등등. 힘들게 걷는 이들에게 웃음을 주는 좋은 발상들이다. 우리도 하나 만들까 하다가 그냥 가기로 했다.

12시에 우리가 제일 먼저 알베르게(Cuatro Cantones, 13유로)에 도착했는데 6인실이 개인당 13유로라고 한다. 엊그제처럼 별실 형식이라 조금 비싸도 그걸택했다. 벨로라도는 한때 교회가 여덟 개나 될 정도로 번성했던 도시라는데 지금은 인구가 2천여 명에 불과할 정도로 작은 도시로 변했다. 도시 뒤쪽에 절벽이 있고, 여기저기에 부서진 건물들도 보인다. 열정이 식어버린 도시 같은 느낌이 든다.

일찍 도착하면 배낭을 순서대로 놓고 기다린다.

여행을 좋아하는 사람들은 대부분 호기심이 많고 열정이 넘친다고 한다. 나도 그런 부류의 사람 중 한 명이 아닌가 생각된다. 미지의 세계에 대한 궁금증, 시도하지 않은 것에 대한 호기심이 엄청나게 컸다. 지금 이곳 까미노를 걷고 있는 것도 호기심과 열정 때문에 가능하지 않았을까 생각된다. 스페인이라는 나라에 그 많은 관광객이 오는 것도 궁금했고, 산티아고 순례길도 알고 싶었다.

도대체 이 길이 무슨 길이기에 그 많은 사람이 몰려오고, 왜 그렇게 어렵다고 하는 걸까? 다녀온 사람마다 가보라는데 도대체 무엇이 그렇게 매력적일까? 파울루 코엘류의 인생을 바꿔놓았다는데, 무엇이 그를 그렇게 만들었을까? 알고 싶은 게 너무도 많다. 내 체력으로 완주할 수 있을지도 궁금했고, 내 체력의 한계도 알고 싶었다. '가보자. 걷다 보면 알게 되겠지.'라면서 걷고 있다.

오늘이 딱 10일째 되는 날이다. 모두의 발과 건강 상태를 점검해 본다. 다들 물집과 근육통 때문에 고생이 많다. 아름이와 도영이는 물집과 근육통이 심하고, 재호와 세정이는 물집은 줄었는데 근육통이 남아 있단다. 그래도 잘 버티고 있다. 내 컨디션은 상당히 좋은 편이다. 아직 물집은 잡히지 않았고,

친근감 넘치는 까미노 이정표

왼쪽 두 번째 발톱도 거의 아물고 있어 걷는 데 지장이 없다. 물집 기미가 조금이라도 보이면 바로 종이테이프를 붙여주고 있는데, 얇지만 효과가 크다.

허리만 잘 버텨준다면 걷는 건 문제가 없을 것 같다. 그동안 하루에 만 보 이상을 꾸준히 걷고, 주말에는 산행을 자주 한 게 도움이 되는 모양이다. 출발 전에는 항상 안티푸라민을 발바닥과 발가락 사이에 바르고, 쉴 때는 제일 먼저 신발을 풀어주고 있다. 다이얼식 신발을 신으면 그게 큰 장점이다. 오래 쉴 때는 아예 양말을 벗어버리는데 그것도 많은 도움이 되는 것 같다. 끈으로 묶는 신발은 번거로워서 양말까지 벗기가 쉽지 않다.

지금 컨디션으로 본다면 거리를 늘리고 싶지만, 후반을 위해 아직도 초반 페이스를 조절해야 한다. 일단 중간지점까지는 일행과 보조를 맞추면서 무리하지 않을 계획이다. 처음 만났을 때는 나를 많이 걱정했다고 한다. 다들 25~29살 정도의 젊은이들이어서 저네 아빠들 나이가 나와 비슷하니 당연했을 것이다.

전화위복이라는 말이 있다. 선천적으로 약하게 태어난 것이 때로는 약이 되는 것 같다. 나는 초등학생이 되기도 전에 아버님이 회갑을 맞을 정도로 늦둥이다. 칠삭둥이로 머리가 흐물흐물한 상태로 태어나 살리기 힘들다는 걸 어머니의 지극 정성으로 살려냈다. 게다가 어머니 젖이 말라 큰누나 젖을 먹으면서 간신히 생명을 부지했다. 곡식을 어머니 입으로 씹어서 만든 뜨물이

갓난아이 때 나의 주식이었다.

학창 시절 뜨거운 햇볕 아래서 조회 때 현기증으로 여러 번 쓰러질 만큼 허약체질이었다. 스스로 건강을 챙기기 시작한 것은 아마 대학 시절부터일 것이다. 몸에 좋다는 것을 찾아 먹는 습관이 생겼고, 헬스와 마라톤 등 운동을 시작했다. 30대 초반부터 시작한 산악마라톤과 일반마라톤이 건강에는 많은 도움이 되었다.

나는 평생 건강관리를 하면서 살라는 운명으로 생각하고 늘 그렇게 노력 중이다. 타고난 체질에 맞게 순응하면서 사는 것이 님의 뜻이 아니겠는가? 지금 산티아고 순례길을 걷고 있는 것도 그 일환인지 모르겠다.

오늘 코스는 거리도 짧고 가파른 경사가 없어 모두가 무난하게 걸을 수 있었다. 산토 도밍고가 600m 이상이고, 벨로라도도 800m 정도라서 큰 고도차가 없는 지역이다. 중간마다 마을이 여럿 있어 물 걱정을 안 해도 된다. 다만 나무가 거의 없는 평지를 끝없이 걸어야 하는데 지쳐있을 때 이런 길을 만나면 무척 힘들게 느껴진다. 며칠 있으면 만날 메세타 평원에 대비해서 미리 맛보기로 선보이는 것 같다.

벨로라도를 앞두고

점점 강해지고 있다 (8월 28일)
벨로라도 ~ 아헤스 (Belorado ~ Ages)
28.5km

요즘은 아침을 간단히 먹고, 가는 길에 바에서 식사하고 있는데 문을 연 바가 없으면 난감하다. 7㎞ 지점에 있는 비얌비스티야Villambistia를 지나면서 휴식도 할 겸 식사를 하려는데 문을 연 바가 없다. 1.5㎞ 더 지나 에스피노사Espinosa에도 문을 연 바가 없다. 지도상에는 마을이 있고 식수, 알베르게 등이 있는 것으로 표시되어 있어서 물도 거의 준비하지 않고 왔는데……. 결국 12㎞ 지점에 있는 비야프랑카Villafranca에 도착해서야 식사를 할 수 있었다. 이런 날은 힘이 빠지고, 더 힘들게 느껴진다.

날이 밝아오면서 동굴교회가 있다는 토산토스Tosantos를 지나는데 주변이 온통 해바라기 농장뿐이다. 지금까지는 해바라기가 가끔 보였는데 여긴 집단 재배지인 모양이다. 마을 뒤쪽에는 돌산이 보이고, 폐허가 된 교회도 보인다. 흐린 날씨에 운무가 가득하나 비는 올 것 같지 않아 다행이다.

에스피노사에서 비야프랑카 사이는 온통 밀밭뿐이다. 포도 농장도 거의 없다. 토산토스 인근이 온통 해바라기 농장인 것과는 판이하다. 작물 재배 방식이 우리와는 다른 이 나라만의 방식인 모양이다. 비야프랑카 마을 주변은 교목과 관목으로 된 숲으로, 우리네 시골 마을과 유사하게 보인다. 비야프랑카 마을에서부터 긴 오까산 숲길을 3㎞ 정도 걷는다.

오까산 숲길

중세 시대 순례자를 상대로 한 도적들이 많았다는 오까산의 깔딱 고개는 급한 오르막길로 상당히 힘든 구간이다. 숲은 울창하게 우거져 있는데 수종은 단순하게 보인다. 교목으로는 도토리와 전나무 계통이 주를 이루고, 바닥에는 고사리와 일부 보라색 꽃이 핀 초본류가 많다.

죽은 자를 위한 기념비

비야프랑카에서 3㎞ 정도 지나면 '죽은 자를 위한 기념비'가 있다. 스페인 내전 당시 전사한 사람들을 추모하기 위한 기념비라고 한다. 그 유명한 프랑코 정권 당시(1936~1939년) 일어난

전나무와 마른 풀의 멋진 조화

내전 기간 중 자행된 학살의 현장이라 하니 마음이 무거워진다. 여기를 지나
면서부터 내리막이 계속되는데, 경사도 심하고 큰 자갈이 많아 주의가 필요
하다. 다시 오르막이 나오는데 길지만 지친 상태에서 만나는 고개라
서 역시 힘들다. 다시 전나무 숲을 만나고, 간이 바bar 조금 못 미쳐서 누렇게
마른 풀과 싱그러운 초록 전나무의 조화가 멋진 풍경을 이루고 있다.

11시경부터 간이 바에서 휴식을 취하고 있던 중 첫날부터 자주 만난 스페
인 순례객 마르타Marta를 만났다. 초등학교 교사라는데 방학 기간을 이용해
17일간 순례길을 걷고 있다고 한다. 이런 방식으로 걷고 있는 스페인 사람들
을 종종 만난다. 여러 번 만난 인연이라 준비해간 매듭을 주었더니 바로 핸드
폰 장식으로 사용한다.

비얌비스티야를 지나올 때는 스페인 순례객이 옷핀에 장식한 조가비 문양의 조그만 선물을 주기에 나도 매듭을 선물하고 오던 차였다. 원래는 매듭 아래 고무로 된 인형이 붙어있었는데 무거워서 떼어버리고 가벼운 매듭만 가져왔다. 핸드폰 고리로 사용하면 아주 귀엽다. 비록 500원짜리 작은 기념품이지만 여기서는 값지게 사용할 수 있다.

12시 20분경 '산 후안 데 오르테가'에 도착해 점심으로 피자를 먹었다. 자그마한 지역이라 선택의 폭이 넓지 않다. 그동안 입에도 대지 않던 콜라도 여기서는 잘도 들어간다. 피자 같은 느끼한 음식을 먹으려니 어쩔 수 없다. 한 시간여 동안 충분한 휴식을 취하고 출발했다. 오늘은 느긋하게 걷고 있다.

산 후안 데 오르테가 San Juan de Ortega 라는 마을은 주민이 20여 명밖에 되지 않지만, 사연이 많은 곳이다. 마을 명칭은 같은 이름의 성인에서 유래했다고 한다. 산 후안은 성 도밍고 데 라 칼사다의 제자로서 그의 스승과 마찬가지로 순례자를 위한 일에 평생을 바쳤다. 그는 이 지역에 순례길을 정비하고, 다리를 놓고, 교회와 수도원, 순례자용 숙소도 지었다. 그가 지은 12세기 교회와 수도원은 지금도 남아 있다.

산 후안은 다산多産의 성인으로도 유명했다고 한다. 오랫동안 아이를 갖지 못했던 카스티야 왕국의 이사벨 왕비가 산

광활한 평지와 엄청난 수의 풍력발전기(아헤스 인근)

오르테가 가는 길의 간이 바

후안의 무덤을 찾아와 왕국을 위해 후계자를 갖게 해달라고 기원했다는 일화는 많이 알려져 있다.

오늘의 목적지인 아헤스Ages 근처에 와서는 엄청난 크기의 도토리나무가 여러 그루 서 있다. 마치 우리나라의 당산나무[12]같이 보인다. 한 그루 당 도토리가 서너 가마는 충분히 나올 것 같다. 여기서는 도토리를 어떻게 활용하고 있을까? 그 언덕에서 오른쪽으로 멀리 어마어마한 숫자의 풍력발전기가 보인다. 이런 대규모 풍력 발전시설이 벌써 세 번째다.

오후 2시 20분 경 아헤스 알베르게(Municipal de Ages, 8유로)에 도착했다. 이렇

12 당산나무 : 마을의 지킴이로서 신이 깃들어 있다고 하여 모셔지는 나무.

게 작은 마을인 줄 모르고 왔다. 아헤스는 산속 평지에 자리한 마을이다. 마트나 약국도 없고, 숙소에서 운영하는 바 외에는 다른 매점도 없다. 저녁 포함 20유로이고, 조리할 수 있는 부엌도 따로 없다. 지역 선정을 잘못한 건지 모르겠는데 인근에도 모두 작은 마을밖에 없으니 어쩔 수 없다. 그나마 식사질은 괜찮아서 다행이다.

오늘은 느긋하게 온 편이다. 어제는 없던 산딸기도 많아 자주 따먹었다. 젊은이들은 잘 안 먹는데 나는 자주 따먹으면서 속도를 맞추고 있다. 앞으로도 오늘 정도의 속도로 오면 좋겠다고 한다. 속도도 알맞았고, 휴식도 충분히 취하면서 오다 보니 적당했던 모양이다. 중간지점 갈 때까지는 나도 그럴 생각이다. 까미노 3단계 중 몸의 길 막바지에 와서 그런지 모두 걷는 게 초반과는 전혀 다르다. 적응된 것이겠지?

걸으면 걸을수록 모두 변화의 조짐이 보인다. 오늘 정도의 거리를 걸으면 힘들다는 소리가 나올 만도 한데 전혀 나오질 않는다. 특히 아름이나 도영이가 그럴 가능성이 커서 유심히 관찰하고 있는데 마냥 즐겁다며 깔깔거릴 뿐이다. 재호나 세정이도 컨디션이 최상이다. 초반과는 비교가 되지 않을 만큼 확실히 달라졌다. 분명 우리는 자신도 모르는 사이에 모두 강해지고 있는 것이다. 누군가가 만들어놓은 까미노 3단계 구분 중 첫 단계인 '몸의 길'에서는 우리와 거의 일치하는 것 같다.

12 일차

부르고스, 산타 마리아 대성당! (8월 29일)
아헤스 ~ 부르고스 (Ages ~ Burgos)
22.5km

새벽에 일찍 출발하다 보면 깜깜해서 가끔 놓치는 것이 있다. 오늘도 마찬가지다. 6시 40분경 아타푸에르카Atapuerca를 지나는데 어둠 속에서 동상이 보인다. 처음에는 순례자 동상인가 했는데, 이곳은 유네스코에 세계문화유산으로 등재되어 있다고 한다. 원시인류의 유적이 많이 발굴되어 고고학 공원이 있다는 걸 나중에 알았다.

이베리아반도는 유럽에서 제일 먼저 사람이 살기 시작한 곳이다. 이곳 아타푸에르카에서 발굴된 호모 안테케소르의 유골은 가장 오래된 인류의 조상 중 하나로 약 100만 년 전에 살았다고 한다. 새벽에 출발하다 보면 이런 의미 있는 유적을 놓치는 아쉬움이 있는데 어쩔 수 없이 감수해야 한다.

아타푸에르카를 지나면 오르막이 계속되는데 경사도 심하고 자갈이 많아 정상에 오를 때까지 무척 힘이 든다. 7시 15분경 언덕 꼭대기에 있는 소원의 십자가에 도착할 무렵에야 어둠이 약간 걷혔다. 아래쪽으로 하얀 운무가 가득하다. 매우 높은 지역으로 보여 고도를 확인해보니 1,080m 고지대란다. 소원의 십자가 밑에 돌을 올려놓고 우리 가족과 친지들, 그리고 나와 인연을 맺은 모든 사람의 건강과 행운을 빌어본다.

아담한 성당이나 이런 십자가를 보면 이제는 나도 모르게 기도하게 된다. 그러고는 나 스스로 놀란다. 전에는 부자연스럽고 어색한 모습이었다. 이러한 소소한 것들이 나를 변하게 하는지 모르겠다. 순례길에 서 있는 십자가는 대부분 순례하다 돌아가신 분들을 기리는 십자가다. 소원의 십자가는 우리끼리 지은 이름이다. 규모는 몹시 큰데 어느 자료에도 그 명칭이 나와 있지 않아 '1,080m 소원의 십자가'라 부르기로 했다. 이름을 지어놓고 보니 그럴싸하다.

소원의 십자가 주변은 온통 도토리 숲이다. 어제와는 잎이 다른 도토리인데 그 면적이 엄청나다. 우리나라 가시나무와 유사하게 보이는데 같은 나무는 아닌 것으로 보인다. 십자가 주변은 물론 내려가는 길도 온통 자갈투성이고, 큰 암반들도 보인다. 다른 순례기에서 이 구간을 주의하라고 강조한 이유를 알겠다.

내리막길을 거의 내려오면 큰 레미콘공장이 보이고, 앞에는 매우 넓은 해바라기

해발 1,080m 고지에 있는 소원의 십자가

폐버스를 활용한 알베르게 광고

농장이 있다. 이곳에서 야생동물은 정말 가뭄에 콩 나듯 보게 되는데 고라니가 뛰어가는 광경은 오늘 처음 보았다. 카르데누엘라Crdenuela 조금 못 미쳐서 왼쪽에 알베르게 광고가 크게 보인다. 폐버스를 활용한 것으로 여러 나라 국기와 함께 태극기도 있어 굉장히 반가웠다. SNS에서 자주 보던 걸 직접 보니 마치 전에 봤던 걸 다시 보는 듯 반가운 마음이다.

8시 조금 넘어 카르데누엘라에 도착해 아침 식사를 했다. 메뉴를 조금 바꿔 감자, 계란, 블랙푸딩과 생오렌지 주스를 먹었다. 총 4.5유로. 오렌지주스는 2.5유로로 이 나라 물가로는 약간 비싼 편이나 하루에 한 잔씩은 마시고 있다. 우리나라 순대 비슷한 맛이 나는 블랙푸딩은 처음 먹어보았다. 이 나라에도 이런 음식이 있다니 의아하기도 했다. 스트레칭까지 마치고 9시경 차분히 출발했다.

여기서부터 오르바네하Orbaneja까지는 엄청나게 키가 큰 포플러나무가 무리 지어 서 있다. 큰 것은 30여 미터는 되어 보인다. 포플러가 저렇게 클 수가 있을까 고개가 갸우뚱해진다. 포플러와 같은 버드나뭇과에 속하는 나무는 강하지 않고, 바람에도 약한 것으로 알고 있다. 그런데 저렇게 클 수 있다는 건 건조한 기후의 영향이 아닐까 생각해본다. 특히 태풍이 있는 지역에서는 저렇게 클 수가 없을 것이다. 그렇다면 여기는 건조하고, 태풍이 없는 지역인가? 단순하게 추정해 보는데 맞을지는 모르겠다.

이곳의 식생은 참 특이하다. 소원의 십자가 주변은 온통 도토리나무뿐이다. 아침 식사를 한 카르데누엘라에서부터 까스따나레스까지는 온통 포플러나무뿐이다. 그 이후 부르고스 쪽으로 가면 버드나무나 측백나무 계통의 나무가 몇 그루 보이기는 하나 주종은 포플러다. 우리나라에서는 볼 수 없는 특이한 식생이다.

키 큰 포플러나무

우리나라는 아무리 한 종류의 나무가 많더라도 다른 수종이 어느 정도는 섞여 있는 게 일반적이다. 인공조림 지역이라고 해도 다른 수종이 어느 정도는 섞이게 마련이다. 그런데 여기는 그 넓은 지역에 수종이 하나로 되어있다. 자연적 현상이라면 기이하고, 인위적으로 그렇게 했다면 왜 이렇게 조성했을까 궁금해진다.

농작물도 우리하고는 많이 다르다. 어제부터 포도 농장을 한 번도 보지 못했다. 오늘도 마찬가지다. 온통 밀밭뿐이고 가끔 해바라기 농장만 몇 군데 있다. 바로 인근 지역인데도 우리하고는 달리 농작물 종류가 전혀 다르다. 우리나라에서 단일 작물이 넓게 재배된 지역은 논이 많은 평야지의 벼 재배지가 그렇다. 이는 논에 재배할 수 있는 농작물이 별로 없기 때문이다.

우리는 밭에 한 가지 작물만 대규모로 재배하는 경우가 그리 많지 않다. 한두 가지 농작물을 재배하더라도 다른 작물이 어느 정도는 섞인다. 그런데 여기는 전혀 그렇지 않아 그게 특이하게 보인다. 이렇게 큰 차이가 나는 이유가 국민성의 차이에 기인한 것인지, 농경지가 넓다 보니 생기는 현상인지, 다른 어떤 이유가 있는지 무척 궁금하다.

12시 30분경 알베르게(Municipal Los Cubos, 6유로)에 도착했다. 이 정도 시설의 알베르게가 6유로라면 이건 자선사업이다. 깨끗하고 구조가 매우 편리하다. 커다란 석조 건물로 알베르게로 쓰기엔 너무 아깝다는 생각이 들 정도다. 부엌이 작아 요리하기 불편해 아쉽지만, 그럼에도 시설이 좋고, 공간이 여유로워 누구에게나 강력히 추천하고 싶다.

부르고스Burgos는 '성 또는 성의 감시탑'이라는 의미라고 한다. 도시 외곽에 도착해서 중심부로 들어가는 길이 무척 길고 지루하게 느껴진다. 시내에 들어와 강변을 따라가는 길만 해도 몇 킬로미터는 되는 것 같다. 며칠 동안 시골길만 걷다 마주친 대도시의 모습이 왠지 낯설고, 어색하게 느껴진다. 레온과 함께 프랑스 길에서 만나는 가장 큰 도시 중 하나인 부르고스는 스페인 북부에서 경제, 문화와 관광의 중심지로 2차 산업이 발달했다. 성당과 수녀원, 구호소 등이 많은 역사의 도시이기도 한 이곳에서 부르고스 대성당이 단연 압도적이다.

부르고스 대성당(산타마리아 대성당)

부르고스 대성당은 유네스코 세계 문화유산으로 지정되어 있다. 스페인 3대 성당 중 하나라는데 규모도 그렇지만 섬세한 조각들의 조화로움에 경탄을 금할 수 없다. 산타 마리아 대성당! 그렇게 유명한 데는 다 이유가 있다. 고딕 첨탑이 많은 부르고스 대성당을 둘러보며 인간의 창의력은 어디까지 가능할까 궁금해졌다. 외관을 보면 그 크기와 섬세함에 놀란다. 크고 작은 첨탑들이 수도 없이 늘어서 있고, 정확하게 대칭을 이루고 있다.

내부 모양이나 그림과 문양들을 보면 세밀함과 정교함에 다시 한번 놀라고, 저 높은 천장의 그림들을 보면 경외감마저 든다. 건축가의 솜씨인지, 예술가의 작품인지는 몰라도 정말 대단한 사람들이다. 어떤 자료에는 300년, 또 어떤 자료에는 500년에 걸쳐 건설했다고 기록되어 있다. 중·개축이 많다 보니 차이가 많은 것 같다.

부르고스 성당의 웅장함과 아름다움에 넋을 잃으면서도 한편으로는 성당을 짓는데 왜 이렇게 많은 투자를 했는지 고개가 갸우뚱해진다. 수백 년간 들어갔을 그 많은 인력과 예산, 노동자와 예술가 등등. 생각만 해도 어마어마하다. 마치 중세 시대 가톨릭의 힘이 어떠했는지, 얼마나 막강했는지를 보여주는 상징물처럼 느껴진다. 저 많은 예산과 에너지를 서민들을 위해 사용했더라면 그들은 얼마나 행복해했을까? 그런 면에서는 어딘지 좀 찝

부르고스 대성당 내부

찝하기도 하다. 경외감 뒤에 오는 쓸쓸함은 나만의 느낌일까?

부르고스에서 빠질 수 없는 인물이 스페인의 영웅, '엘시드El Cid 장군'이다. 그는 11세기 실존했던 전설적인 전사로 이슬람 세력에 맞선 레콘키스타, 즉 국토 회복 운동에서 승리를 쟁취한 장군이다. 그러니 그에 대한 스페인 국민의 사랑과 열정이 대단하다. 부르고스가 고향이기도 한 그와 그의 아내의 무덤이 바로 산타마리아 대성당 안에 있다. 우리나라 이순신 장군만큼이나 이 나라에서 영웅 대접을 받는 것 같다.

성당 관람 후에는 미니 열차를 타고 시내 투어를 했다. 성당과 시내 투어에 두세 시간을 할애하고 나니 오늘 일정이 빠듯해진다. 글을 쓸 수 있는 시간이 적으면 괜히 맘이 급해진다. 이러면 안 되는데 하면서도 어쩔 수 없는 건 나의 부족함이려니 생각할 뿐이다. 7유로인 성당 관람료는 전혀 아깝다는 생각이 들지 않는다. 미니 열차는 5.5유로인데 별로 추천하고 싶지 않다.

부르고스 대성당 야경

내일은 또 강행군이다. 온타나스Hontanas까지 거리도 30㎞ 넘게 길지만, 허허벌판이어서 힘든 구간으로 유명한 곳이다. 메세타 평원! 많은 순례자가 가장 힘들어한다는데 도대체 뭐가 그리 어렵다는 건지 궁금하기도 하고, 약간은 걱정스럽기도 하다. 이런 날은 좀 일찍 자야 한다.

순례길 이야기 : 내려놓아라!

까미노에서의 연륜이 쌓일수록 나를 내려놓게 된다. 기대가 크면 실망도 큰 법이라고 했다. 그저 최소한만 갖춰져 있으면 그걸로 족하다.

우선 알베르게를 마음대로 고를 수 없다. 평이 좋은 숙소는 일찍 도착하지 않으면 차지하기 어렵다. 그저 따뜻한 물만 잘 나오는 알베르게이면 감사할 뿐이다. 침실이 깨끗하면 고맙고, 여유 공간이 많으면 더 고맙다. 개인별 콘센트가 있으면 그건 더욱 감사할 따름이다. 가끔 1층 침대만 있는 알베르게가 있다. 호화스러운 숙소에 온 것 이상으로 사치스러운 기분마저 든다. 그저 감사할 뿐이다.

주방에 먹거리 재료가 많고, 요리 기구가 다양하면 요리할 음식의 폭이 넓어진다. 많으면 고맙고, 적으면 적은 대로 감사해하며 이용하고 있다. 그렇게 듣기 싫던 코골이 소음에 적응된 것은 이미 오래다. 투덜거려 봤자 아무 소용이 없고, 자기만 손해다. 그저 그러려니 포기하고 지내야 한다. 장거리를 걷다 보면 몸이 피곤해서 웬만한 소음은 그냥 넘긴다.

아침에 출발해 처음 들어간 바에서 토르티야만 있어도 얼마나 감사한지 모른다. 상큼하게 마실 수 있는 오렌지 주스가 있으면 그렇게 고마울 수가 없다. 늦게 도착하면 내가 먹고 싶은 게 없을 때가 많다. 그러면 남아 있는 것 중에 하나를 골라야 한다. 그거라도 감사히 먹게 된다. 그러면서 적응하고 나를 내려놓게 된다. 처음에는 딱딱한 바게트는 입에도 대지 않았는데, 어느날 그걸 먹고 있는 나 자신을 발견하고 깜짝 놀랐다. 언제부터 먹기 시작했는지 모르겠다. 그게 내가 진정으로 순례자가 되어가고 있다는 증거인가 싶기도 하다.

밥을 그렇게 먹고 싶은 날, 면으로 끼니를 해결해야 하는 고통 또한 까미노에서만의 아픔이리라. 우리나라 사람은 밥심으로 산다고 했다. 그래서일까? 유독 밥을 먹고 싶을 때가 있다. 쌀이 있고, 조리 기구만 있으면 간단히 해결할 수 있는데 가끔 그렇게 할 수 없는 곳도 있다. 욕심도, 취향도 다 내려놓아야 한다. 나는 이 길에서 포기하는 법을 배우고 있다. 내려놓는 법을 알아가고 있으니 이것도 까미노가 주는 선물이려니 생각하며 감사해하고 있다.

그런데 정말 내려놓아야 할, 내려놓고 싶은 것은 마음속 짐이다. 부정적인 생각과 가슴 속 응어리는 반드시 버리고 가야 한다. 내려놓으려고 무척 애를 쓰고 있다. 그것까지 짊어지며 스스로 고달프게 할 생각은 추호도 없다. 배낭만 짊어지고 걷기에도 힘이 든다. 뜨거운 햇빛 속에서 오직 걷고 또 걸을 뿐 아무것도 함께 하고 싶지 않다. 까미노가 끝나갈 무렵, 그렇게 될까? 모르겠다. 하는 데까지 해보련다.

송진구 교수의 글에 이런 부분이 나온다. 마음의 상처를 치유할 필요가 있는 멘티 다섯 명과 산티아고 길을 걸으며 멘토로서 한 얘기다. 아리따운 딸을 잃고 가슴에 한이 맺힌 한 엄마에게 하는 말이다. "딸을 진정으로 사랑하려면 증오를 내려놔야 합니다. 범인을 용서하라는 얘기는 아닙니다. 마음에서 내려놓으라는 말입니다. 그때 내 딸아이가 비로소 내 가슴에 들어와 편안히 쉴 수 있는 것입니다. 절대로 용서할 수 없으니 내려놔 보는 겁니다."

용서할 수 없으니 내려놓아라. 긴 여운이 남는다.

2장
마음의 길

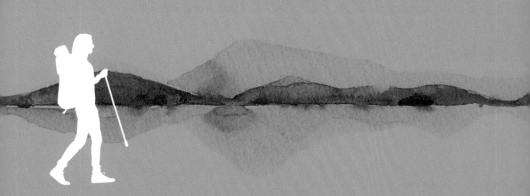

13

이제 메세타 평원이다! (8월 30일)
부르고스 ~ 온타나스 (Burgos ~ Hontanas)
32.5km

산티아고 가는 길은 크게 3단계로 나뉘는데, 부르고스^{Burgos}에서 첫 번째 단계가 끝난다고 한다. 육체적 고통은 여기서 끝나고 '마음의 길', '명상의 길'이라고 하는 두 번째 단계가 시작된다. 여기는 대부분 메세타 구간을 포함하고 있다. 부르고스를 지나 레온까지 이어지는 180㎞의 메세타 평원! 이베리아반도 중심에 있는 해발 600m 이상의 고원지대로 스페인의 중요한 곡창지대이기도 하다.

까미노 전 구간 중 기후는 가장 혹독하고, 경치는 가장 단조롭다. 정신적으로나 육체적으로 제일 힘

끝없는 메세타 평원

든 '마의 구간'이라고도 불리는 곳이다. 밀을 수확한 후에는 황폐해 보이고, 끝없는 지평선만 계속되다 보니 이 구간을 건너뛰는 사람도 많다. 우리는 오늘부터 이 구간을 걷는다.

부르고스 시내를 벗어나자 밀밭의 연속이고, 감자밭이 두어 군데 보일 뿐이다. 8㎞ 지점인 비얄비야 데 부르고스Villalbilla를 지나 11.5㎞ 지점인 따르따호스Tardajos에서 휴식 겸 간식을 먹었다. 아침에 이 정도 거리는 쉬지 않고 단번에 올 수 있을 만큼 모두 적응이 되어 있다. 이제 이 시간에 먹는 메뉴는 거의 정해져 있다. 토르티야와 오렌지 주스! 바에서 파는 음식들이 대부분 빵 종류인데 그래도 먹을 만한 게 오믈렛 종류다.

13.5㎞ 지점인 라베 데 라스 깔사다스Rabe de las Calzadas에서는 물을 보충했다. 메세타 구간을 보통 부르고스에서 레온이라고 하지만 구체적으로 얘기할 때는 라스 깔사다스에서 시작된다고 말한다. 완만한 오르막을 올라가면 950m 높이의 메세타 봉Alto Meseta이 나오고, 곧바로 급격한 내리막이 계속된다.

안내서에 '노새 죽이는 내리막'이라고 표시되어 있는데 어떤 사연 때문에 이런 이름이 붙었는지는 모르겠다. 뭔가 사연이 있을 것 같은데 어떤 안내서에도 설명이 없다. 길가에 벽화가 참 잘 그려져 있다. 아인슈타인과 간디, 마틴 루터 킹 목사

순례길의 멋진 그림

등 유명인이 그려져 있는데 솜씨 좋은 사람이 그린 작품으로 보인다. 순례자들에 대한 크고 작은 배려에 늘 감사하는 마음으로 걷고 있다.

긴 오르막을 오르면서 자전거 부대를 만났다. 서로 '부엔 까미노!'를 외치며 격려한다. 지나치는 사람들과 인사하는 건 이제 습관이 된 지 오래되었다. 정상 부근에서 앞뒤 좌우를 둘러봐도 모두 밀밭뿐이다. 저 멀리 앞서가는 순례자가 보일 듯 말 듯 하고 평원의 끝은 보이질 않는다. 밀 수확 전이라면 좀 덜 황량하게 느꼈을지도 모르겠다.

이곳의 면적도 어마어마하다. 그늘이 전혀 없다. 메세타 평원 코스가 어렵기로 소문난 이유다. 저 멀리 풍력발전기가 수없이 늘어서 있다. 기껏해야 수십 기 정도 설치되어 있는 우리나라의 풍력단지와는 비교가 되지 않는다. 국토가 넓은 스페인이 이런 면에서는 그저 부러울 뿐이다. 여기 와서 이런 대규모 풍력발전기를 보는 게 벌써 네 번째다.

목적지 2㎞쯤 남겨놓고 할머니 두 분을 만났다. 어디서 왔느냐고 물으니 독일에서 왔다고 한다. 연세를 물어보지는 않았으나 70세에서 80세 사이로 보인다. 저렇게 연로하신 분도 걷는데 이 정도를 힘들다고 할 수는 없다. 더욱 힘을 내어 걷는다.

독일 할머니와 자전거 순례자

독일 할머니들을 보니 큰누나가 생각난다. 큰누나는 나보다 23살 연상이다. 내가 태어났을 때 어머니 젖이 말라 큰누나 젖을 먹고 자랐다. 요즘 나를 볼 때마다 우윳값 내놓으라며 우스갯소리를 한다. 그럴 때마다 즐거운 마음으로 용돈을 드리고 있다. 산티아고 출발 전에도 조카들과 밥을 먹고, 당연히 우윳값도 드리고 왔다. 우웃값 다 받아낼 때까지 오래오래 건강하시길 기원하며 이 길을 걷고 있다.

가도 가도 마을이 보이지 않다가 갑자기 움푹 파인 곳에 마을이 나타났다. 보통은 어느 정도 먼 거리에서부터 마을이 보이기 시작하는데 온타나스Hontanas는 갑자기 불쑥 튀어나온다. 언덕 아래 숨어있는 아담하고 예쁜 마을이다. 넓은 벌판 한가운데 움푹 파인 곳에 마을이 형성되어 있다. 마을을 보고 다

평원 아래 숨어있는 아담한 온타나스 마을

들 웃음을 터뜨렸다. 너무 작고 귀여워서 절로 웃음이 나온 것이다. 20가구도 안 되는 것 같다.

원래 들어가려던 알베르게는 운영을 안해서 옆에 있는 알베르게(Rp Meso El Puntido, 6유로)로 정했는데, 마트와 식당을 겸하고 있다. 침대를 보니 어두컴컴하고 베드버그가 나올 분위기다. 등록한 후라 바꿀 수도 없고, 선택의 여지도 없다. 벌레 기피제만 몽땅 뿌리고 짐을 풀었다. 식사하러 나와 앞쪽 알베르게에 묵은 한국인에게 물어보니 거기는 상당히 좋아 만족스럽다는 거다. '하다 보면 이럴 때도 있는 법이지!' 하고는 편하게 생각했다.

이 작은 마을에도 성당이 있다. 바로 '성모 승천 성당'이다. 아담하고 포근한 느낌이 든다. 이런 마을에 이렇게 의미 있는 성당이 있다니 정말 놀랍다. 느낌이 좋아서일까? 다른 곳에서와는 달리 모두 미사에 참석하고 싶다고 한다. 6시 미사에 참석했는데 한국어 미사도 있어서 더욱 좋았다. 대부분 순례

자들이고, 마을 사람들도 몇 명 보인다. 모두 합해도 20명이 안 된다.

온타나스 성모 승천 성당

미사를 집전하시는 신부님의 인상이 참 좋다. 환한 미소를 지으며, 순례자 한 사람 한 사람을 자기 가족처럼 따뜻하게 대해 주신다. 신부님이 십자가 목걸이를 일일이 걸어주며 축복해 주셔서 행복한 시간이 되었다. 사진을 부탁하자 밝게 웃으며 응해주신다. 이런 성당에 헌금하고 나면 왜 그렇게 기분이 좋은지 모르겠다. 아까운 생각은 조금도 없고, 뭔가 대단한 일을 한 것처럼 뿌듯함이 느껴진다.

오늘은 넓은 들판을 끝없이 걸어야 하고, 오르막과 내리막이 반복되는 그늘 하나 없는 지루한 코스다. 거리도 32.5㎞로 상당히 길다. 체력과 인내력이 필요한 메세타 구간이다. 이런 구간에서는 좀 빨리 가는 것이 좋을 것 같아 21.5㎞ 구간까지 한참 앞서서 걸었다. 휴식하면서 뒤따라오는 일행을 유심히 살펴본다. 세정이와 도영이는 힘들어하면서도 그런대로 걷고 있다. 아름이는 많이 뒤처져 있고, 무척 힘들어한다. 나머지 구간은 이들을 앞서게 하고, 아름이랑 걸었다. 힘들 때는 옆에서 같이 걸어주기만 해도 큰 도움이 된다.

재호는 오늘부터 혼자 걷고 있다. 우리보다 10여㎞ 더 걷고 쉬겠다며 앞서 가고 있다. 까미노는 그런 곳이다. 모두가 자기만의 뜻을 가지고 걷는다. 가끔 무리에서 벗어나 혼자만의 시간을 갖고 싶을 때가 있다. 지금 재호가 그렇다. 조심하고 절대 무리하지 말라고 얘기하고는 먼저 가게 했다. 오늘부터 일행이 넷으로 줄었다. 나도 중간 이후에는 나만의 시간을 가지며 혼자 걸을 생각이다.

순례길 이야기 : 스페인 사람들은 텃밭에 무엇을 심을까?

나는 걸으면서도 주변을 자세히 관찰하는 습관이 있다. 아마 호기심이 많아 그런 것 같다. 특히 작물이나 과일나무, 풀이나 나무 등 식물에 대한 관심이 많다. 그동안 텃밭을 몇 번 보아왔는데 오늘은 제대로 된 텃밭이 보인다.

타르다호스에서 텃밭을 가꾸고 있는 집을 보았다. 여기 사람들도 텃밭을 가꿀까? 가꾼다면 뭘 심을까 무척 궁금하던 차였다. 그동안 몇 군데서 본 텃밭은 규모가 작았는데 이곳 텃밭은 꽤 규모가 크고, 작물 종류도 다양해 보인다.

집 바로 앞에 사과나무, 자두나무, 호두나무가 있고, 상추, 케일, 배추, 양파, 고추가 보인다. 방울토마토와 일반토마토, 호박도 보이는데 하나는 이름이 무엇인지 모르겠다. 우리나라 사람들이 텃밭에서 가꾸고 있는 작물과 비슷해서 깜짝 놀랐다. 집에서 자라는 유실수도 그렇고, 채소류도 그렇다. 스페인 사람들도 먹거리의 기본 재료는 우리와 유사한가 보다.

그런데 생육 시기는 우리와 상당히 차이가 난다. 전반적으로 우리보다 많이 늦다. 과실류의 경우 사과나 포도, 호두, 자두, 복숭아 등은 우리의 조생종과 비교해도 늦고, 만생종보다는 한두 달 이상 늦은 것 같다. 사과의 경우 노지 재배를 했을 때 우리나라는 조생종이 8월경 나오고, 만생종은 9~10월경 나온다. 여기 사과는 8월 말인데도 수확하려면 한참 지나야 가능할 것으로 보인다.

스페인 텃밭

　채소류도 마찬가지다. 감자나 양파의 경우 우리는 6월 중 수확하는데 여기
는 아직 한두 달은 있어야 수확할 수 있는 상태다. 2개월 이상 늦는 것 같다.
토마토도 8월 말이면 우리는 끝물이다. 여기는 아직도 수확할 수 있는 상태
로 보인다. 과일이나 채소 모두 우리보다 상당히 늦다. 위도상으로는 우리와
비슷하지만, 지중해성 기후의 영향을 받는 지역이라 이렇게 큰 차이가 있는
것으로 보인다. 재배하는 작물이 비슷해서일까? 갈수록 스페인에 정감이 가
고 가깝게 느껴진다.

카스티야 운하를 따라 (8월 31일)
온타나스 ~ 프로미스타 (Hontanas ~ Fromista), 35.5km

출발한 지 한 시간쯤 지나 산 안톤 아치Arco de San Anton를 지나는데 핸드폰이 방전되어 버렸다. 밤에 충전시킨다고 꽂아놓은 코드가 빠져있었던 모양이다. 그걸 모르고 출발했으니 너무도 난감했다. 일행은 모두 아이폰을 갖고 있어 충전용 선이 맞지 않았다. 7시 30분경 10㎞ 지점인 카스트로헤리스Castrojeriz에서 식사하는데 대만에서 온 제시 탕Jessie Tang이 갤럭시를 사용하고 있다. 그동안 오면서 자주 만나 익숙한 사이다.

사정을 말하니 충전용 선을 빌려주었다. 얼마나 고마운지 거듭 감사함을 표시했다. 가고 있으면 따라가겠다고 하고 페이스북으로 연락하기로 했다. 충전에 시간이 걸리니 모두 먼저 출발하게 했다. 60% 이상은 충전시켜야 한단다. 40여 분 기다리다 출발하니 아침부터 정신이 없다.

이른 아침 산 안톤 아치

카스트로헤리스 들어오면서 일출과 어우러진 성곽의 모습은 정말 아름다웠다. 산 안톤 아치Arco de San Anton가 있는 마을로 어둠 속에서 건물의 실루엣이 멋지게 보인다. 아침 식사를 한 카스트로헤리스Castrojeriz 마을은 언덕 꼭대기에 폐허가 된 오래된 성곽이 보이는데 옛 로마의 성이라고 한다. 이곳은 오드리 강Rio Odrilla 옆에 발달한 주민 800여 명이 사는 아담한 마을로 교회와 수도원, 구호소 등이 많은 까미노 마을이다. 성인 야고보가 사과나무에서 성모 마리아의 모습을 보았다는 전설이 있는 마을이라 순례자들에게는 더 의미 있는 마을이다.

마을을 벗어나니 멀리 모스텔라레스Alto Mostelares 언덕이 보인다. 언덕까지 가는 길도 상당히 멀어 순례자들의 발걸음을 무겁게 한다. 정상이 해발 950m라고 하는데 그렇게 높다는 생각이 들지 않는다. 주변도 모두 800m 이상으로 높기 때문이다. 김남희 씨의 여행기를 보면 이 꼭대기에 영국인 자원봉사자 할아버지의 캠핑 트럭이 있다는 곳이다. 응급치료도 해주고, 순례자들에게 음료와 빵을 대접해 준다고 나와 있다. 그런데 아무리 둘러봐도 캠핑카도, 할아버지도 보이지 않는다. 벌써 10여 년

카스트로헤리스 성곽

이 훌쩍 지났으니…… . 아쉬움을 뒤
로한 채 길을 재촉한다.

전망이 좋은 정상에서 잠깐 휴식을
취하고 바로 출발했다. 앞서간 일행을
따라잡으려면 서둘러야 한다. 전에 배
운 스틱을 활용한 빠른 주행법을 오늘
실습하는 기분이다. 속도가 매우 빠르
다. 500m 정도 지나면 내리막인데 멀
리 밀밭 사이로 해바라기 농장도 꽤

모스텔라레스 언덕 정상에서 바라본 전경. 끝없
는 평원, 멀리 풍력발전기가 보인다.

많은 편이다. 트렉터로 제초제를 뿌리고 있는데, 바로 옆이라 농약 냄새가 지독
하다. 밀을 수확한 지 얼마 되지 않아서 풀이 보이지 않는데도 미리 살포하는
모양이다. 그 넓은 밀밭에 잡초가 거의 없는 이유를 이제 확실히 알 것 같다.

10시 35분경 마을로 들어서는데 조그마한 성당이 있다. 지도에 '성 니콜라
스 소성당'이라고 표시된 곳이다. 여기가 부르고스주에서 팔렌시아주로 넘어
가는 경계 지점이다. 성당에서 커피와 쿠키를 무료로 제공하고, 세요도 찍어
준다. 이런 곳에서는 기부하고 싶은 마음이 절로 생긴다. 일행을 여기서 만
났다. 스틱 주행법으로 속도를 냈더니 생각보다 빨리 만난 것이다. 대만 친
구도 여기서 만났다. 고맙다고 몇 번이나 얘기하고 기회가 되면 꼭 식사를 대
접하겠다고 했는데 그럴 기회가 생길는지 모르겠다.

이테로 델 카스티요Itero Del Castillo에는 유명한 알베르게가 있다. 11세기에
지은 성당을 개조한 것으로 이탈리아 성인을 모신 곳이다. 자원봉사도 이탈
리아 사람이 맡고 있다. 침대가 8개밖에 없고, 호스피탈레로들이 저녁과 아

침도 준비해 준다. 특히 순례자 발을 씻어주는 전통이 지금도 계속되고 있다고 한다. 미리 알았더라면 하는 아쉬움이 크지만, 너무 늦었다. 다음에 까미노를 걸을 기회가 생긴다면 꼭 이런 곳에서 머무르고 싶다.

21.5㎞ 지점인 이테로 데 라 베가Itero de la Vega라는 마을에 들어가려면 이테로 다리Puente Itero를 지나야 한다. 알폰소 6세가 레온과 카스티야 왕국의 통합을 기념하기 위해 건설했다는 다리가 아직도 건재하다. 이 지역은 입구에서부터 마을을 지나서까지 온통 옥수수 농장뿐이다. 아마 옥수수로 특화된 마을인 것으로 보인다.

옥수수 간격이 20cm도 되지 않는다.

현재 생육상태로 보면 사료용으로 하기는 늦었으니 식용인가 보다. 그런데 우리나라와는 달리 옥수수 사이 간격이 너무 좁다. 한 뼘이 안 되니 20㎝가 안 되는 것이다. 다른 작물은 그렇지 않은데 옥수수를 이렇게 밀식 재배하는 이유가 무엇일까? 우리는 옥수수를 심을 때 단위 면적당 수확량을 높이면서 옥수수의 품질도 고려해 간격을 정한다. 잡초 방지를 위해 밀식재배를 하는 경우도 있기는 하다. 왜일까? 고개가 갸우뚱해진다.

이테로 마을을 지나니 오랜만에 포도 농장이 보이고, 관개시설을 갖춘 밀밭은 여기 와서 처음 본다. 강이 많기로 유명한 스페인에서 자연급수가 어려워 관개시설을 하는 걸까? 땅이 넓은 이곳에서 단위 면적당 수확량을 높이려고 관개시설을 하는 걸까? 다른 무언가 이유가 있을 것 같은데 이 또한 궁금하다.

다정한 알도 부부

알도 부부와 함께

　가는 길에 애니멀Animal을 만났다. 미국 플로리다에서 온 알도Aldo라는 친구인데 몸이 하도 좋아서 붙인 별명이다. 뻥 좀 치자면 팔뚝이 내 몸통만 하다. 배우 마동석을 생각하면 비슷할 것 같다. 그 부인도 체구가 만만치 않다. 부부가 덩치에 맞지 않게 항상 손을 잡고 다녀서 그만 좀 잡고 다니라고 가끔 방해를 놓는다. 오늘도 둘을 떼어놓고 내가 중간에 끼어들어 사진을 찍었다. 부부가 함께 걷는 모습이 멋지고, 부럽다. 마음씨가 정말 좋은 친구로 보인다. 내가 선물해 준 행운의 매듭은 꼭 핸드폰에 매달고 다닌다.

　12시 55분경 보아디야 델 까미노Boadilla del Camino에 도착해 오후 2시까지 점심을 먹었다. 이곳은 중세부터 순례자 마을로 발달한 지역으로 14세기에 산타 마리아 성당이 건축되면서 유명해지기 시작했다고 한다. 점심으로 토르티야, 샐러드와 오렌지 주스를 먹었는데 6.5유로, 적당한 가격이다. 이제 남은 거리는 6.1㎞.

　보아디야 델 까미노에서 식사 후 20여 분 가면 우측으로 카스티야 운하Canal de Castilla가 있고, 좌측은 포플러 그늘이어서 걷기에는 참 좋은 길이다. 여기서도 순례자에 대한 배려가 보인다. 그 기다란 수로에 포플러마저 없었

카스티야 운하

다면 너무도 힘든 코스였을 텐데, 그늘을 만들어주어 정말 고맙다. 멀리 포플러 조림지가 보인다. 포플러를 인공조림한다는 것은 뭔가 용도가 있다는 건데 재질이 약한 포플러나무의 용도가 무엇일까? 오늘은 궁금한 게 많은 날이다.

상당히 긴 카스티야 수로를 걸어가면 끝에 에스끌루사 수로Canal de Esclusa의 수문이 나온다. 곡물을 수송하기 위해 만들어진 수로가 농업용수를 저장하는 역할도 하고 있다. 프로미스타Fromista에 거의 도착하면 운하를 건너게 된다. 여기에는 유럽에서 로마네스크 양식이 가장 완벽하게 보존되어 있다는 산 마르틴 교회가 유명하다고 한다. 주민이 800여 명이라니 큰 마을은 아니다.

오후 3시 15분경 알베르게에 도착했는데 초반에 같이 다녔던 브라질 친구들 셋을 다시 만났다. 스리오Srio, 마리아노Mariano, 이바닐슨Ivanilson. 스리오가 몸이 안 좋아 늦어지고 있다고 한다. 60대 중반인 스리오는 체구는 큰데 강인하게 보이지는 않는다. 매듭을 주면서 핸드폰에 걸어주었다. 이건 한국에서 행운Good Luck을 가져다주는 기념품이라고 소개하고, 빨리 회복되기를 기원한다고 하니 큰 포옹으로 화답한다. 브라질 친구들과의 우정은 더욱 깊어져 간다.

포플러나무 인공조림지

15

일차

힘들기로 유명한 그 길, 메세타 평원 17km (9월 1일)

프로미스타 ~ 깔사디야 (Fromista ~ Calzadilla de la Cueza)

37km

프로미스타에서 캐리온으로 가는 길은 온통 밀밭뿐이고, 포플러 조림지와 관목들이 가끔 있다. 뒤를 돌아보니 포플러 사이로 아름다운 일출이 장관을 이루고 있다. 매일 접하는 광경이지만 날마다 새롭고 경이롭게 보인다. 요즘 접하는 모든 게 이렇게 느껴진다. 어둠 속에서 맞이하는 일출부터 산과 나무, 잡목과 새소리, 물소리, 만나는

프로미스타 일출

사람과 스치는 바람까지 아름답고 고맙게 느껴진다.

비야르멘떼로 데 깜뽀스Villarmentero de Campos에서 식사하고 나오는데 소나무 몇 그루가 서 있다. 익숙한 나무라서 그런지 얼마나 정겹게 느껴지는지 모른다. 어려서부터 자주 접하던 나무라서 그럴까? 오랜 친구를 만난 것 같은 기분이다. 소나무를 지나고 나서 이어지는 끝없는 벌판은 온통 밀밭뿐이고, 포플러도 많이 보인다. 이곳의 식생도 그다지 다양해 보이지는 않는다. 메세타 평원 쪽으로 들어오면서 더욱 그렇다.

끝없는 들판이 계속되다가 작은 마을이 나오고, 다시 드넓은 광야가 이어지다가 자그마한 마을이 나오기를 반복한다. 누구나 지치기에 딱 좋은 환경이다. 이런 곳에서는 가능한 한 짧은 휴식을 자주 취해주어야 한다. 오늘 목적지에 도착하면 398km 남으니 이제 딱 절반을 걸은 것이다. 내일부터는 각자 행동하기로 했다. 드디어 그렇게 걷고 싶은 시기가 온 것이다.

프로미스타에서 캐리온 가는 길

끝없이 이어지는 들판에는 농작물만 약간씩 변하고 있을 뿐, 무미건조하여 지루하기 그지없다. 19.5km 지나 위치한 캐리온 데 로스 콘데스Carrion de Los Condes라는 마을은 제법 큰 지역으로 입구부터 엄청나게 넓은 해바라기 농장이 자리 잡고 있다. 이곳은 캐리온이라는 백작 가문이 통치한 데서 유래한 중세 마을이라고 한다.

여기에서부터 힘들기로 유명한

17km의 긴 여정이 시작되는 곳이다. 메세타 평원이 전체적으로 길고 지루한 감이 있으나, 그중 가장 으뜸인 지역이 바로 이곳이라고 한다. 식사도 하고 물과 음료수 등도 여기서 준비해야 한다. 마을이 크다 보니 바, 음식점, 약국, 호텔, 주유소 등도 많다. 그중에서도 산티아고 성당과 산소일로 수도원이 유명하다.

캐리온 출구에 있는 주유소

에스타시온 데 세르비시오 주유소를 지나면서 스페인의 유류가격은 얼마나 할까 궁금했다. 가솔린이 1.219유로라고 나와 있다. 유로당 1,300원으로 계산하면 1,585원, 1,400원으로 계산하면 1,707원이니 우리보다 약간 비싼 편이다. 이곳 농산물이나 숙박 요금 등 물가가 전반적으로 저렴한 편인데 유류가격이 비싼 것은 의외다.

캐리온을 나와 넓은 광장을 지나고 캐리온 강을 건넌다. 한 시간가량 포장도로를 걷게 되는데 대규모 경작지 사이로 이어진다. 해바라기 농장이 엄청 많고, 귀리 농장은 여기 와서 처음 보았다. 캐리온으로부터 8km 지점에 처음으로 벤치가 있어 잠깐 휴식을 취했다. 폴란드에서 온 아시아가 발바닥에 물집이 생겨 힘들어한다. 발 상태를 보니 통증이 상당할 것 같다. 종이테이프를 붙여주고 일단 숙소까지 갈 수 있도록 했다.

캐리온에서 10㎞ 지점에 있는 간이 바, 오아시스 바

10㎞ 지점에 오아시스 바라는 제법 모양새를 갖춘 바가 있다. 여기서 물이나 주스 같은 음료와 간단한 스낵류를 팔고 있다. 이걸 알았더라면 캐리온에서 그렇게 많이 준비하지 않았을 것이다. 지도에는 없는데 상설 바와 다름없는 형태다. 어떤 안내서에는 영업일과 시간이 일정하지 않은 포장마차 바라고 설명되어 있다. 이 정도의 거리에서는 꼭 필요한 바라서 상설로 운영하면 정말 좋겠다는 생각이 든다.

오아시스 바에서 목적지까지는 7㎞쯤 남아 있고, 바에서 30여 분 가면 쉴 수 있는 의자와 피난시설이 있다. 거기서부터 또 까마득한 들판이 연속되는데 피곤한 상태라서 더 길고 지루하게 느껴진다. 오아시스 바에서 1시간 조금 넘게 가면 입구에 재미있는 캐릭터들이 순례객을 맞아주는 마을이 나온다. 아담한 마을인 칼사디야 데 라 쿠에사에 도착해 알베르게(Ref Municipal, 5유로)로 향한다.

이곳도 며칠 전 온타나스처럼 비탈길 오목한 곳에서 불쑥 나타난다. 메세타 평원에 형성된 마을들의 특징인 모양이다. 그렇게 반가울 수가 없다. 상당히 긴 구간을 어렵게 걸은 후 목적지 알베르게에 들어서면 천국이 따로 없다. 등록을 하고 제일 먼저 하는 게 샤워다. 따뜻한 물로 샤워할 때의 기분은 평상시와는 비교가 되지 않는다. 물을 끼얹으며 황홀경에 빠진다. 아, 이게 지상낙원이구나! 그런 기분이다.

캐리온에서부터의 17㎞는 힘들기로 유명한 코스다. 가능하면 캐리온에서 숙박하고 아침 일찍부터 이 코스를 걷기를 권한다. 우리는 프로미스타에서부터 캐리온까지 20㎞ 정도 걸은 후 12시 무렵부터 이 코스를 걷기 시작해 무척 힘들고 지루했다. 기온이 높지 않아 다행이었지 더운 날이었다면 정말 힘들었을 것이다. 간식과 물은 충분히 준비하는 게 좋긴 하나, 중간에 간이 바도 있고 쉴 수 있는 의자도 있으니 너무 긴장할 필요는 없을 것 같다.

순례길 회상 : 평생 힘이 될 어린 시절 덕담 한마디

스페인은 예상외로 산이 많고 평균 고도도 높은 국가라고 한다. 해발 400㎡ 이상인 지역이 전 국토의 75%나 차지한다. 이는 메세타의 영향이 큰데, 메세타의 평균 고도가 높고, 워낙 넓기 때문이다. 그래서 산악국가라 일컫는 스위스 다음으로 평균 고도가 높다고 하니 메세타의 규모를 짐작할 수 있을 것이다.

우리는 지금 그 길을 걷고 있다. 메세타 평원! 그중에서도 오늘 걸은 17㎞ 길은 누구에게나 힘든 구간이다. 산티아고 순례기를 읽다 보면 가장 힘들어하고, 가장 많이 건너뛰는 구간이기도 하다. 걸어보니 알겠다. 왜 이렇게 사람들이 힘들어하고 건너뛰는지를.

그늘 하나 없는 광활한 들판을 끼고 지루한 길을 걷고 또 걸어야 한다. 추수를 마친 밀밭은 황량하기 그지없고, 경치라고는 천편일률적이어서 거의 변화가 없다. 저 멀리 가끔

오아시스 바를 지나서 있는 휴게소

고원이 보이고, 주변에는 산도 없다. 구름 한 점 없는 하늘에서 내리쬐는 햇빛을 그대로 받아야 한다. 이따금 나타나는 관목 덤불, 몇 ㎞마다 보이는 커다란 돌무더기, 가끔 보이는 몇 그루의 나무들, 사방이 온통 황무지 같다.

기나긴 메세타 평원을 걷다 보면 땅은 갈수록 메마르고 몸과 마음도 점점 지치는 느낌이다. 높은 기온과 부족한 강우량 때문일 것이다. 여름철 인정사정없이 타오르는 태양은 드넓은 메세타 평원을 완전히 태워버릴 것 같다. 까미노 여정에서 누구는 이 구간을 가장 지루하고 혹독한 길이라 말하고, 또 어떤 이는 가장 매력적이고 인상 깊은 길이라 얘기한다. 그만큼 걷는 사람에 따라 느낌이 극명하게 갈리는 길이다.

나에게 이 길은 많은 것을 생각하게 하는 명상의 길이다. 묵묵히 한 방향으

끝없는 메세타 평원

로 걷기만 하면 된다. 화살표를 놓칠 걱정도 없고, 구경할 만한 특별한 경관도 없다. 나를 뒤돌아보는 시간이 된다. 그동안 나와 인연을 맺었던 많은 사람들, 수많은 사연이 생각난다. 어릴 적 추억이 고스란히 간직된 고향 친구들. 지금의 나를 있게 한 고마운 친척들. 내가 좋아하고 사랑했던 많은 인연들. 가슴속에 응어리를 맺히게 한, 잊고 싶은 사람들. 직장생활을 하면서 울고 웃던 수많은 환경 가족. 애들레이드에 있을 때 인연을 맺은 우리 한인 가족. 이런저런 인연으로 맺어진 많은 외국인 친구, 그리고 나를 지탱해준 한마디…….

아마 내가 예닐곱 살 때쯤으로 기억한다. 아버지는 먼 곳을 갈 때마다 나를 데리고 다니셨다. 장성 외가댁에 제사가 있거나 함평 누나네 사돈댁의 회갑 같은 잔치가 있으면 늘 함께 갔다. 당시만 해도 장성까지는 걸어서 다녔다.

어느 마을을 지나는데 큰 당산나무가 있고, 그 아래 평상에 할아버지 몇 분이 모여 계셨다. 여느 시골에서나 흔히 볼 수 있는 광경이었다. 한 할아버지가 나를 보더니 "고놈 참 큰일 할 놈이네. 잘 키우시오."라고 하셨다. 아버지 들으라고 하는 말씀이었다. 아버지는 고맙다고 대답하고는 그냥 가던 길을 가셨다. 가볍게 내 머리를 쓰다듬으며 말없이 걸을 뿐이었다.

지금도 그 장면과 축복의 말씀이 잊히지 않는다. 그분은 그렇게 큰 의미를 두고 한 말이 아닐 수도 있을 것이다. 그저 지나가는 말이었거나 가벼운 덕담이었을 수도 있다. 하지만 내 가슴엔 지금까지 남아 힘이 되어 주었다. 내가 어려울 때나 힘들 때, 그 모습을 생각하며 다시 일어설 수 있었다.

내가 태어나고 자란 고향은 영광군의 '대장동'이라는 마을이다. 앞마을 종

메세타 평원을 걷고 있는 세 젊은이

산에 망월 양반이라는 분이 계셨다. 당시에는 어르신들도 그런 호칭으로 불렀다. 잘은 모르겠으나 생활이 넉넉한 분은 아니셨고, 학식이 많으셨던 분도 아니었던 것으로 기억한다. 초등학교 1~2학년 어느 여름날, 땀을 뻘뻘 흘리며 친구들과 함께 집으로 가고 있었다. 나를 보더니 지난 장성에서 만났던 할아버지와 똑같은 말씀을 하셨다.

"고놈 참 큰일 할 놈이네." 그때 그 말씀이 왜 그렇게 큰 울림으로 내게 와 닿았는지 모르겠다. 그 말을 듣는 순간 뭔가 찡하고 울리는 느낌이었다. 두 할아버님의 말씀은 평생토록 나에게 큰 힘이 되어주었다. 그 두 장면은 아직까지도 생생하게 기억한다. 그것도 총천연색으로 말이다.

그 두 분은 나와 아무런 연고가 없는 분들이다. 그저 길 가다 스쳤을 뿐이다. 특히 장성 할아버님은 이름도 성도 전혀 모르는 분이다. 두 분 모두 멀리 떠나신 지 수십 년이 되셨을 것이다. 우연히 던진 한마디 말, 그러나 평생 힘이 된 따스한 말! 두 분이 오늘은 더욱 생각난다. 허허벌판 메세타에서 두 분이 몹시 그리워진다.

어린아이들에게는 말을 조심해야 한다. 가능하면 긍정적인 말을 해주어야한다. 칭찬을 많이 해주어야 한다. 부정적인 말은 삼가야 한다. 기를 꺾는 말을 해서는 안 된다. 철부지라고 무시해서는 더욱 곤란하다. 어른의 말 한마

5월의 메세타 평원 밀밭

디가 평생 힘이 될 수도 있고, 그 반대가 될 수도 있기 때문이다.

　어린 시절 들었던 그 한마디가 내겐 평생 힘이 되어주었다. 수많은 인연 중 오랜 세월 힘이 되어주신 두 어르신! 두 분을 생각하며 감사의 기도를 드려본다. 할아버님, 정말 감사합니다!

까미노의 절반을 지나며 (9월 2일)
깔사디야 ~ 엘부르고 (Calzadilla de la Cueza ~ El Burgo)
41km

절반을 넘으면서 오늘부터는 각자 행동이다. 이틀 또는 사흘 후 레온에서 다시 만나기로 했다. 도영이와 세정이는 오늘부터 실컷 걸어보고 싶다며 야심차게 출발한다. 아름이는 원래 계획대로 사아군 정도까지만 가겠다고 한다. 재호는 며칠 전부터 우리보다 앞서가고 있다.

나는 레온을 내일 저녁쯤에 도착해서 하루 쉴 계획으로 오늘은 41㎞, 내일은 37㎞를 걸을 계획이다. 반을 넘었으니 이제는 내 페이스대로 실컷 걸어보고 싶다. 아직까지는 큰 피로감은 없어서 걸을 만하다. 먹고 싶은 음식을 먹지 못하면서 가는 게 현재로선 가장 힘든 일이다.

셋은 6시에 먼저 출발하고, 나는 간단한 식사와 스트레칭 후 6시 30분에 출발했다. 바람이 심하고 추워서 패딩과 재킷을 모두 입고 출발했다. 여기

와서 오늘이 가장 추운 것 같다. 9.5㎞에 있는 테라디요스 데 로스 템플라리오스Terradillos de los Templarios 바에서 식사하고 나오면서 보니 넓은 들판이 모두 밀밭이고, 태양광발전기도 보인다. 풍력발전기는 많이 보았는데 이건 처음 본다. 건조한데다 기온이 높고 장애물이 없어 태양광 발전의 여건은 우리보다 훨씬 좋은데 왜 이렇게 태양광은 없을까 궁금했었다. 풍력발전기로도 충분해서일까?

80세가 넘어 보이는 두 어르신이 가장 어렵다는 메세타 평원을 걷고 있다. 수많은 순례객을 만나보지만 이보다 더 아름다운 장면이 또 있을까? 두 손을 꼭 잡고 거닐고 있는 노부부! 이보다 멋진 모습은 없어 보인다. 부모님 생각이 스친다. 두 분을 생각하며 한참을 뒤에서 걸었

손을 꼭 잡고 걸어가는 노부부

다. 이런 분들을 앞질러 가면 왠지 미안한 마음이 든다. 공손하게 인사하고 앞지르면 미안함이 조금 덜하다. 어르신, 건강하게 오래오래 사세요!

두 어르신을 보니 부모님 생각이 많이 난다. 자식들을 위해 모든 걸 바치신 분, 막내를 위해 평생 희생하신 분들이다. 그중 아버지를 생각하면 가장 먼저 떠오르는 말이 있다. "차고 나온 밥그릇." 사람은 태어날 때 다 차고 나온 밥그릇이 있으니 분수에 맞게 살라는 뜻으로 이해하고 있다. 아버지는 학식이 많거나 유식한 분은 아니셨다. 하지만 동네 궂은일은 항상 앞장서서 하셨고, 장례일이 생기면 사람들은 제일 먼저 아버지를 찾을 정도로 주변 사람들을 살뜰히 챙기셨다.

아버지 팔은 항상 나의 베개였다. 내복이 없던 당시에 나는 언제나 아버지 품으로 기어들었다. 아버지 품에 안기어 잘 때의 그 따뜻한 온기는 아직도 생생하게 느껴진다. 그랬던 아버지는 내가 중학교에 입학하기 직전에 돌아오지 못할 머나먼 길을 떠나셨다. 어린 시절 겪은 가장 큰 충격이었다. 내가 차고 나온 밥그릇은 얼마나 될까? 그 말씀을 되새기며 오늘도 까미노를 걷는다. "아부지, 막둥이 잘 살고 있어. 차고 나온 밥그릇 값은 꼭 하고 갈게."

15.5㎞ 지점에 있는 산니꼴라스San Nicolas는 팔렌시아Palencia주의 마지막 마을이고, 레온Leon주로 넘어가면 첫 도시가 사아군Sahagun이다. 산니꼴라스 바에서 사과와 바나나를 먹고 나오는데 왼쪽은 망망대해 같은 들판이 펼쳐지고, 멀리 사아군이 아스라이 보인다. 사아군은 11~12세기에 번성했던 중세 도시로 세아강Rio Cea과 발데라두에이강Rio Valderaduey 사이에 있어 비옥한 밀밭이 발달해 있다. 하지만 순례자들에게 가장 의미 있는 것은 이곳이 프랑스길의 중간지점이라는 것이다.

23㎞ 사아군 입구에는 철재로 된 의자가 있고 멋진 동상이 순례객을 반겨준다. 사아군에서 사전 정보 부족으로 한 시간 이상을 낭비해 버렸다. 하프 인증서를 준다는 성당에 갔는데 문이 잠겨있다. 점심을 든든하게 먹으려고 좋은 식당을 찾는데 12시가 넘어야 오픈이라 바에서 간단히 먹을 수밖에 없었다. 지금까지 걸어온 길이 23㎞이고, 앞으로 가야 할 길이 18㎞ 남아 있어 든든하게 먹으려 했는데 힘이 쭉 빠진다. 파에야를 파는 바가 있어 그거라도 먹을 수 있어 다행이다. 오렌지 주스와 파에야로 배를 채우고 출발이다.

사아군은 메세타를 걷다 지쳐서, 또는 부상을 당해서 많이 건너뛰는 구간이기도 하다. 독일 코미디언 하페 케르켈링이 사아군에서 레온까지 기차를 타면서 한 말이 기억에 남는다. "사아군에서 레온까지 한 시간 가까이 기차를 타고 가는 내내 입구에 서서 야고보 길을 당당히 바라보았다. 내 영혼은 그 길을 걷고 있다. (중략) 나는 이 길의 일부를 걷지 않는 것이 아니라 조금 건너뛰어 날아가고 있다. (중략) 기차를 타기로 한 결정은 현명했고, 나는 양심에 거리끼기보다는 현실을 냉정하게 받아들이기로 했다."

사아군 입구

그는 자칭 '카우치 포테이토(Couch Potato)[13]라고 한다. 상당히 게으르고, 비만이기도 한 하페가 까미노를 걸으면서 많은 에피소드를 남겼다. 구간을 자주 건너뛰고, 고급 호텔에서 머물고, 힘들면 한 곳에서 여러 날 머무른다. 그런 하페가 메세타를 온전히 걷기는 무리였을지 모른다. 800㎞를 걸어서 완주한 순례자의 입장에서 보면 하페는 반칙왕이다. 순수한 알베르게에 머물면서 완주한 사람의 입장에서 보아도 호텔에서 머문 그는 온전한 순례자의 대열에서 탈락 대상인 것이다.

그럼에도 불구하고 그의 글과 영화가 많은 사람의 공감을 받고, 박수를 받을 수 있었던 것은 왜일까? 그의 솔직함 덕분이 아닐까 생각한다. 그는 현실

---

13 카우치 포테이토(Couch Potato) : 움직이기 싫어하는 게으른 사람. 소파에서 감자 칩을 먹으며 텔레비전이나 보는 사람을 빗대어 부르는 말이다.

을 냉정하게 받아들이고, 그의 몸에 맞게 걸을 수 있는 만큼만 걸었다. 힘들면 건너뛰고, 알베르게가 더러워 마음이 내키지 않으면 호텔에서 묵었다. 반드시 완주해야겠다는 목표에 집착해 무리하는 것보다 자기가 할 수 있는 능력에 맞게 걸으면서 즐기는 것이 진정한 까미노가 아닐까 생각해본다.

하폐가 쓴 글에 보면 순례를 시작한 사람 중 단 15%만이 완주에 성공한다는 부분도 나온다. 800㎞ 완주가 얼마나 어려운 건지 알 수 있다. 나는 이제 길의 반에 와 있다. "힘내라, 럴아! 벌써 절반이나 왔단다." 그렇게 스스로를 위로하며 오늘도 걷고 또 걷는다.

사아군에서 나와 30여 분 가다 양 떼를 만났는데 상당히 큰 무리다. 첫날 피레네산맥을 넘어오면서 본 이후 스페인에 들어와서는 처음이다. 한참 오는데 373.5㎞ 남아 있다는 이정표가 보인다. 반을 넘어 벌써 많이 왔다. 사아

사아군 지나서 만난 양 떼

군을 지나오면서 가로수는 온통 플라타너스뿐이다. 이 나라는 그런 면에서 특이하다. 한번 포플러나무가 시작되면 온통 포플러뿐이고, 플라타너스가 시작되니 또 마찬가지다.

오후 4시 15분에 알베르게(Rp La Laguna, 9유로)에 도착했는데 별장에 들어오는 기분이다. 넓은 정원에 사과, 자두 등 유실수도 많다. 아직 많이 알려지지 않았는지 빈자리가 많고, 여유 공간도 넓어서 무척 편리하다. 이런 곳은 무조건 강추하고 싶은 곳이다.

오후 5시 40분쯤에 도영이와 세정이가 들어왔다. 각자 행동하기로 해서 어디까지 가는지, 어느 알베르게에 머물 것인지 묻지 않았었는데 그 많은 지역, 그 많은 알베르게를 두고 하필 내가 머문 지역, 내가 머문 알베르게로 들어온 것이다. 반가우면서도 묘한 기분이다. 아침에 출발할 때 갈 수 있는 곳까지

전원주택 같은 알베르게 정원

40km 넘게 걸으면 6만 보
가 넘는다.

최대한 가보겠다고 한 말이 생각나서 힘 있을 때 더 걸으라고 했더니 더는 못 가겠단다.

같이 저녁을 먹으러 갔는데 크지도 않은 이런 곳에 신라면, 햇반 등을 파는 식당이 있다. 입구에 쓰인 한글 메뉴판 글씨체가 상당히 세련되어 누가 쓴 거냐고 물으니 친구가 써준 거란다. 눈에 딱 들어오는 메뉴가 내장 전골이어서 햇반과 같이 주문하고, 신라면까지 추가로 먹었다. 오랜만에 포식! 식당에서 일하는 사람 중에 한국 사람이 있나 찾아보았다. 한 사람도 없는데 맛은 국내에서 먹는 것과 비슷한 걸 보면 누군가 한국 요리 비법을 제대로 전수한 모양이다.

여행을 시작하고 나서 최고로 포식한 하루였다, 내장 전골 8유로, 햇반 4유로, 신라면 3.5유로로 다소 비싼 편이지만, 전혀 아깝다는 생각이 들지 않는다. 그만큼 한식에 굶주려 있어서 그런 모양이다. 맛있는 저녁으로 행복한 하루를 마무리한다.

순례길 팁 : 베드버그 방지 팁

순례길을 준비하다 보면 베드버그에 대한 이야기가 자주 나온다. 그만큼 성가신 존재이기 때문이다. 우리 일행 중에도 한 사람이 물려 고생하고 있고, 엊그제 만난 한국인도 똑같이 고생하고 있다. 한번 물리면 피부가 붉게 변하고 가렵다고 한다. 우리는 온타나스에서 묵었던 알베르게가 원인이 아닌가 생각하고 있다. 내부가 음습한데다 청결하지도 않았다. 그래서 벌레 기피제를 몽땅 뿌렸는데도 가렵기 시작했다고 한다.

베드버그를 방지하기 위해 출발할 때부터 내 방식대로 준비한 것이 있다. 시중에 가면 플라스틱 통에 든 나프탈렌을 쉽게 구할 수 있다. 보통 천 원에 5개 들어 있다. 통 안에 든 나프탈렌 한두 개를 침낭 제일 아래 발이 닿는 부분에 넣고, 침낭을 말아 침낭 케이스에 넣고 다닌다. 그러면 나프탈렌 냄새가 침낭 전체에 스며든다.

알베르게에 도착하면 침대 커버와 베개 커버를 주는데 커버를 간 후에 침낭을 꺼내 놓는다. 그러면 나프탈렌 냄새가 상당히 강하게 난다. 어떤 벌레든 나프탈렌 냄새에 달아나지 않을 벌레는 없을 것으로 판단하고 이렇게 하고 있다. 커버를 간 후 바로 침낭을 꺼내 놓는 것은 나프탈렌이 인체에 좋지는 않기 때문에 어느 정도 휘발시키기 위함이다. 이는 나프탈렌의 특성과 벌레의 특성을 고려해 나만의 방법으로 해보고 있는데, 그 덕분인지 끝날 때까지 베드버그에는 물리지 않았다.

알베르게는 주기적으로 소독하고, 소독한 증명서도 가지고 있다. 대부분의 알베르게가 등록할 때 1회용 침대 커버와 베개 커버를 지급한다. 그래서 알베르게 내의 침실이나 침대를 통해 베드버그에 물릴 가능성은 그렇게 크지 않을 것으로 보인다. 일회용이 아닌 경우에는 깨끗이 세탁한 새 시트를 지급한다. 물렸을 때는 약국에서 바르는 약과 먹는 약을 주는데 며칠만 치료하면 끝나니 너무 겁먹을 필요는 없다.

일차 **17**

레온 가는 길에서 나를 만나다 (9월 3일)
엘부르고 ~ 레온 (El Burgo ~ Leon)
37km

　근래 며칠간 패딩과 재킷을 입어야 할 만큼 아침에는 춥다. 하의도 그동안 반바지를 입다가 며칠 전부터 긴바지를 입고 있다. 메세타 평원이 오르막과 내리막은 없는데 고도가 800~900m 정도로 높다 보니 아침과 저녁에는 상당히 쌀쌀하다. 부르고스에서 시작된 메세타 평원은 레온까지 가면 오늘로 끝이 난다. 워낙 힘들고 지루해서 그런지 순례길에서 만나는 사람이 확실히 줄었다.

　주인이 정원에 떨어진 사과를 바구니에 담아놓아 몇 개 챙겨서 나왔다. 오늘 과일은 이것으로 충분하다. 도영이와 세정이는 6시경 먼저 출발했다. 자기 페이스에 맞추어 갈 수 있게 하고 있다. 엘부르고El Burgo에서 만시아Mansilla로 가는 구간도 한 시간 반을 가야 집이 한 채 있을 정도로 허허벌판이다. 우리나라에서는 접할 수 없는 이런 광활한 벌판을 걷다 보면 정말로 외국에 나와 있다는 실감이 난다. 앞뒤 좌우 어디를 둘러봐도 그저 황량한 들판뿐이다. 황량하다는 단어 앞에 뭘 갖다 붙여야 가장 적절한 표현이 될까? 생각이 나지 않는다. 그저 황량하다는 말밖에는…….

엘부르고에서 만시아 가는 길

순례길을 두고 아스팔트 길을 걷고 있는 사람들을 종종 볼 수 있다. 이는 순례길에 자갈이 워낙 많아 신발에 돌이 들어가고, 발바닥이 아프기 때문에 차라리 차로로 가는 것이다. 나 역시 처음 출발부터 계속 아스팔트 위를 걷고 있다. 랜턴을 비추고 가더라도 어둠 속에 자갈길은 무척 힘들고 아프다. 출발해서 지금까지 한 시간 동안 차는 딱 한 대 지나갔다. 7시 30분이 넘어서도 가끔 한 대씩 지나갈 만큼 통행량은 여전히 적다. 오른쪽으로는 철로가 지나가는데 기차 역시 어쩌다 한 대씩 지나갈 뿐이다.

8시가 넘어서야 뭔가가 보이기 시작하는데 모두 넓은 면적의 포플러나무 조림지이고, 나머지는 허허벌판이다. 이렇게 이른 시간에 대형 급수 기계가 물을 주고 있는데 아래 작물은 처음 보는 작물이다. 농장들이 넓다 보니 우리나라에서는 구경도 할 수 없을 만큼 큰 대형기계로 물을 주고 있다. 그것도 이채로워 한참을 구경하면서 걷는다.

엘부르고를 나와 첫 번째로 만나는 마을다운 마을은 13㎞ 지점에 있는 렐리에고스Reliegos다. 거의 도착해서 언덕에 작은 문이 여러 개 보인다. 여기에도 와인 저장고가 있는 걸 보면 포도 주산지는 아니더라도 스페인은 곳곳에서 와

만시아 재래시장

인을 생산하고 있는 모양이다.

렐리에고스 조금 못 미쳐서 도영이와 세정이를 다시 만났다. 아직은 힘이 넘쳐 보인다. 젊은이들이라 확실히 다르긴 다르다. 이곳에서 식사하려는데 문을 연 바가 하나도 없어서 다음 마을까지 갈 수밖에 없었다. 만시아에 들어가기 전에 고속도로 위 고가를 지나다 보면 끝없는 벌판 위에 여러 마을이 형성되어 있는 모습이 보인다. 바로 좌측에 소 농장도 있다. 만시아 입구 한 가정집 정원에 밤나무가 한그루 서 있다. 익숙한 나무라서 그런가? 무척 반갑게 느껴진다. 밤나무는 여기 와서 처음 본다.

에슬라 강Rio Esla을 끼고 형성된 요새 도시, 만시아는 레온 왕국의 첫 번째 관문이었다고 한다. 만시아에서 식사하고 휴식도 취하느라 한 시간가량 머물렀다. 시내에는 상당히 큰 시장이 열리고 있는데 우리네 재래시장과 비슷한 모습이다. 한쪽은 과일, 채소류 등 농산물이, 다른 한쪽은 옷, 가방, 이불 등 다양한 잡화류가 진열되어 있다.

만시아의 강변 성벽을 뒤로 하고 걸어가면 가로수 길이 나온다. 여기에서부터 가로수가 완전히 바뀐다. 지금까지 그 많던 플라타너스는 하나도 보이지 않고, 호두나무, 아카시와 이름을 알 수 없는 여러 수종이 혼재된 형태다. 이 나라의 가로수와 나무 심는 방식은 갈수록 미스터리다.

12시 30분경 25㎞ 지점인 비야렌떼Villarente에서 휴식을 취하고 나오는데,

오른쪽에 기아 자동차 광고판이 크게 보여 무척 반가웠다. 스토닉 광고인데 우리나라에서도 아직은 대중화되지 않은 차종이다. 가격까지 표기되어 있어 계산해보니 국내보다는 조금 저렴한 것으로 보인다. 기아차 광고는 가끔 보이는데 현대나 삼성, 대우 등 다른 차 광고는 아직까지는 보지 못했다.

아르까우에하Arcahueja 입구에서 휴식 후 출발하는데 앞이 까마득하다. 4~5㎞의 오르막이 계속되는데 이제 이런 길도 많이 익숙해졌다. 31㎞ 지점인 발델라푸엔떼Valdelafuente를 지나 언덕 위에 오르면 전망이 매우 좋다. 뒤를 돌아다보면 오늘 걸어온 길들이 까마득하게 보인다. 오늘 내가 걸어온 길이라고 믿기지 않을 만큼 멀게 느껴진다. 그런 내가 대견스러워 스스로 놀란 곳이 바로 이곳이었다.

포르띠요 언덕Alto del Portillo은 매우 높고 가파르다. 언덕에 오르면 레온Leon 시내가 한눈에 들어온다. 며칠간 황무지만 걷다가 이런 도시를 바라보니 무척 어색하다. 내가 머무르기엔 뭔가 맞지 않는 지역 같은 느낌이랄까? 아무튼 묘한 기분이다. 레온은 인구가 20여만 명이라니 여기서는 상당히 큰 도시다. 병원이 있는 레온 입구에서 한인 알베르게까지 90여 분 걸린 것을 보면 금순네 민박이 제법 도시 안쪽에 있는 모양이다.

레온에 들어오자 까미노를 표시하는 방법이 완전히 다르다. 이곳은 황금색 삼각형에 가리비를 의미하는 빗살무늬로 표시되어 있다. 돈이 많다는 걸 보여주기 위한 것

레온 입구 성벽

레온 시내

이라는데 도시가 전체적으로 풍요롭게 보이긴 한다. 시내에서 순례길 표시를 놓치기 쉬우니 잘 보고 가야 한다.

레온에 있는 한인 민박은 꽤 많이 알려진 것 같다. 나는 어제 세정이가 알려주어서 처음 알았다. 김치를 먹고 싶어 예약했다. 외국에 나오면 가능한 한 교민들에게 도움이 되는 방향으로 지내는 것도 한 요인이 되었다. 호주에 있을 때 고생하며 사는 이민자들의 모습을 보면서 가능하면 교민들을 도우려는 입장으로 지냈었다.

반갑게 맞아주는 주인을 따라 시설들을 둘러보니 이건 알베르게 개념이 전혀 아니다. 한 방에 2인이 묵을 수 있는 침대가 있고, 총 수용인원도 6명에 불과한 우리나라 고급 민박 수준이다. 20유로에 이 정도면 상당히 좋은 편이다. 편히 쉬거나 한식을 먹고 싶은 분들께 강추하고 싶다. 알베르게 냄새가 나지 않는 것이 단점 아닌 단점이라고 할 수 있겠다. 오늘은 나 혼자라 침대 두 개를 마음대로 쓸 수 있다. 저녁은 15유로인데 오랜만에 김치를 두 접시나 해치웠다. 그동안 상황에 내 몸을 적응시키며 사느라 정말 힘들었는데 실컷 포식하고 나니 오늘은 정말 행복한 하루다.

내일은 레온에서 하루 휴식할 계획이다. 17일간 계속 걸었더니 몸이 좀 쉬

포르띠요 언덕에서 바라본 레온

어달라고 한다. 특히 근래 며칠 동안 연속 40㎞ 가깝게 걸었더니, 여기저기서 신호가 오기 시작한다. 발바닥이 아프고, 물집이 생기기 직전이다. 허리는 묵직하고, 발가락 끝은 모두 아프다. 하루 쉬며 재충전의 시간을 가져야겠다.

순례길 이야기 : 까미노에서 나를 만나다

그동안 끝없이 펼쳐진 까미노를 바라보면서 참 많이 감탄했다. 산토 도밍고에 들어가면서 보았던 아름다운 광경은 잊을 수 없다. 끝없는 포도밭 길도 잊을 수 없다. 메세타 평원에서도 끝이 없는 길들은 수없이 반복되었다. 그러나 그 느낌은 볼 때마다 다르다. 오늘 발델라푸엔떼 언덕에서 뒤를 돌아보고 느낀 울림은 지금까지와는 전혀 달랐다. '나와의 만남'이라는 것이 이런 것이구나 생각하게 된다. 초반에 몸의 길에서의 감탄은 아름다운 풍경에 대한 감

앞으로 가야 할 길

오늘 걸어온 길, 출발지가 까마득하다.

탄이었다면, 중반 이후 마음의 길에서의 감탄은 나를 보며 나에 대해 느끼는 감탄이다.

산티아고 순례기를 읽다 보면 공통적으로 하는 얘기가 있다. 산티아고뿐만 아니라 혼자 여행하는 사람들의 글에서 누구나 하는 얘기이기도 하다. '나와의 만남', '까미노에서 나를 만난다'라는 말을 한다. 하페 케르켈링은 아예 책 제목이 『산티아고 길에서 나를 만나다』라고 되어 있다. 처음엔 이 말의 뜻을 제대로 이해하지 못했다.

까미노를 걸으며 이 말의 뜻을 정확히 이해하고, 체험했다. 까미노는 나를 정확하게 보게 하고, 일깨워준다. 오늘은 17일째로 레온으로 들어가는 날이다. 레온은 프랑스 길에서 가장 힘들고 지루하다는 메세타 평원이 끝나는 지역이다. 오늘도 예외 없이 지루한 언덕길을 걷고 또 걸었다. 허허벌판에서 끝없는 언덕길을 걷다 보면 무척 지루하고 힘들다. 한낮의 스페인 날씨는 '살인적인 더위'라 표현한다. 시에스타[14]가 왜 당연한 건지는 걸어보면 알게 된다. 우리나라에서는 느낄 수 없는, 태양의 나라 스페인에서만 경험할 수 있는 불볕더위다.

발델라푸엔떼를 지나 언덕 위에 오르면 전망이 매우 좋다. 앞으로 가야 할 쭉 뻗은 길이 끝이 보이지 않는다. 뒤를 돌아보면 오늘 걸어온 길이 까마득하게 느껴진다. 출발지는 저 멀리 아스라이 보인다. 온몸에 전율이 느껴졌다. 내가 방금 걸어온 길이지만 믿기질 않는다. 내 두 발로 저 먼 길을 걸어왔다는 게 실감이 나지 않는다. 내가 정말로 이 먼 길을 걸어서 온 건가? 내 두 다리가 이렇게 강한 건가? 두 다리를 어루만지며 나에게 물었다.

고맙고 감사하다고 칭찬하면서 쓰다듬고 주물러 주었다. 내가 나의 새로운 면을 보았다. 참 대단한 놈이구나! 내가 몰랐던 나의 새로움을 보며 희망이 느껴진다. 어느 여행작가의 말이 딱 들어맞는다. "홀로 떠나는 여행, 그것은 나 자신과의 여행이다. 여행이란 결국 무엇을 보러 가는 것이 아니라, 그 과정을 통해서 수많은 나를 만나는 일이다."

까미노는 그런 길인가 보다. 나는 오늘 이 길을 걸으며 새로운 나를 보았다. 생각보다 건강하고 강인한 나, 엄청난 힘을 가진 두 다리, 지칠 줄 모르는 강인한 체력. 이런 나를 어찌 스스로 사랑하지 않을 수 있겠는가? 그동안 혹사했다면 조금은 쉬게 해주어야겠다. 새로운 에너지를 보충시켜 주어야겠다. 내 몸은 내가 스스로 아끼고 챙겨주어야 한다. 그래, 까미노가 나를 철들게 한다.

---

14 시에스타(Siesta) : 낮잠을 자는 스페인의 전통적인 습관으로 오후 1~4시 사이 시행된다.

레온에서의 하루 휴식 (9월 4일)

　18일째. 오늘은 레온에서 쉬는 날이다. 생장에서 걷기 시작한 이후 처음 갖는 휴식일이다. 오랜만에 늦잠을 잘 수 있어 정말 좋았다. 특별한 일정은 정하지 않고, 젊은 친구들이랑 레온 대성당에서 12시 미사를 보기로 했다. 알베르게에서 25분 거리라 구경도 할 겸 걸어갔다. 레온은 꽤 큰 도시로 보이는데 우리 교민은 10명도 안 될 정도로 적다고 한다.

　레온은 순례길에서 여러 가지로 의미 있는 곳이다. 메세타 평원이 끝나는 지점이면서 전체 거리의 5분의 3쯤을 걸어온 지점이기도 하다. 순례자들에게는 중요한 이정표 역할을 한다. 거기에 맛있기로 유명한 스페인의 모든 음식을 맛볼 수 있다. 그러니 누구나 하루쯤은 쉬고 싶어지는 곳이다. 오늘은 순례자에서 벗어나 관광객 모드로 지내고 싶다. 출발할 때는 도보 여행자였는데 나도 모르게 어느새 순례자로 변해 있다. 오늘만큼은 다시 초심으로 돌

레온 대성당

아가 보자.

레온은 생각보다 크고, 역사가 있는 도시다. '카스티야 이 레온' 지방 레온 주의 주도로 다른 도시와 마찬가지로 강과 강이 만나는 곳, 즉 베르네스가강과 토리오강의 합류 지점에 자리하고 있다. 기원전 1세기 로마군이 설립했다고 하니 긴 역사를 간직하고 있다. 로마가 스페인 전역에 도로를 건설하면서 로마 가도와 연결했고, 로마제국의 화폐 주조를 위해 금광도 개발하였다. 로마가 금을 채굴하기 위해 건설한 도시 중 하나가 바로 레온이라고 한다.

금광을 지키기 위한 로마 군단도 인근에 주둔시키면서 레온은 전략적 요충지 역할도 하게 된다. 나중에 레온 왕국의 수도가 되면서 더욱 번성하게 된다. 유서 깊은 도시라 볼 것이 많아서인지 순례객도 많지만, 관광객도 무척 많다. 로마의 지배도 받고, 무어족의 지배도 받으면서 형성된 도시라 고대와 중세, 현대가 공존하는 도시라고 한다. 이렇게 다양한 문화유산이 혼재해 있어서인지 도시 전체가 묵직하고 중후한 느낌이 들면서 아름답기도 하고 세련된 느낌도 물씬 풍긴다.

레온은 카스티야주의 중심도시로 마드리드의 사촌뻘이 된다고 한다. 같은 메세타 평원과 연계된 산맥에 형성되다 보니 비슷한 게 많은가 보다. 레온의 순례길은 도심 중앙부를 관통하면서 걷게 되어 있다. 그러다 보니 마르셀로 광장과 레글라 광장을 지나고, 그 주변에 있는 산 마르셀로 성당, 레온 대성당 등 의미 있는 건축물을 마주하게 된다.

레온 대성당은 부르고스 대성당보다는 작으나 역시 상당히 규모가 있고, 스테인드글라스는 훨씬 아름답고 화려하다. 스페인에서 가장 아름다운 성당이라고도 일컬어지고 있고, 유럽 예술의 최고봉이라는 찬사도 받는다. 스페인 고딕양식의 최고 걸작이라고도 하는 이 성당의 스테인드글라스는 13세기에 설치하기 시작해서 19세기에 완성되었다고 하니 우리네 정서와는 달라도 너무 다르다.

내부 구조를 보고 있으면 이걸 설계하고 건축한 사람들에 대한 존경심이 절로 나온다. 참 대단한 사람들이다. 성당을 이토록 섬세하고 웅장하게 짓는 이유가 무엇이었을까? 천 년 전, 전체 인구가 겨우 5천 명이었던 도시에서 이런 성당이 왜 필요했고, 어떻게 지었을까? 분명 수많은 사연과 이유가 있을 것이다. 아마도 스페인의 기나긴 역사와 사연 많은 가톨릭의 역사와 맥을 같이 했으리라.

레온 시내를 흐르는 깨끗한 물줄기

　레온 대성당에서 멀지 않은 곳에 스페인이 낳은 최고의 건축가 가우디가
건립했다는 가우디 기념관은 미사를 마친 후 가기로 했다. 미사를 마치고 나
오는데 도영이가 내 목을 보더니 베드버그에 물린 것 같다고 한다. 자기도 물
렸는데 붉은 반점이 똑같다며 가지고 있는 약을 발라준다. 여기서부터 베드
버그 소동이 일어나고, 아까운 휴일 오후가 모두 날아가 버렸다.

순례길 이야기 : 휴일 오후를 날려버린 베드버그 소동

　도영이가 준 약을 바른 후 약국에 가서 부어오른 부위를 보여주었다. 젊은
약사가 베드버그에 물린 거라며 바르는 약과 먹는 약을 지어주었다. 빨리 낫
지 않아서인지 바르는 약도, 먹는 약도 무척 많다. 가격은 그렇게 비싸지 않
아 다행이다. 빨리 들어가서 모든 의류, 침낭, 배낭 등을 세탁하고 건조하라

고 한다. 베드버그에 한 번 물리면 가지고 있는 모든 짐을 세탁하고, 건조해야 하니 보통 번거로운 게 아니다.

점심 식사 후 들어오니 주인이 뭘 보여준다. 7월에 소독을 마쳤다는 증명서! 지금 그런 게 중요한 게 아니고 빨리 세탁하고, 내일 입을 수 있도록 하는 것이라고 말해도 책임 회피성 말만 하고 있다. 정말 답답하다. 스페인 사람인 주인장과 한국 사람인 그의 아내가 알베르게를 운영하고 있었다.

불과 며칠 전에 베드버그 방지 팁까지 써서 블로그에 올렸는데 난감했다. 이건 어쩔 수 없이 걸릴 수밖에 없나보다 생각했다. 1층에 있는 세탁방에서 두 번에 걸쳐 60℃에서 20분씩 건조했다(4유로). 일단 약국에서 시킨 대로 하는 건데 간만에 맘먹고 쉬려고 한 날에 이러고 있으니 여간 짜증 나는 일이 아니다.

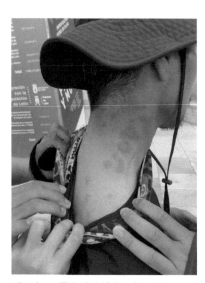
베드버그 소동을 벌인 알레르기

주변에 사는 현지 한국 교민을 우연히 만났다. 베드버그 얘기를 하니 내 부어오른 부위를 한번 보자고 한다. 자세히 보더니 이건 베드버그가 아니고 알레르기 같다고 한다. 베드버그는 물린 자국이 있고, 핏줄을 따라 부어오르는 게 특징인데 나는 그렇지 않다는 것이다. 자기도 며칠 전에 알레르기로 고생했다며 사용하던 약도 발라 주고, 그걸 통째로 주었다. 그러면서 약국에 가서 확인해 보라는 것이다.

  이곳 약사들은 베드버그에 대해서는 매우 전문적인 지식을 갖고 있다고
한다. 주인에게 이런 걸 잘 보는 약국을 소개해 달라고 했다. 바로 앞쪽 약국
에 중년 여성 약사가 상당한 베테랑이라고 한다. 그 약사한테 가서 상처를 보
여주니 베드버그가 아니고, 알레르기라고 딱 잘라 말한다. 머리카락이 삐쭉
솟았다. 바르던 약을 보여주니 그걸 자주 바르라고 한다. 먹는 약도 달라고
했더니, 바르는 것으로 충분하다며 약은 주지 않는다.

  시내 약국의 젊은 약사가 잘못 판단한 것이다. 어이가 없다. 화가 치밀어
올랐다. 17일간 하루도 쉬지 않고 걷다가 처음 갖는 휴식일인데 도대체 이게
뭐람? 너무너무 아깝다. 레온 대성당 외에는 제대로 구경한 것도 없다. 시내
구경을 제대로 못 한 것도 아깝고, 젊은 친구들이랑 즐거운 시간을 갖지 못한
것도 그렇고, 아쉬움이 이만저만이 아니다. 세탁방에서 허비한 그 긴 노동의
시간, 황금 같은 휴일 한나절이 이렇게 허비되다니. 이렇게 해서 쉬는 날 오
후는 완전히 날아가 버렸다.

  하지만 이제 와서 어쩌겠는가? 그래도 베드버그가 아닌 게 얼마나 다행인
가? 그것으로나마 위안을 삼았다. 우연히 만난 한인 교포가 참 고맙다. 덕분
에 베드버그가 아니란 걸 확인할 수 있었다. 베테랑 약사 덕분에 알레르기 약
만 바르며, 베드버그 공포에서 벗어날 수 있었다. 교포 아저씨, 약사 아주머
니, 고맙습니다! 레온에서의 베드버그 소동은 이렇게 마무리되었다.

돈키호테의 기상으로 (9월 5일)
레온 ~ 오스삐딸 데 오르비고 (Leon ~ Hospital de Orbigo)
37km

아침에 일어나면 제일 먼저 오늘은 어디까지 갈 것인지 고민한다. 그날 몸 상태에 따라 거리를 조정하면서 걷고 있다. 오늘은 컨디션이 좋아 37㎞ 지점 인 오스피탈 데 오르비고Hospital de Orbigo까지 가기로 했다. 젊은이들이랑 카 톡으로 소식을 주고받으면서도 어디까지 갈 것인지는 묻지 않는다. 이제 자 기 페이스대로 알아서 가야 할 시점이기 때문이다.

아침부터 길을 잘못 들어 30여 분을 소비해 버렸다. 같은 방향으로 앞서가 고 있는 두 사람이 길을 잘못 가고 있었는데 무심코 따라가다 생긴 일이다. 노란 이정표가 보이지 않으면 얼른 구글을 켜고 확인한 후에 가야 하는데 너 무 늦게 알아차린 것이다. 그러다 보니 10㎞ 지점인 프레스노 델 까미노Fresno del Camino를 9시 20분경에야 도착했다.

온시나 델 라 발돈시나Oncina del la Valdoncina에서 잠깐 휴식을 취했다. 그곳으로부터 22㎞ 지점인 비야르 데 마사리페Villar de Mazarife까지는 지금까지 보아온 메세타 평원과는 전혀 다른 모습이다. 메세타는 넓은 들판이 주로 밀밭이고, 가끔 해바라기밭, 옥수수밭이 있었다. 여기는 그와 같이 넓은 들판 대신 황무지만 보인다. 황량한 벌판

마사리페 가는 길의 황량한 벌판

에 교목과 관목이 띄엄띄엄 있는 형상이다.

저 큰 나무들만 없으면 호주의 아웃백과 거의 같아 보인다. 철조망이 없는 것으로 보아 목장으로 이용하고 있는 것도 아니고, 그냥 방치하고 있는 것 같다. 일부 농경지로 이용하는 곳도 있지만, 이렇게 많은 땅을 방치할 수 있는 것 자체가 부럽다. 아헤스의 1,080m 소원의 십자가 주변처럼 도토리나무가 많고, 소나무와 도토리나무 인공조림지도 보인다.

마사리페에서 목적지인 오스피탈 데 오르비고Hospital de Orbigo까지는 온통 옥수수밭뿐이다. 마사리페 마을을 빠져나오면 포장된 직선도로가 7~8㎞ 쭉 뻗어있다. 양쪽 모

오르비고 가는 길의 끝없는 옥수수밭

300km 이정표

두 옥수수밭이 상상을 초월할 만큼 넓게 펼쳐져 있다. 이런 장관을 뭐라 표현하는 것이 좋을까? 끝없는 평원? 광활한 대지? 까마득한 옥수수밭? 우리나라의 김제평야의 논이 이런 모습이다. 그런데 논과 밭은 느낌이 전혀 다르다.

지금까지 보아온 밀밭과도 확연히 느낌이 다르다. 밀을 수확한 농경지는 황량하게 느껴지지만, 옥수수가 심겨 있어서 그런지 황량하게 보이지는 않는다. 밀을 수확하기 전 평원도 아마 이런 느낌이었을 것이다. 가도 가도 끝이 없는 직선도로여서 까마득하고, 쉴만한 의자 하나 없어 더 지루하게 느껴진다. 그러던 중 300㎞ 남았다는 이정표를 만났다. 이제 200㎞ 대로 넘어간다. 어찌어찌하다 보니 내가 벌써 이렇게 많이 와버렸다.

포장도로가 끝나면 비포장도로가 나타나는데 이 역시 끝없는 직선으로 쭉 뻗어있고, 모두 옥수수밭뿐이다. 이 도로를 걷다 보면 흙길 옆에 전봇대와 밭이 있고, 멀리에는 산이 있어 마치 우리나라의 시골 전경과 흡사하다. 전봇대 모양만 다를 뿐이다. 우리 전봇대는 대부분 둥근 모양인데 여기는 사각 형태의 H빔 모양이다. 농경지 주변이라 그런지 휴식처가 너무 인색한 것은 아쉽다. 포장도로가 끝날 때까지 쉴 수 있는 의자가 하나도 없고, 비포장도로로 들어가면 다리를 지나고 나서 딱 한군데 나온다.

오스삐딸 데 오르비고Hospital de Orbigo라는 강변 마을에 도착하면 오르비고Orbigo 다리가 있다. 오르비고 강Rio Orbigo을 가로지르는 이 다리는 스페인 최고의 걸작이라는 세르반테스의 돈키호테Don Quijote의 모티브가 되었던 다리로 알려져 있다. 스페인에서 가장 오래된 중세 돌다리라고 한다. 로마인들이 최초로 건설한 교량을 다시 보강한 것인데 중세 때 이 다리에서 진정한 기사를 가리기 위한 결투가 진행되었던 곳이다.

1434년 성인 야고보의 축일인 7월 25일 전후로 한 달간 기사들의 전투가 지속되어 이곳이 '명예의 다리'로 불린다. 이 다리를 지나다 보면 창을 든 돈키호테가 여윈 말을 타고 전력 질주하는 모습이 연상된다. 묵직하면서도 튼튼하고, 아름답게 보인다. 소설 속 돈키호테는 항상 이상을 추구하고, 현실에 의해 헛된 꿈에서 깨는 인간으로 그려진다. 우리 인생이란 누구에게나 현

오르비고 다리

실과 이상의 싸움이라고 한다. 그가 정의를 위해, 그리고 약자를 구하기 위해서라고 믿고, 창을 높이 들고 여윈 말 로시난테를 채찍질하며 목숨을 거는 모습은 모두를 웃게 만든다.

그러한 소설이 많은 사람의 반향을 일으킨 건 그의 행동이 아무리 무모하고 우스워도 누구나 우리에게는 이상을 그리는 마음이 내재해 있기 때문이라고 한다. 세 번이나 투옥되는 어려움 속에서 세르반테스는 돈키호테라는 이상주의자를 통해 무엇을 말하려 했을까?

오후 4시가 가까워 목적지에 도착했는데 알베르게(Rp Albergue Verde 26석, 11유로)가 마치 전원주택 같다. 정원에는 사과나무, 개암나무 등 유실수가 있고, 입구에는 조그마한 온실이 있는데 여기 와서 이런 온실은 처음 본다. 도시 인근에 비닐하우스가 있나 계속 주시하고 있는데, 아직 한 번도 보지 못해 온실이 눈에 확 들어온다. 뭘 재배하나 봤더니 주로 토마토였고 고추와 깻잎도 보인다.

스페인에는 시설재배가 보이지 않는다. 비닐하우스가 온 들판을 덮고 있는 우리네 농촌과는 전혀 다른 모습이다. 우리나라는 대도시 인근일수록 특히 많다. 스페인은 그 많은 채소와 과일을 일반 노지 재배로 공급이 가능하다는 것인가? 노지 재배로 조달이 가능할 만큼 이곳 환경이 그렇게 좋다는 것인가? 겨울철 채소 공급은 어떻게 할까? 갈수록 알고 싶은 것들이 많아진다.

오르비고에서 본 비닐하우스

저녁과 아침은 도네이션이라고 한다. 기부 형식이라서 별로 기대하지 않았는데 저녁 식사가 보통이 아니다. 오늘 알베르게 선택은 너무 잘했다. 먼저 식사 시작 전에 순례객을 환영하는 노래를 불러준다. 모든 음식은 하나하나에 정성이 가득 담겨 있음을 알 수 있다. 맛도 좋고, 양도 푸짐하다. 빵은 양파 등으로 만든 소스를 얹고, 그 위에 참깨를 뿌려 먹을 수 있게 준비했다. 시금치 등이 들어간 오믈렛이 메인 요리인 듯하다. 그 외에도 익힌 토마토, 가지볶음, 올리브, 돼지고기 등 다양하다.

식사 중인 순례자들

아침은 주인이 준비해둔 재료를 알아서 먹으면 된단다. 친절한 주인이 순례객들에게 엄청 신경을 쓰며 불편함을 덜어주려 애를 쓴다. 순례길을 걷다 보면 가끔 이해하기 힘든 장면들을 접하게 된다. 이렇게까지 하는 이유를 모르겠다. 이분들은 지금 자선사업을 하는 건가? 뭔가 사연이 있을 듯하다. 그렇지 않고서는 이렇게까지 할 수가 없다. 까미노! 참 이상한 곳이다. 행복과 기쁨을 주는 묘한 사람들도 많다. 오르비고에서 하루를 묵을 거라면 무조건 여기를 택하라고 강추하고 싶다.

라바날에서 (9월 6일)
오스삐딸 데 오르비고 ~ 라바날 델 까미노
(Hospital de Orbigo ~ Rabanal del Camino)
37km

　오늘부터 며칠간은 산길을 걷는 날이다. 해발 800m 정도의 아스토르가에서 1,150m 높이의 라바날 델 카미노까지 꾸준한 오르막이 계속된다. 프랑스길에서 산에 올라가는 지점은 크게 세 군데가 있다. 생장과 폰세바돈, 그리고 오 세브레이로이다. 오늘 구간도 그중 한 곳으로 라바날까지 가파른 오르막이 계속된다.

　오르비고를 벗어나면서 도토리나무 숲이 계속된다. 숲의 규모도 규모지만 나무의 크기도 엄청나다. 며칠 전 소원의 십자가 주변에도 많았는데 그건 비교가 되지 않는다. 큰 도로 옆 산들이 온통 도토리나무 숲뿐이라 온종일 그 나무만 보면서 걷게 된다. 276㎞ 이정표가 있는 지점에는 도토리나무 인공조림지가 있고, 그 직전에는 소나무 인공조림지가 있다. 오늘은 잎 모양이 전혀 다른 두 가지 종류를 모두 볼 수 있다.

13㎞ 지점에 있는 산후스또 데라 베가San Justo de la Vega에서 식사하고 아스토르가Astorga로 향했다. 일반 관광객도 많은 아스토르가는 순례자들에게는 상당히 의미 있는 도시다. 세비아에서 출발하는 '라 플라타 길(은의 길)'이 프랑스 길과 교차하는 지점에 있어 순례자용 구호소와 수도원 등이 많다. 가장 번성했을 때는 수도원이 열 개, 순례자 숙소가 스무 개가 넘었다고 하니 얼마나 많은 순례자가 몰려들었는지 짐작이 된다.

순례길 옆 도토리나무 숲

아스토르가는 기원전 2020년경부터 시작된, 무려 4천 년이 넘는 역사를 간직하고 있다. 고대 로마와 중세 도시의 유물들이 아직도 많이 남아 있다고 한다. 하수도와 참호, 목욕탕도 고대 로마 시대의

아스토르가

흔적이라고 하니 얼마나 튼튼하게 지었는지 알만하다. 이곳 대주교 궁전은 스페인의 천재 건축가 가우디가 설계한 작품으로 오각형 구조로 되어있다. 보는 방향에 따라 모습이 달라 신비롭고 환상적인 아름다움을 자랑한다. 멀리서 보면 마치 성처럼 보인다. 이곳은 로마시대의 성벽이 남아 있어서인지 전체적으로 고대의 성벽 도시를 보는 느낌이 들었다.

산따 까딸리나에는 돌이 많아 제주도 느낌이 난다.

무리아스 마을 이정표(266km)

아스토르가를 지나다 젊은이들을 만났다. 오랜만에 다시 만난 것이다. 11시밖에 되지 않았는데 배가 고파 점심을 먹고 가려던 참이었다. 함께 파스타를 먹고 12시경 출발했다. 어디까지 갈 거냐고 물어보니 라바날Rabanal이라고 한다. 미리 얘기하지도 않았는데 같은 걸 보면 우리 인연이 보통이 아닌 모양이다.

아스토르가에서 한 시간쯤 가다 보면 무리아스Murias라는 마을을 지나고, 이후 비포장 직선도로가 끝없이 계속된다. 언덕을 오르다 뒤를 돌아보면 멀리 아스토르가가 보인다. 상당히 큰 도시라는 걸 알 수 있다. 25.5km 지점에 있는 산따 까딸리나Santa Catalina에서 30여 분 휴식을 취하는데 이 시간이면 젊은 친구들은 콜라를 즐겨 마시고, 나는 주로 스포츠음료를 마신다. 이 마을에는 돌담이 많아 꼭 제주도 같은 느낌이 난다. 알베르게도 예쁘게 꾸며놓아 작지만 아름다운 마을이다.

무리아스라는 마을 인근에 266km 이정표가 나온다. 순례길의 표지판에는 항상 남은 거리가 표시되어 있다. 내가 '이만큼 걸어 왔구나.'가 아니라 '얼마만큼 더 걸으면 되는구나.'를 생각하면서 걷게 된다. 늘 결과를 먼저 챙기던 습관에 배어있는 나에게 앞으로 걸어야 할 거리를 알려주니, 20여 일이 지난 지금도 왠지 낯설다.

30㎞에 있는 엘간소El Ganso에서 마지막 휴식을 취했다. 이곳에는 순례 도중에 운명한 여성 순례자를 추모하는 기념비가 있는 곳이다. 너무 안타까운 사연이다. 우리가 그렇게 느끼는 건 아마도 동류의식 때문이 아닐까 싶다. 까미노에서는 모두가 친구가 된다고 하지 않았던가?

아바날을 3㎞ 정도 남겨놓고 작은 쉼터가 나오고, 산길로 들어서면 또 도토리나무 숲이 나온다. 여기는 작은 나무도 모두 도토리나무일 정도로 온통 도토리나무뿐이다. 이곳 식생이나 작물 분포 등을 조사해서 식생도를 만들면 참 재미있는 현상들을 많이 발견할 수 있을 것 같다. 어제만 해도 온종일 옥수수 농장 일색이었는데, 오늘은 도토리나무만 보면서 걷는다. 가로수도 지역별 특성이 뚜렷한 것 같다. 오늘은 한두 가지가 일률적으로 나타나지 않고, 여러 나무가 섞여 있다. 아까시, 옻, 단풍, 도토리, 포플러, 플라타너스 등 다양하다. 볼수록 재미있는 이 나라의 식생 분포 특성들이다.

라바날Rabanal은 성모승천성당이 있는 의미 있는 지역으로 동화책 속에서처럼 아름답기에 누구나 잠시 쉬어가고 싶어지는 곳이다. 우리가 머무르고 싶었던 공립 알베르게는 자리가 없어 그곳에서 소개한 곳으로 갔다. 알베르게(Rp Nuestra del Pilar, 5유로)에 도착해서 식당 메뉴를 보니 한글로 되어있다. 라면, 김치, 밥! 얼마나 반가웠는지. 힘들수록 김치나 밥이 당긴다. 해외 출장을 다닐 때 나는 한식 안 먹기로 유명한 사람이었다. 일행들이 한식 먹자고 하면

행복한 식사 시간

평생 먹던 것을 여기까지 와서도 찾느냐고 핀잔을 줄 정도였다. 그런데 지금은 상황이 전혀 다르다. 현지 상황에 내 몸을 적응시키기에 한계에 도달했다.

지금 가장 먹고 싶은 것은 신김치에 맛있는 밥이다. 다른 사람들은 시다고 입도 못 대는 것마저도 나는 잘 먹는다. 그게 제일 그립다. 라면과 김치, 밥 한 공기를 시켜 천천히 맛을 음미하면서 먹었다. 지금까지 까미노를 걸으면서 김치와 라면을 여러 번 먹었지만, 오늘처럼 감사함을 느끼면서 먹기는 처음이다. 같은 음식이라도 먹는 시기와 장소에 따라 느낌이 전혀 다르다. 내가 감성적으로 변해서일까? 아니면 '몸의 길'을 넘어 '마음의 길'에 접어들어서일까? 아무튼 지금까지와는 전혀 다른 느낌으로 식사했다.

오늘은 정말 행복한 날이다. 헤어졌던 일행들과 다시 만났다. 그것도 늦잠을 자는 바람에 만날 수 있었다. 사립 알베르게는 사람이 많지 않아 아침에도 조용해서 늦을 수 있다. 부르고스 이후 8일 만에 다섯이 다시 같은 숙소에 모인 것이다. 앞서가던 재호도 다른 친구들이랑 보조를 맞추며 함께 가기로 했단다. 오랜만에 식사를 함께하니 밥맛이 더욱 좋은 하루다. 내일은 김치를 사서 가기로 했다. 오늘처럼 행복한 먹방을 위함이다.

순례길 이야기 : 감사하는 마음으로

누구나 외국에 나가면 애국자가 된다고 했던가? 까미노에서 마주치는 한글 간판이 그렇게 반가울 수 없다. 알베르게에 들어설 때마다 만나는 삼성

TV나 대우 냉장고, LG 세탁기도 마찬가지다. 그중에서도 20일째 라바날에서 마주친 한글 메뉴판은 또 얼마나 반가웠는지. 이틀 연속 37㎞씩 강행군을 한 직후라 더욱 그런 느낌이 들었는지도 모르겠다.

생애 최고의 식사!

걷는 데는 완전히 적응한 상태였고, 레온에서 하루를 온전히 쉰 덕분에 체력이 많이 비축된 시기이기도 했다. 필라르바르 알베르게에 들어서서 한글 메뉴판을 보는 순간 모두가 탄성을 질렀다. 그날의 피곤함이 완전히 날아가 버린 느낌이었다. 라면과 김치, 밥과 돼지고기, 달걀부침 등 우리나라 분식집에서나 봄 직한 메뉴들이었다.

샤워 후에 저걸 먹을 수 있다는 기대감이 축적된 피로감을 완전히

라바날 알베르게의 한글 메뉴판

날려버리기에 충분했다. 이게 까미노에서 만나는 한식의 힘이다. 내가 시킨 메뉴는 라면과 밥, 김치로 총 7유로다. 우리나라 돈으로 9천 원 정도! 그러나 그 만족감은 돈으로 환산할 수 없다. 생애 최고의 식사였다. 아무리 잘 차려진 진수성찬도 이런 맛과 희열을 느낄 수 없을 것이다. 그 황홀감을 조금이라도 오래 느끼고 싶어 일부러 천천히 음미하면서 먹었다.

내가 지금까지 라면과 밥, 김치를 이토록 맛있게 먹어본 적이 있었던가?
이렇게 감사함을 느끼며 먹어본 적이 있었는지 생각해보았다. '행복이란, 감
사함이란 이런 거구나.' 생각에 미치는 순간 그들에게 미안한 마음이 들었다.
너무 흔하고 싼 음식이라서 지금까지 단 한 번도 고마움을 느끼지 못했기에
더 그렇다. 행복이라는 것이 멀리 있지 않고, 감사해야 할 것들이 늘 우리 가
까이에 있음을 여기 까미노에서 알게 된다.

'누군가에게는 평생의 소원인 것을 당신은 날마다 행하고 있다'라는 말이
있다. 교통사고를 당한 후 평생 불구로 살지도 모른다는 불안감 속에서 투병
하고 있는 어떤 사람에게는 두 발로 걸어 다니는 것이 평생의 소원일 것이다.
우리에겐 날마다 아무런 느낌도 없이 당연한 것이 어떤 사람에게는 평생의
소원이 되고 있음을 이르는 말이다.

나는 평소 라면을 거의 먹지 않는다. 산티아고에 다녀온 후로는 많이 달라
졌다. 가끔 그때 그 순간의 희열을 느끼고 싶으면 끓여 먹는다. 순례길에서
의 고마움을 생각하면서 먹다 보면 그 길이 또 그리워진다. 가까이에 행복이
있고, 감사할 것이 많다는 걸 알게 해준 순례길이기에 다시 서고 싶어진다.
고맙다, 까미노야!

3장
영혼의 길

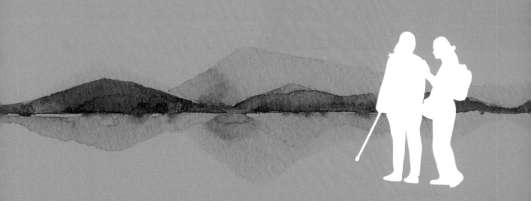

철의 십자가에서 (9월 7일)
라바날 델 까미노 ~ 폰페라다
(Rabanal del Camino ~ Ponferrada)
32.5km

폰세바돈에서의 여명

오늘은 산악 행군하는 날이다. 1,150m 라바날을 출발해서 만하린 앞뒤에 있는 두 개의 1,500m 고지를 오른 후 700m 정도에 있는 폰페라다까지 내려가는 상당히 힘든 코스다. 이런 코스에서는 많은 사람이 동키 서비스를 이용한다. 6시 40분경 랜턴을 켜고 출발했는데 7시 30분 정도부터 여명이 밝아온다. 매일 보면서도 감탄사가 절로 나올 만큼 아름다운 게 이곳 일출 광경이다. 활력이 절로 솟는다. 새벽 일찍 출발하면 얻을 수 있는 일종의 선물인 셈이다.

7시 50분경 폰세바돈Foncebadon 에 도착해 아침 식사를 했다. 모두 배가 고프다며 일찍 먹자고 한다. 주민이 20여 명밖에 안 되는 작은 마을인데도 힘든 지역이라서 그런 지 바가 있어 무척 고맙게 느껴진

철의 십자가 아래 쌓인 돌들

다. 폰세바돈에서 철의 십자가까지는 여러 가지 관목들이 어우러져 숲을 이루고 있다. 십자가 주변에는 지금까지 못 보던 독일가문비나무가 인공조림 되어 있다. 아래쪽으로 자작나무도 많다.

오늘은 순례 여정 중 매우 의미 있는 날이다. 800㎞ 순례길 중 가장 높은 1,500m 산꼭대기에 있는 '철의 십자가'를 지난다. 이라고Puerta Irago 산꼭대기 에 그 유명한 '크루스 데 페로Cruz de Ferro'라는 철의 십자가다. 순례자에게 가장 뜻깊은 곳은 당연히 산티아고 대성당이지만, 이곳 철의 십자가도 의미 있는 곳이다. '자기 나라에서 가져온 돌을 던짐으로써 자기 마음의 짐을 던져버린다'는 전통이 수천 년 동안 계속되고 있다.

사람들이 소원을 비는 기도를 하고, 사진도 많이 찍는다. 그 높은 돌무더기 속에는 그동안 수많은 순례객의 사연과 간절한 소원이 깃든 사진과 편지, 모자와 손수건, 조개 등 갖가지 물건이 수북이 쌓여있다. 사랑하는 남동생을 떠나보낸 후 6개월 만에 이 길을 걸었다는 김희경 씨가 동생의 사진을 묻으며 한없이 오열했다는 곳이다. 그녀의 까미노 친구인 마틴의 결혼반지도 여기 어딘가에 묻혀 있을 것이다. 그리고 수많은 사람들, 그들이 버리고 간 마음의 짐은 과연 무엇이었을까? 그 아픔은 얼마나 치유되었을까?

철의 십자가 앞에서

철의 십자가에 다가갈수록 나는 여기서 뭘 버리고 가야 할까 생각해 보았다. 어려서부터 내 가슴 속 깊숙이 자리 잡은 그 응어리들은 꼭 내려놓고 가야 한다. 나도 모르게 지었을 수많은 업보와 어두운 그림자를 모두 내려놓고 싶다. 그것도 내 욕심이겠구나 생각하니 괜히 씁쓸해진다. 나는 돌을 가져오지 않았다. 배낭 무게를 조금이라도 줄이려는 데 중점을 두다 보니 엄두를 낼 수 없었다. 대신 돌보다 무거운 내 가슴 속 응어리를 모두 내려놓고 가련다.

조그만 돌 하나를 주워 십자가로 향했다. 저 높이 있는 십자가를 바라보며 기도했다. 그리고 움켜쥔 주먹을 펴며 돌을 던졌다. 다시는 되돌아오지 않기를 바라며 수많은 돌 틈 사이로 깊숙이 던졌다. 그런데 그건 결국 나였다. 던져놓고 보니 나 자신이었다. 그 누구도 나를 대신할 수 없다. 그 무엇도 내 맘을 대신할 수는 없다.

내가 겪은 수많은 시련, 내 가슴 속에 용트림하고 있는 모든 것들은 결국 나 자신이다. 움켜쥐고 있는 사람도, 내려놓아야 할 사람도 나 자신이다. 나는 나를 내려놓고 새로운 나를 보았다. 흐르는 눈물은 어쩔 수 없다. 왜 나오는지 모르겠다. 누군가 왜 우느냐고 묻는다면 뭐라고 답할지 생각나지 않는다. 말로 표현할 수 없는 감정이 솟구쳐 오른다. 슬픔의 눈물은 아니다. 그렇다고 기쁨의 눈물도 아니다. 그냥 나온다. 일행과 멀리 떨어져 뒤를 따랐다.

철의 십자가에서 내려와 걷는 길은 까미노 전 구간을 통틀어 가장 아름다운 길 중 하나라고 한다. 어느 순례자는 몰리나세카까지 가는 길을 '천상의 화원'이라고까지 표현하고 있다. 천국으로 가는 길목에 있는 화원을 구경하고 있는 느낌이라고 할 만큼 아름답게 보인 모양이다. 조물주는 참 묘하다. 마음의 짐을 내려놓은 뒤 이런 멋진 풍광을 선사하여 새로운 활력을 찾으라는 것인가? 정말 멋진 길이다.

철의 십자가 아래에 있는 만하린Manjarin은 프랑스길 전 구간에서 가장 높은 지역에 있는 마을이다. 해발 1,500m의 두 봉우리 사이, 1,400m 정도의 고지에 자리 잡고 있다. 아담한 알베르게 앞에 있는 만국기 중에서 유난히도 태극기가 눈에 띈다. 물이 나오지 않아 빨래나 샤워도 할 수 없고, 단순히 잠만 잘 수 있는 불편한 알베르게로 알려진 곳이다. 전기도 없이 촛불을 이용해야 하고, 인터넷도 안 된다. 먼 옛날 중세 시대 순례자 숙소의 맛과 멋을 느껴보고 싶은 사람들이 묵어가는 고풍스러운 숙소라고 한다.

만하린에서 아랫마을 아세보 Acebo까지는 내리막이 무척 심하다. 길은 온통 자갈과 돌뿐이라서 걷기가 쉽지 않다. 집들마저 모두 돌로 지어져 있다. 그만큼 돌이 많은 지역인 모양이다. 아세보는 계속되는 내리막길 중간에 있는 조그만 마을이다. 1,100m 고지대에 있

만하린

아세보의 멋진 돌집

어 전망도 좋고, 이국적인 분위기가 물씬 풍긴다. 고요한 산간 마을이 구름 속에 숨어있어 그림 속 무릉도원 같은 느낌이랄까? 멋진 풍광에 한참을 머물다 간식을 먹고 출발했다. 아쉬움에 자주 뒤돌아보게 된다. 다음에 다시 온다면 하루쯤 묵어가고 싶을 만큼 매력적인 마을이다.

20.5㎞, 리에고 데 암브로스Riego de Ambros를 지나는데 화재가 발생해 헬기가 연신 물을 길어다 퍼붓는다. 이렇게 가까이서 화재 현장을 본 것도 참 오랜만이다. 다행히 집은 피해가 없고, 마을 주변만 탔다. 검게 탄 화재 현장을 보니 마음이 영 편치 않다. 저 식물들은 어떻게 고통을 참아낼까? 잿더미가 되어버린 수많은 풀과 나무들, 어떻게 그 아픔을 표출했을까? 우리는 아프면 아프다고, 뜨거우면 뜨겁다고 소리라도 지르는데 그들은 과연 어떻게 절규할까? 비명도 지르지 못하고 오롯이 홀로 견뎌야만 하는 고통은 또 얼마나 클까?

이 지구상에 식물이 없다면 우리는 존재할 수 없다. 그들이 있기에 우리가 있다. 고마운 식물들! 그들의 아픔에 눈시울이 젖는다. 갑자기 눈물이 많은 남자가 된 걸까? 나는 많이 변하고 있다. 나도 모르게 뭔가 달라지고 있다. 세상 모든 미물에 감사하고, 내가 여기에 있음에 감사하며 이 길을 걷는다. 까미노는 나를 그렇게 만들고 있다. 몸이 시키는 대로, 마음이 하자는 대로, 까미노가 원하는 대로 그냥 그렇게 이 길을 걷는다.

멋진 풍광에 취해 한참을 가 다 보면 25㎞ 지점에 몰리나세까 Molinaceca가 나온다. 이곳 건물의 지붕 색깔은 모두 진한 회색으로 똑같은 모습이다. 우리나라의 사찰 을 보는 느낌이다. 가까이서 보니 돌로 된 검은색 기와로 지어져 있 다. 중세 시대에 축조된 아치형 돌

몰리나세카

다리 아래로 흐르는 맑은 냇물은 이곳이 얼마나 청정지역인지 알 수 있게 한 다. 순례길 양쪽으로 음식점과 바가 줄지어 있다. 길가 바에서 간식을 먹고, 40여 분간 휴식을 취한 후 곧장 목적지로 향했다.

29㎞ 지점인 캄포Campo를 지나 50여 분 가면 폰페라다Ponferrada에 도착한 다. 상당히 규모가 있는 도시다. 고대 켈트족의 마을로 로마제국 시절 인근

폰페라다

광산 때문에 발전한 도시라고 한다. 중세 시대에 순례자를 보호하기 위해서 성을 짓고, 군대를 주둔시키면서 순례자의 도시로 성장했다. 그 성이 바로 13세기에 건설된 '템플기사단의 성채'다. 템플기사단을 생각하면 하얀 망토 위에 황금 투구와 붉은 십자가가 떠오른다.

실강과 보에사강이 만나는 지점에 있는 폰페라다는 인구가 6만 5천 명으로 매우 큰 도시다. 성채는 규모가 엄청나고, 보존상태도 좋다. 성곽을 짓고, 군대를 조직하여 순례자를 보호했다는 말을 듣고, 이를 어떻게 이해해야 할지 혼란스러웠다. 중세 시대 순례자의 위상으로 이해해야 할지, 또 다른 무언가가 있었는지는 모르겠다.

알베르게도 많고, 슈퍼마켓도 규모가 크다. 이곳 알베르게(Ref San Nicolas de Flue, 174석, 도네이션)에 갈 때는 캄포에서부터 구글맵을 켜고 가지 않으면 먼 길로 우회하기 쉽다. 알베르게가 매우 크고, 호스피탈레로들도 나이 지긋하신 베테랑들이다. 첫날 론세스바예스와 비슷한 느낌이다. 이런 대형시설을 도네이션으로 운영하는 걸 보면 스페인이라는 나라는 순례자를 위한 배려가 대단하다는 걸 알 수 있다.

다정하게 걸어가는 네 젊은이

오늘 저녁은 재호와 세정이가 준비했다. 도영이와 아름이는 힘이 들었는지 늦게 도착한 데다 피곤해서 자고 있고, 나는 글을 쓰느라 바쁜 걸 알아서 둘이서만 마트에서 장을 보고 준비한 것이다. 젊은이들 마음 씀씀이가 참 기특

하다. 벌써 정이 많이 들어 세정이는 몸이 안 좋아 늦게 오는 도영이와 끝까지 옆에서 같이 왔다. 힘들 때 옆에서 같이 걸어주는 것만큼 고마운 건 없다. 특히 오늘처럼 힘든 코스에서는 더욱 그렇다. 이래서 산티아고에서 싹튼 우정은 한없이 끈끈해진다. 설거지는 나와 도영이가 했다. 설거지라도 하고 나니 조금은 부담이 줄어든 듯하다.

넷이 다정하게 걸어가는 모습을 보고 있으면 마음이 든든해진다. 아빠의 마음이랄까? 모두가 20대 중후반이고, 지금은 서로가 아주 친해져서 형제자매처럼 가깝게 지낸다. 만난 지 며칠 지나면서부터 그들 사이의 서열이 자연스레 정해지고 있다. 옆에서 지켜보는 나는 그저 웃을 뿐이다. 제일 어린 세정이는 누구에게나 고분고분해서 잘 어울리는데 특히 도영이 말을 잘 듣는다. 오늘도 몸 상태가 좋지 않은 도영이와 끝까지 같이 와서 얼마나 고마운지 모른다. 재호는 누나 격인 아름이 말을 잘 따른다. 뭘 하다가도 아름이가 뭐라고 하면 금방 부드러워진다. 아름이가 힘들어할 때 가장 많이 도와주고 있다.

문제는 재호와 도영이 사이다. 둘은 동갑이라 그런지 서로 지지 않으려고 티격태격할 때가 많다. 도영이 말발이 보통이 아니다. 재호도 만만치 않다. 우리 사이의 큰 소리는 대부분 둘 사이에서 일어난다. 이때 해결사는 다름 아닌 아름이다. 아름이가 "재호야." 하고 부르면 한방에 끝이 난다. 역시 맏언니다운 역할을 제대로 한다. 이런 과정을 통해 그들 사이의 정은 더욱 깊게 익어가는 것 같다.

오늘 코스는 32.5㎞인데 거리에 비해 힘들고, 시간도 오래 걸린다. 많은 사람이 동키 서비스를 이용할 만큼 힘들기로 소문난 산악지역이다. 청계산에

철의 십자가에서의 여명

서 광교산까지 산악마라톤 할 때 보통 양재 화물터미널에서 출발한다. 옥녀봉, 매봉, 이수봉을 지나고, 긴 내리막 구간을 거쳐 하우현 성당 쪽으로 내려간다. 성남과 안양 간 대로를 건넌 뒤 바라산, 백운산, 광교산까지의 코스가 26㎞쯤 되니 이보다 7㎞정도 길다고 보면 된다.

37~40여㎞를 며칠 걷고 난 후 탄력이 붙어서인지 일행들도 하루 코스가 30㎞ 이하면 너무 빨리 끝나 매일 그 이상으로 정하고 있다. 이제 막바지로 치달으니 원 없이 걸어보고 싶어 하는데 맘대로 될지는 모르겠다. 부르고스 이후 계속 30㎞ 이상씩 걸을 만큼 모두가 적응되어 있다. 도영이 컨디션이 조금 좋지 않아 내일부터 거리를 줄이려고 하는데, 아침에 일어나보면 어떻게 변할지 모른다. 나는 무리하지 말고 각자 컨디션을 고려해 다음 목적지를 정하도록 유도하고 있다.

TV 프로그램에 나왔던 비야프랑카 (9월 8일)

폰페라다 ~ 트라바델로 (Ponferrada ~ Trabadelo)

33km

아침에 일행들에게 어디까지 갈 거냐고 물으니 비야프랑카까지 갈 계획이란다. 나는 거기서 10여 ㎞를 더 갈 예정이다. 어제 도영이가 힘들다며 짧게 걷겠다는 얘기는 들었다. 넷이 모두 그렇게 할 거란다. 나도 그렇게 할까 고민하는데 재호가 자기가 챙겨서 데리고 갈 테니, 내가 하고 싶은 대로 움직이란다. 이제 넷은 공감대가 제대로 형성된 모양이다.

재호는 듬직하다. 나이는 어리지만, 장교 출신답게 상황 대처도 잘한다. 재호를 믿고 내 계획대로 움직이기로 했다. 지금은 왠지 혼자 걸어보고 싶다. 청년들과 같이 가면 단점보다 장점이 훨씬 많다는 걸 알지만, 당분간은 나 혼자만의 시간을 갖고 싶다. 짧게 걸으면 걸은 것 같지 않아서도 혼자 맘대로 실컷 걸어보고 싶다.

폰페라다 외곽 성당의 마리아상

까미노는 그런가 보다. 만나고 헤어지고, 다시 만나고 또 헤어지고. 그러다 보면 종착지에서 또다시 만난다고 한다. 산티아고에서 만나자고 작별한 후 홀로 길을 나섰다. 6시 50분에 출발하니 아직은 많이 어둡다. 30여 분 걸으니 성모 마리아님이 반갑게 맞아주신다. 어둠 속에서도 환하게 웃으며 아침 인사를 하신다.

오늘 걷는 길은 여러 도시가 연결되어 있다. 지금까지 걸었던 길들은 한 마을을 지나면 다음 마을까지 긴 들판이 계속되거나 산야가 중간에 있었다. 그런데 오늘은 도시가 계속해서 연결되어 있어 지루함은 덜한 편이다. 푸엔테스 누에바스Fuentes Nuebas 가는 길에서 지금까지 안 보이던 호랑가시나무가 정원수로 심겨 있다. 개암나무도 있는데 밑에 개암이 많이 떨어져 있다. 몇 개 주워 먹어보니, 거의 수확기에 다다른 것 같다.

한 가정집 입구에 도토리나무 두 그루가 심겨 있다. 마치 스페인에서 서식하는 두 종류의 도토리나무를 하나씩 보여주려는 것 같다. 도토리를 정원수로 심을 정도라면 스페인에서 이 나무는 어떤 의미가 있을까? 뭔가 있을 것 같은데 궁금하다. 도토리는 스페인에서 만난 가장 궁금한 나무 중 하나가 되었다. 잎이 넓은 한 종류는 우리나라 도토리와 유사해서 금방 알아볼 수 있다. 또 한 종류는 우리나라 남쪽에서만 자라는 종가시나 정가시와 같은 가시나무 종류와 비슷하게 보이는데 같은 나무는 아닌 것 같다. 잎 모양이 다르다. 열매도 크고, 훨씬 많이 달렸다.

캄포나라야 포도밭

캄포나라야Camponaraya 주변으로 포도 농장이 많은데 메세타 평원 오기 전에 보던 포도밭과는 완전히 다른 모습이다. 그동안 보아왔던 포도밭은 모두 지주대가 있고, 철삿줄에 포도 줄기를 묶어놓는 농법이었다. 그런데 이쪽 지방은 대부분 지주대가 없는 방식이다. 지주대가 없어도 될 만큼 포도 줄기가 상당히 굵고, 높이는 사람 키 정도까지만 길러 관리하기 쉽게 재배하고 있다. 또 기존 동부지역 포도밭에는 잡초가 전혀 없이 깨끗했는데, 이쪽 지방은 풀이 함께 자라는 방식이다. 좀 더 정감이 가고, 자연친화적으로 보인다.

농사를 포기한 듯 보이는 포도밭이 많아 아쉽다. 어제 깜포 인근에서도 보였는데 상당히 넓은 포도밭을 돌보지 않아 풀밭인지 포도밭인지 구별하기 힘들다. 인구 감소와 노령화된 우리나라 농촌과 유사한 현상이 여기서도 나

비아프랑카 들어가면서

타나고 있는 것 같아 왠지 쓸쓸하다.

카카벨로스Cacabelos를 지나 7㎞쯤 가면 우리에게 많이 알려진 비아프랑카 델 비에르소Villafranca del Bierzo에 도착한다. '스페인 하숙'이라는 TV 프로그램에 등장했던 도시다. 얼마 전까지만 해도 갈리시아 지방에 속해 있어서 갈리시아어를 사용하고, 갈리시아 문화가 많이 남아 있는 곳이다. 한창때는 수도원이 여덟 개, 순례자 숙소가 여섯 개나 있었을 만큼 번성했던 곳인데 지금은 인구가 3천 명 정도로 많이 줄었다.

도시 초입에 들어서니 '산티아고 성당'이 커다랗게 보인다. 중세 시대에는 병에 걸리거나 다친 순례자들이 '카미노 두로(힘든 길)'를 극복하고 산티아고까지 가는 것은 불가능했을 것이다. 그들을 위해 '작은 콤포스텔라'라고 불리는 이곳에서 '용서의 문'이라는 성당 문턱을 넘으면 산티아고까지 걸은 것으로 인정해주는 고마운 곳이기도 하다. 안타까운 순례자에게도 콤포스텔라를 수여해주는 자비를 중세 시대부터 베풀었던 것이다.

점심을 먹고 TV 촬영을 했던 그 알베르게를 찾아가는 데 애를 먹었다. 사전 정보가 중요하다는 걸 다시 한번 깨달았다. 촬영지에 대한 안내판이 있을 것으로 보고 그 주변에 갔는데 아무것도 없다. 큰 건물 뒤에 입구가 있었는데 바로 앞에 가서도 찾기 힘들다. 여기까지 왔으니 최소한 인증 사진은 찍고 가야겠다는 마음으로 찾아갔다.

출연한 연예인들 사진이라도 하나 붙어 있을 것이라고 생각했는데, 정말 아무 흔적도 없다. 나처럼 찾아오는 사람이 많아서 그런지 아예 한글로 '여기서 묵지 않으면 들어올 수 없다.'라고 쓰여 있다. 관리하는 여성이 엄청 불친절하고 귀찮아한다. 이것이 문화차이인가 보다. 우리는 무슨 드라마 촬영 한번 하고 나면 지자체가 발 벗고 나서 그곳을 관광명소로 변모시키려 애를 쓰는데 여긴 전혀 그렇지 않다. 비야프랑카를 떠나면서 왠지 뒷맛이 씁쓸하다.

비야프랑카에서 트라바델로Trabadelo까지는 계곡 길을 걷게 된다. 두 지역 사이에 엄청나게 높은 산이 있는데, 계곡을 따라 상당한 오르막을 오른 후 급경사를 내려와야 한다. 순례길 한쪽은 계곡, 또 한쪽은 심한 경사면이다. 법면의 경사도가 깎아지른 듯 심한데 어떤 곳은 아무 처리도 하지 않고 자연 그대로이다. 법면 처리를 하지 않고 내버려 두어도 될 만한 지질이라면 그 강도가 얼마나 강할까?

길 주변에는 도토리나무가 가장 많고, 엄청나게 큰 밤나무도 가끔 보인다. 이제 이정표가 200㎞ 이하로 나타난다. 부담이 많이 줄어든다. 하지만 앞으로 걸어야 할 길도 만만치 않다. 끝까지 최선을 다해보련다. 원 없이 걸어보고도 싶다. 한편으로는 아쉬운 감이 조금 생기는 것도 사실이다. 벌써 끝나버리면 어쩌나 하는 아쉬움이랄까?

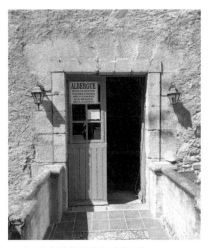

스페인 하숙에 등장했던 알베르게

비아프랑카 이정표

오늘 묵을 알베르게(Ref Municipal, 5유로)는 가성비가 아주 좋다. 4인실 방인데도 5유로밖에 안 하고, 콘센트도 각각 주어진다. 콘센트가 개인별로 주어지면 그렇게 편리할 수 없다. 앞에 산이 있어 전망도 좋다. 바로 앞 계곡물이 엄청 깨끗해서 더운 날에는 목욕하는 사람이 많을 것 같다. 아담한 마을이라 마트가 작고 식료품도 다양하지 못한 점은 감수해야 한다.

순례길을 걸으면서 하는 일은 크게 세 가지다. 걷고, 먹고, 자는 것! 일어나면 또 걷고, 먹고, 잔다. 먹는 문제를 어떻게 해결하느냐는 까미노에서 대단히 중요하다. 특히 점심 해결이 어려운 문제 중 하나다. 큰 도시를 만나면 파에야라도 먹을 수 있는데 작은 도시는 빵 종류밖에 없다. 점심은 가능하면 큰 도시에서 먹으려고 거리와 템포를 조절하면서 걷기도 한다. 그런데 파에야도 하루 이틀이지 계속 먹다 보면 질린다. 그래서 오늘은 양상추와 참치, 고추장을 활용해 보았다.

식당에 들어가서 일단 파에야를 시켰다. 내가 별도로 준비한 것은 참치, 양상추, 고추장! 참치통조림은 거의 모든 마트에서 판매하고, 가격도 저렴하다. 양상추는 어느 정도 규모가 있는 마트에서 구입해야 하는데 가격은 무척 싼 편이다. 어느 사이트에서도 유사한 팁을 적어놨는데 양상추에 참치, 고추장을 넣어 먹으면 먹을 만하다. 양상추에 파에야의 밥을 싸서 먹어도 괜찮다. 혹시나 해서 공항에서 사 온 고추장 두 개가 효자 노릇을 톡톡히 한다. 파에야만 먹을 때보다 훨씬 맛있고, 든든하기까지 하다.

대학 시절, 등산 도중 힘이 쭉 빠져있을 때 참치 캔을 따서 먹고 등산을 무사히 마친 기억이 있다. 그 이후 참치 캔을 비상식으로 자주 애용하고 있다. 순례길을 걸으면서 어떻게 하면 음식을 잘 먹을 수 있을까 늘 고민하고 개발해 나간다. 평생 한식만 먹던 우리에게 양식은 아무리 맛있어도 금방 질리기 마련이다. 그걸 잘 극복해 나가면 순례길은 수월해질 것 같은데 그게 힘들다. 웬만한 마트에는 양상추와 참치통조림이 있어 그나마 다행이다.

순례길 팁 : 통밥을 잘 굴려라! 샤워 빨리하기

알베르게에 등록하고 나서 제일 먼저 샤워를 해야 한다. 샤워를 빨리 해야 개운하고, 다른 일을 할 수 있어 시간이 절약된다. 샤워를 늦게 하면 짜증이 나고, 시간이 아까울 때가 많다. 샤워와 관련된 간단한 팁을 소개하고자 한다.

"통밥을 잘 굴려라!" 순진한 세정이한테 한 말이다. 우리 다섯 명 중에 세정이가 제일 어리고, 정말 순진하다. 말도 그리 많은 편이 아니지만 속은 꽉 찬 청년이다. 샤워하고 내려오는데 세정이가 샤워실 앞에 쪼그리고 앉아 있다. 뭐 하고 있느냐고 물으니 샤워를 기다리는 중이란다.

"위층으로 올라가 봐. 텅 비어 있어."
"정말이요?"

알베르게에 도착하면 제일 먼저 침대를 배정한다. 침대 배정은 아래층이 끝나야 위층으로 간다. 당연히 샤워하는 사람들이 아래층에 몰린다. 이때 한 층 또는 그 위층으로 올라가면 텅텅 비어 있는 경우가 허다하다. 늦게 와서 위층이 밀린다면 아래층으로 내려가면 된다. 순례길에서는 상황 판단을 잘해야 할 때가 많다.

극적인 재회 (9월 9일)

트라바델로 ~ 오 세브레이로 (Trabadelo ~ O Cebreiro)

20km

23 일차

　늦잠을 자버렸다. 지난번 오르비고에서와 마찬가지로 4인실 방을 이용하면 이런 일이 일어나기 쉽다. 다인실에서는 알람을 해놓지 않아도 옆 사람이 일어나 돌아다니는 소리에 자동으로 일어나게 된다. 오늘처럼 서너 명만 들어가는 방에서는 알람을 켜놓아야 하는데 그냥 자다 보니 생긴 일이다. 목적지를 20㎞ 지점으로 앞당기고, 서둘러 출발했는데도 8시 50분에야 출발할 만큼 늦어버렸다.

　알베르게를 막 나와 큰길로 들어서는데 깜짝 놀라고 말았다. 너무 놀라 두 발이 그대로 얼어붙는 줄 알았다. 젊은 친구들과 딱 마주친 것이다. 등골이 오싹했다. 이게 무슨 인연이란 말인가? 어떻게 이런 일이 일어날 수 있을까? 보통 6시 30분 전후에 출발하니 나하고 비슷할 수 있겠다고 생각은 했다. 숙소를 나서자마자 마주치니 너무도 어이가 없다. 서로 얘기도 하지 않았는데 가는 목적지도 같다. 우연치고는 기가 막히다. 이게 우리들의 인연인가 보다. 만날 사람은 반드시 다시 만난다는 까미노의 매직이 이런 건가 싶다. 우리의 동행은 이렇게 해서 또다시 시작되었다.

트리바델로를 나와 계속되는 계곡. 오른쪽은 깎아지른 경사면, 왼쪽은 발카르세 강이다.

오늘은 600m 정도 높이의 트라바델로Trabadelo에서 시작해 1,330m 오세브레이로O Cebreiro까지 계속되는 오르막 코스로 단단히 각오해야 한다. 프랑스 길에 있는 3개 오르막 중 마지막 힘든 코스가 바로 이곳이다. 까미노 두로Camino duro(힘든 길)의 절정으로 치닫는 구간, 순례길 중 가장 길고 가파른 길이 베가Vega에서부터 11㎞나 계속된다.

트라바델로를 출발해 발카르세 강변을 따라 10여㎞ 이상 계곡을 따라 걷는다. 왼쪽은 맑은 물이 흐르는 계곡이고, 오른쪽은 깎아지른 경사면이다. 6㎞쯤 가면 베가 데 발카르세Vega de Valcarce라는 그림같이 아름다운 마을을 지난다. 이 마을은 유리처럼 깨끗한 발카르세 강변에 아늑하게 자리잡고 있다. 물이 워낙 맑아 수영이라도 하고 싶어진다.

루이텔란Ruitelan 지나서 오른편에 있는 밤나무는 상당히 크고, 엄청나게 오래된 고목으로 보인다. 지금까지 몇 번 보았지만, 참나무류 나무가 고목인 것은 여전히 낯설다. 완만하던 경사가 10㎞ 지점 에레리아스Herrerias부터 급격한 오르막으로 변한다. 이곳에서 식사하고 14.5㎞ 라파바Lafava를 지나 계속

가파른 라파바 언덕을 오르면서 옷을 갈아입고 있다.

오르막을 걸어야 한다. 대부분 여기서 많이 지친다.

　뒤따라오는 일행들을 살펴보았다. 예상대로 오르막에 약한 아름이는 힘들었는지 제일 뒤에 처져 있다. 도영이도 힘이 드는지 혀를 날름거리면서 걷고 있다. 재호와 세정이는 좀 덜하다. 다들 얼굴이 벌겋게 달아올라 있다. 이 구간에서 힘들어하지 않는 사람은 정상이 아니다. 누구도 예외는 없다. 다리는 후들거리고 온몸의 힘은 다 빠진다. 아침에 입고 온 재킷은 대부분 이 언덕을 오르면서 벗어 배낭에 넣는다. 920ｍ 높이의 라파바에서 다시 휴식을 취했다.

　카스띠야 이 레온Castilla y Leon주의 마지막 마을인 라구나 데 카스띠야Laguna de Castilla에 다다랐다. 이 마을은 1,150ｍ 높이의 고산지대에 있다. 여기에서 또 30여 분간 휴식을 취하고 다시 오르니 꼭대기가 나온다. 주변이 온통 고사리밭이다. 과잉 번식으로 다른 식물들이 힘을 못 쓰고 있다. 올라갈수록 전망은 더욱 좋아지고 시야도 넓어진다. 여기서부터는 평평한 길이 계속되고, 목적지를 2㎞쯤 앞두고 교목 숲이 이어진다. 상당한 넓이의 주목나무 숲이 계속되다가 자작나무, 전나무 숲이 연속으로 나타난다. 모두 인공조림한 나무들이다.

　갈리시아 지방의 첫 마을, 오 세브레이로O Cebreiro! 이름부터 예사롭지 않다. 순례자 길에 있는 수많은 마을은 저마다의 사연과 역사로 인해 나름대로 의미를 품고 있다. 이곳 역시 사연이 많다. 이 마을의 중심인 산타마리아 왕립 성당은 순례길에서 가장 오래된 성당으로 836년에 세워졌다. 빵과 포도주가 미사 도중 살과 피로 변하는 성체의 기적이 일어난 곳이다. 그로 인해 이곳 성당에 있는 성배는 갈리시아의 국보로 지정되어 있다. 이 성물은 15세기에 이사벨라 여왕이 가져가려 했지만, 성물을 실은 마차가 꼼짝도 하지 않았다는 일화는 오 세브레이로의 유명세를 더했다.

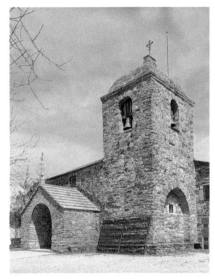

오 세브레이로 성당(산타마리아 왕립 성당)

이곳 성배의 기적은 14세기 눈보라가 치는 성탄절 저녁에 일어났다고 한다. 한 신부가 성탄절 미사를 준비하고 있었다. 미사 직전까지 한 사람도 오지 않았다. 신부는 성당 문을 닫으려는데 마을에 살고 있는 '후안산틴'이라는 농부가 성당 앞에 서 있었다. 눈보라 치는 성탄절에 성찬을 받기 위해 어렵게 올라온 것이다. 별로 마음이 내키지 않은 신부는 그냥 돌려보내려 했지만, 그 농부는 기어이 미사를 고집했다. 마지못해 미사를 올리고 그에게 성찬을 베풀었는데 그때 기적이 일어났다. 와인이 피로 변하고, 성체는 살로 변한 것이다. 그 당시 기적의 성배와 성체의 접시는 지금도 그 성당에 보물처럼 간직되어 있다.

오 세브레이로 마을에 들어서는데 기분이 묘하다. 보이는 건물이나 도로

오 세브레이로 마을의 일몰

가 지금까지 보아오던 마을과는 전혀 다르고 이색적이다. 돌로 벽을 촘촘히 쌓고 지붕은 마치 우리의 초가지붕 같다. '파요사'라고 하는 고대 켈트족의 전통가옥이라고 한다. 동화 속에 나오는 숲속의 요정이 사는 마을 같아서 약간은 신비스러운 느낌마저 든다. 먼 옛날 로마 시대 전부터 있던 마을 형태가 지금도 그대로 유지되고 있다고 한다.

모든 것에는 항상 명과 암이 함께 있나 보다. 높은 곳에 오를 때면 늘 그렇다. 첫날 피레네산맥을 오르면서 그렇게 힘들었는데 정상에 오르면서 바라본 아름다움이 이를 보상해 주었다. 순례길 중 가장 높다는 크루즈 데 페로(철의 십자가)에 오를 때도 마찬가지였다. 만하린, 아세보, 몰리나세카 등을 지나면서 바라본 정경은 까미노 최고의 장관 중 하나였다.

이곳 오 세브레이로도 마찬가지다. 모든 게 다 내려다보인다. 높긴 높은가 보다. 전망이 너무 좋아 시간 가는 줄 몰랐다. 멀리 끝도 없이 뻗은 산봉우리와 능선, 계곡들은 짙푸른 녹색이다. 마치 지리산이나 설악산 정상에 올라 먼 산야를 바라보는 느낌이다. 1,330m 고지대에서 멀리 서쪽 하늘을 바라본다. 일몰이 머지않은 하늘에는 구름 사이로 햇살이 쏟아진다. 약간 검은 구름이 섞여 있어 내일 날씨가 걱정되긴 하지만, 아름다운 일몰이 일품이다. 내일 아침에는 일출을 보고 차분히 출발하기로 했는데 비가 오지 않길 바랄 뿐이다.

우리가 도착할 때 마을에 무슨 행사가 있는지 축포가 계속 터진다. 검은 행렬이 이어지고, 수백 명의 사람이 뒤따르고 있다. 검은색 옷을 입은 사람들이 뭔가를 짊어지고 가는데 마치 우리나라의 상여를 연상시킨다. 중세풍이 느껴지는 이런 고지대 마을에서 검은색 행렬을 보고 있으니 어딘지 무속적인 분위기가 물씬 풍긴다. 알베르게에 등록하면서 물어보니 성당에서 마리아상을 교체하는 행사라고 한다.

마리아상을 교체하는 행사가 진행 중이다.

오늘이 장날인지 우리의 오일장 같은 장도 열리고 있다. 파는 옷들이 겨울옷인 걸 보니 소문대로 여기가 춥긴 추운 모양이다. 빵은 종류

오 세브레이로 시장

도 많고 크기도 엄청 크다. 양파와 마늘도 우리나라 것보다 훨씬 크고, 모양도 다르다. 높은 지역치고 마을도 크고, 시장도 크게 열린다. 구경삼아 시장에 갔다가 문어를 한 접시 시켰더니 16유로란다. 갈리시아에서 유명하다는 뿔뽀를 이곳에서 맛보게 된다. 여기도 문어는 조금 비싼가 보다.

밤이 되자 추워져서 두꺼운 옷을 꺼내 입고 다녀야 했다. 감기에 걸리기 딱 좋은 날씨다. 비가 오고 바람도 무척 심하다. 내일 아침에는 일출을 보고 차분히 출발하자고 했는데 가능성이 희박해 보인다. 이런 날은 따뜻하게 입고

자야 한다. 침낭 위로 여기에 있는 이불을 두 겹이나 덮고 잠을 청한다.

순례길 회상 : 님의 뜻이런가?

늦잠을 자는 바람에 젊은 친구들을 다시 만나고 나서 생각이 많아졌다. 나는 어떤 사람인가? 내가 이 길을 걸으면서 무엇을 얻고 있는가? 이렇게 극적으로 만나게 한 님의 뜻은 무엇일까? 빠르게 걷는 이 습관은 언제부터 생긴 것일까?

직원들하고 출장을 다닐 때마다 걸음이 빠르다는 얘기를 많이 듣는다. 산행 때에도 마찬가지다. 나는 빠르게 걷는 것이 더 편하다. 나에게 왜 이런 습관이 생겼을까 생각해 보니 세월이 꽤 오래되었다. 40여 년 전, 군 생활 때 생긴 것으로 보인다.

군 복무 6개월쯤 되었을 때, 사단 유격대에서 조교 차출을 하러 각 부대를 돌아다녔다. 대대 선임하사가 나를 지목했다. 훈련할 때 내가 동작이 빠르고, 자세도 잘 나와서 추천했다고 한다. 사단 주임상사는 내 발바닥과 종아리를 만져보더니 바로 결정해 버렸다. 난 유격대 조교가 뭔지도 모르고 그냥 따라갔다.

조교 보수교육을 받으면서 내 인생 최고의 시련기를 맞았다. 육체적으로 가장 힘든 시기가 아마 그때가 아니었나 싶을 정도로 고된 과정이었다. 한 달가량의 보수교육은 지금도 떠올리고 싶지 않다. 걷고, 뛰고, 산을 오르고, 뛰어서 내려온다. 쉬는 시간도 없이 계속되는 지긋지긋한 피티체조와 얼차려, 구타 등등. 그중에서도 가장 힘든 것은 차가운 계곡물에서 하는 피티체조! 당해본 사람만이 그 맛을 알리라. 2~3월 강원도 계곡물은 왜 그리도 차가

운지 생각만 해도 끔찍하다.

교육 중간에 면담 시간도 있다. 정 참기 어려우면 자대 복귀를 할 수 있는 기회를 주는 것이다. 돌아가고 싶은 마음이 굴뚝같았다. 하지만 돌아가면 어떤 취급을 받을까? 그 정도 훈련도 참아내지 못하는 나약한 인간으로 찍혀 남은 군 생활을 패배자처럼 지내야 할 것이다. 생각할수록 앞이 깜깜했다. 군대용어로 악으로 깡으로 버텼다. 교육이 끝나고 조교 자격이 갖추어지면 조교복과 빨간 모자

신림유격장, 4월에도 흰 눈이 쌓인다.

가 주어진다. 교육을 잘 마친 병사에게만 주는 일종의 훈장같은 선물이다.

내가 담당한 코스는 신림 유격장에서 가장 꼭대기에 있는 굴뚝 오르기! 그 높은 가리파 고개도 까마득히 내려다보인다. 아침에 피티체조가 끝나면 교육생들을 각 코스로 이동시킨다. 조교는 모든 교육생을 올려보낸 뒤 가장 늦게 출발해서 가장 먼저 도착해 있어야 한다. 수백 명의 교육생을 추월하려면 그 가파른 강원도 산을 뛰어서 올라야 한다. 내가 산에서 빠른 것은 그때부터 생긴 습관으로 보인다. 그 때문인지 제대 후에는 산악마라톤이 취미가 되어 버렸다.

오늘 일행과 함께 걸으면서 곰곰이 생각해 보았다. 내가 이곳 산티아고에 와서도 그 오래된 습관이 나오고 있는 것이 아닌가? 습관이란 참 무서운 것이다. 오늘 늦잠을 잔 것도, 일행을 다시 만난 것도 그러지 말라는 님의 뜻으로 받아들이고 싶다.

24 일차

빗속의 순례자 상 (9월 10일)
오 세브레이로 ~ 트리아카스텔라 (O cebreiro ~ Triacastela)
22km

아침에 일어나니 비바람이 몰아치고 운무가 자욱해 보이는 게 없다. '그동안 그렇게 좋았던 날씨가 드디어 오늘로 끝이구나.' 하고 조금 누그러지기를 기다렸다. 대부분 출발을 못하고 밖을 응시하고 있다. 도영이랑 재호가 아침에 일출 구경하고 천천히 출발하자고 했는데 그 꿈은 허무하게 날아가 버렸다. 어젯밤 구름을 보고 1,300m 고지에서의 환상적인 일출 구경이 쉽지 않을 수도 있겠다고 예상은 했었다.

쏟아지는 빗줄기를 바라보니 어린 시절 일화가 생각난다. 그 당시엔 무척 창피했는데 지나고 나니 잊지 못할 추억거리다. 초등학교 6학년 여름, 소나기가 억수같이 쏟아지는 날이었다. 선생님은 칠판에 그날 배울 내용을 쓰고 계셨고, 나는 그걸 필기하느라 정신이 없었다. 갑자기 교실 앞문이 드르륵 열리면서 한 할머니가 머리를 쑥 내밀더니 "우리 막둥이 있소?" 하는 말이 들려

왔다. 선생님은 깜짝 놀라며 "이름이 뭔데요?" 그러자 "우리 막둥이요, 웅렬이." 교실은 한순간에 웃음바다가 되었다.

어머니 손에는 큰 소주병 하나가 들려있었다. 선생님이라면 하늘처럼 생각하는 분이셨는데 하필 그렇게 소나기가 세차게 쏟아지던 날 오셨던 것이다. 나는 쥐구멍에라도 들어가고 싶을 정도로 창피했다. 그날 이후 내 별명은

산 로케 언덕을 향해 가는 길

막둥이가 되었다. 그때 6학년 2반 친구들은 담임이셨던 정준섭 선생님과 일 년에 한 번씩 반창회를 하고 있다. 성적이 떨어지면 발바닥을 때려 '매세'라는 별명을 가진 선생님에 대한 일화와 함께 그날의 에피소드도 화제가 된다.

8시가 넘으니 운무는 그대로인데 비는 많이 잦아들었다. 나는 우의와 스패츠까지 착용해서 웬만한 건 거뜬히 극복해낼 수 있다. 스패츠가 얼마나 큰 역할을 하는지는 사용해본 사람만 알 수 있다. 80g의 작은 소품이지만 눈이나 비가 올 때 강력한 힘을 발휘한다. 스패츠는 우리 중에서도 그렇고, 다른 사람들도 대부분 가져오지 않았다. 꼭 가져오라고 권하고 싶은 물품이다. 다행히 비는 이른 아침 보다 훨씬 줄어들어 걷는 데 큰 어려움은 없다.

오늘은 1,300m 고지에서 600m 높이인 트리아카스텔라Triacastela까지 내려가는 내리막 위주의 길이다. 무릎에 특히 신경 쓰며 걸어야 한다. 비 온 직후라 더욱 조심해야 한다. 6km 지점인 오스삐딸Hospital de la Condesa까지 가는 동안

운무 때문에 보이는 게 거의 없다. 길 우측에 포장도로가 있는데, 그 사이에 자작나무가 많다는 것은 알 수 있다. 자작나무가 이런 고지대에 적합한 수종인지 어제부터 많이 보인다.

오스삐딸 가기 전 빗속에서 만난 순례자 상이 왠지 쓸쓸해 보인다. 날아가려는 모자를 부여잡고 비바람에 맞서 앞으로 나아가려는 모습이다. 지팡이를 들고 고군분투하는 성인 야고보의 동상이 너무 애처로워 눈물이 나오려한다. 요즘은 이런 모습만 보아도 맘이 울컥해진다. 까미노가 나를 너무 변하게 하는 것 같다. 앞에 있는 1,270m라는 표지가 이곳 '산 로케 언덕^{Alto San Roque}'이 얼마나 높은 지역인지 알려준다.

산 로케 언덕의 순례자 상

오스삐딸을 지나면서 처음으로 곤포 사일리지[15]를 보았다. 우리나라의 농촌에서 흔히 볼 수 있는 것이다. 그동안 포장하지 않은 건초더미는 자주 보았지만, 이처럼 곤포 사일리지 형태로 되어 있는 것은 처음이다. 그렇다면 이쪽 지방은 방목이 아닌 우리나라처럼 밀식으로 사육하는 축사시설이 있다는 것인데 가면서 볼 수 있을지 모르겠다. 땅은 넓고 인구밀도는 낮은 이 나라에도 가축을 그렇게 사육하고 있을까 궁금해진다. 지금까지

---

15 곤포 사일리지 : 보리, 목초, 볏짚 등의 사료용 작물을 곤포에 밀봉해서 저장한 후 발효시킨 것. 가을철 농촌에서 자주 볼 수 있다. 모양이 마시멜로와 비슷해 초대형 마시멜로라는 별명이 있다.

산 정상부까지 농경지로 사용하고 있는 갈리시아 농촌

지나온 지역의 특성으로 봐서는 없을 것으로 보이는데, 갈리시아 지방은 다른 지역과는 환경이 다르니 알 수 없다.

8.5㎞ 지점인 파도르넬로Padornelo를 지나 가파른 포요고개Alto do Poio가 나온다. 보통은 이곳 바에서 쉬었다 가는데 늦게 출발한 데다 비바람이 심해 그냥 가기로 했다. 여기를 지나면서 본격적인 내리막길이 시작되고, 150㎞ 남았다는 이정표가 나온다. 이제 대전에서 서울까지만 가면 된다. 참 많이도 왔다. 차가운 샘물을 뜻하는 '폰프리아Fons Fria'라는 조그만 마을에서 토르티야와 따뜻한 차를 마시고 출발했다. 운무가 거의 걷히고, 울창한 숲들이 보인다. 교목이 많은 숲이 마치 우리나라와 비슷하게 보인다.

14.5㎞ 지점 비두에도Biduedo는 산 정상부까지 개간해 농토로 이용하고 있다. 의외다. 비야프랑카를 넘어오면서 넓은 평원이나 밀밭 등은 찾아볼 수 없다. 구릉지에 밭이 개간되어 있고, 규모도 작다. 같은 스페인에서도 지역에 따라 이렇게 차이가 클 수 있을까? 지나온 동부지역은 광활한 토지에 농

라밀에서 만난 밤나무 고목

경지가 남아도는데, 갈리시아는 산꼭대기까지 개간해서 농사를 짓는다니 한 나라 안에서 차이가 나도 너무 심하다. 이를 어떻게 이해해야 할까?

18㎞ 지점 필로발^{Villoval}에 들어서자 마치 우리의 당산나무같이 큰 도토리나무가 연이어 나타난다. 나무가 이렇게 크면 우리는 보호수로 지정하기도 하고, 약간은 신성시하면서 함부로 베지도 않는데 여기는 어떨지 궁금해진다.

20.5㎞ 지점에 있는 라밀^{Ramil}을 지나면서는 더 충격적이다. 엄청나게 큰 고목이 있는데 다름 아닌 밤나무다. 내 눈을 의심했다. 위에 밤송이가 매달린 걸 보니 확실히 밤나무가 맞다.

밤나무도 저렇게 큰 고목으로 남을 수 있다는 게 믿기지 않는다. 우리나라 시골에 있는 밤나무를 보면 수령이 어느 정도 되면 나무 중심부는 썩고, 외부 형성층만 남아 있다가 버티지 못하고 쓰러져 버린다. 그래서 상수리나무, 도토리나무, 밤나무 등 참나무류는 오래된 고목이 없다. 우리나라 어디에도 참나무 종류의 고목이 없는 것은 여름철 고온다습한 기후 때문일 것이다. 밤나무가 이런 고목으로 남아 있을 수 있다는 새로운 사실을 알게 되었다.

스페인이라는 나라 앞에는 붙는 수식어가 참 많다. 태양의 나라, 스페인! 고온 건조한 지중해성 기후의 나라, 스페인! 이러한 기후 조건에서는 참나무 목질부가 썩지 않고 단단해져서 이런 고목이 된 것으로 보인다. 죽은 목질부가 외부로 노출되어 있어 만져봤더니 돌덩이처럼 단단하다. 마치 앙상하게 남은 주목이나 구상나무 목질부처럼 딱딱하다. 스페인이라는 나라는 알면 알수록 더 알고 싶은 것이 많은 신비로운 나라다.

오레오(곡물 건조 창고)

오늘의 목적지 트리아카스텔라Triacastela는 예전에 성이 세 개 있었던 마을에서 유래된 이름이라고 한다. 주민 7백여 명의 아담한 마을로 여기에는 까미노 중 순례자 감옥이 있는 유일한 곳이라 그런지 들어서면서 기분이 묘하다. 순례길을 걸으러 온 사람들이 무슨 죄명으로 투옥되었을까?

갈리시아 지방에 들어온 이후 독특한 구조물이 자주 눈에 띈다. 처음에는 종교 시설물로 생각했다. 지붕 위에 십자가가 있어서 그렇게 생각했는데 종교와는 전혀 관련이 없다. 오레오Hórreo라는 곡물 건조 창고다. 기다란 바위를 여러 개 세우고 그 위에 창고 같은 형태로 집을 지어 올려놓는 형식이다. 바닥이나 옆면은 돌이나 나무로 만들었고, 구멍이 숭숭 뚫려있다. 위쪽은 지붕 형식이었는데 어떤 것은 기와로, 어떤 것은 돌로 만들었다. 뜨거운 태양의 열기를 이용해 곡물을 말리고, 습기도 빠져나가기 쉽게 만들어진 구조물이다.

처음에는 주로 옥수수 건조 용도로 사용했으나 지금은 각종 곡물을 저장하고 건조하는 데 쓰인다고 한다. 홍수 시에는 비상식량을 보관하는 장소로도 쓰이고, 마을을 수호하는 상징물이 되기도 하는 갈리시아 지방만의 독특한 구조물이다. 비용이 들어가는 돌을 사용하는 대신 가난한 사람들은 싸리나무 등을 엮어 만들었는데 이는 '까베세이로Cabeceiro'라 불렀다. 스페인은 국토가 넓고 지역별 특성이 다르다 보니, 지방마다 이러한 특이한 전통들이 생긴 것으로 보인다.

오늘 알베르게(Rp Alb Complexo Xacobeo, 10유로)는 시설도 좋지만, 매우 친절하고, 순례자에 대한 배려를 많이 한다. 그런 숙소라서 그런지 저녁도 진수성찬이다. 저네들끼리 장을 봐와서 조개탕, 볶음밥, 감바스, 스파게티 등을 준비했다. 감바스라는 요리는 저번에도 한 번 먹어봤는데 도영이가 전문이다. 조개탕은 세정이가, 볶음밥은 재호와 아름이가 만든 모양이다. 오늘 새로 합류한 명철이와 창원이도 튀김을 만들어 식탁이 더욱 풍성하다. 둘은 여행을 많이 한다더니, 음식을 많이 만들어 본 사람처럼 요리 솜씨가 보통이 아니다.

왁자지껄 부엌을 한바탕 뒤집어놓고 만들어낸 음식이라 전보다 맛이 훨씬 좋다. 다른 사람들 없더냐고 물어보니 부엌을 사용하는 순례객이 우리 말고는 거의 없었다고 한다. 다른 순례자들한테 피해 주지 않아서 다행이다. 두 사람이 더해지니 대식구 같다. 그동안 여러 번 자리를 같이한 친구들이라 금방 어울리고 자연스럽다. 이렇게 여럿이 함께하면 기쁨은 배가 된다.

순례길 이야기 : 산티아고에서 맺은 인연들
우리네 삶이란 끊임없는 인연의 연속이 아닐까? 인연! 한 번 스치고 지나가는 가벼운 인연에서, 평생을 이어가는 진한 인연까지 그 모습은 참으로 다양하다.

산티아고 순례길을 걷다 보면 스페인을 비롯한 프랑스, 독일, 폴란드, 미국, 브라질, 일본, 대만 등 많은 외국인을 만나게 된다. 까미노에서 만나는 사람들은 국적에 상관없이 반갑다. 특히 우리나라 사람들을 만나면 그 반가움이란 이루 말할 수 없다. 머나먼 이국땅에서 만나서 그런지 스스럼없이 가까워진다. 그중에서도 네 젊은이와의 인연은 너무도 특별해서 지금까지도 그때의 느낌이 생생하다.

나는 산티아고 순례길을 걷기 위해 생장 역에서 내려 등록 사무실 쪽으로 걸어가고 있었다. 배낭에 태극기를 새긴 청년이 앞에 있어 반가운 마음에 말을 걸었다. 그게 재호와의 첫 만남이었다. 우리는 알베르게를 정하러 다니다, 아름이와 도영이도 만났다. 저녁을 같이 먹으며 자연스레 함께 어울리게 되었다.

명철, 창원이도 함께 한 저녁 식사

피레네산맥을 넘는 첫날부터 이 젊은이들과 더욱 가까워졌다. 말동무가 되어주고, 음식을 나눠 먹고, 부족한 물품들을 나눠 썼다. 마치 처음부터 같이 출발한 팀처럼 되어 갔다. 우리 일행을 본 사람들은 가족이냐, 아니면 처음부터 함께 출발한 거냐고 질문을 하곤 했다. 6일째부터는 가장 어린 세정이가 합류했다. 걷다 보면 서로의 체력이 다르고, 속도도 달라 언젠가는 헤어질 줄 알면서도 함께 하는 동안은 가족처럼 즐겁게 어울렸다.

그러던 중 체력이 좋은 재호가 혼자 걷고 싶다고 제일 먼저 따로 걸었다. 나머지 셋도 중간 이후에는 각자 걷고 싶다고 해서 헤어져 행동했다. 우리는 카톡으로 소식을 주고받으며 각자의 길을 걸었다. 순례길을 걷다 보면 혼자 걷고 싶을 때가 있는데 모두 그런 시기가 온 것이다. 나는 중간지점까지는 이 친구들을 추월하지 않기로 마음먹었다. 한번 속도를 내면 걷잡을 수 없이 빨리 걷는 습관이 있고, 초반 체력 조절을 위해 스스로 정한 나 자신과의 약속이었다.

각자 걷기 시작하고 며칠 지나 누군가가 17일째 레온에서 함께 만나 포식하고, 하루 쉬자는 제안을 했다. 모두 동의해 레온 대성당에서 모였다. 블루고스 이후 삭막한 메세타 평원을 계속 걷다가 오랜만에 큰 도시를 만났으니 누구라도 하루 정도는 마음의 끈을 살짝 풀고 싶어지는 시기가 된 것이다.

레온에서 만나 함께 시간을 보낸 뒤 다시 혼자 걸었다. 당분간은 홀로 걷고 싶었다. 그러다 아스토르가에서 우연히 만나 며칠을 다섯이 어울려 지냈다. 아침에 늦잠을 자는 바람에 만날 수 있었다. 그러다 폰페라다에서 내가 속도를 내면서 빨리 가고 싶다고 했더니, 재호가 흔쾌히 그렇게 하라며 일행들은 자기가 챙기면서 가겠다고 했다. 그들에게서 끈끈한 형제애가 느껴졌다. 이제는 지치지 않고, 속도도 낼 수 있을 만큼 몸이 적응되어 있던 시기였다. 천천히 걷는 게 오히려 불편했고, 나만의 시간을 가지면서 지내고 싶었다.

22일째 되던 날 젊은 친구들은 TV 프로그램에 소개되어 잘 알려진 비야프랑카에서 묵었다. 나는 그곳에서 10여㎞ 앞에 있는 트라바델로에서 짐을 풀었다. 4인실에서 묵다가 다음날 늦잠을 자는 바람에 8시에 일어났다. 보통은 6시 반에서 7시 사이에 출발할 수 있도록 일어나는데, 그날은 이상하게도 한 시간 이상 늦게 일어난 것이다. 할 수 없이 목적지를 앞으로 당기고, 급하게 짐을 챙겨 정확히 8시 50분에 숙소 정문을 나섰다.

큰길로 들어서는 순간 난 몸이 얼어붙고 말았다. 낯익은 얼굴들! 그 친구들과 딱 마주친 것이다. 모두 깜짝 놀란 모양이다. 등 뒤에 식은땀이 흐르고, 전율이 느껴졌다. 이게 무슨 인연인가? 먼 이국땅에서, 그 기나긴 순례길 중에 이렇게 만날 수 있는 것은 확률로 따지면 어느 정도의 가능성이 있는 걸까?

산티아고 대성당 앞, 인증서를 받고

할 말을 잃은 채 서로 멍하니 바라보다 함께 걸었다. 더 놀라운 건 의논도 하지 않았는데 정해놓은 숙소까지 같다는 것이었다.

아스토르가에서 우연히 만난 날도 오르비고에서 늦잠을 잔 날이었다. 일찍 출발했다면 만날 수 없었다. 그날도 가는 지역, 알베르게까지 똑같았다. 24일째인 오늘까지 늦잠을 잔 날은 딱 두 번이었다. 그날은 두 번 모두 일행을 만났다. 한번은 우연히, 또 한 번은 극적으로. 젊은이들과 함께하라는 신호였을까? 까미노는 정말 이상한 길이다.

순례길을 걷고 쓴 글들을 보면 까미노에는 몇 가지 법칙이 있다고 한다. 만나야 할 사람은 반드시 또 만난다, 기적 같은 우연이 자주 일어나는 곳이다, 간절히 원하면 이루어진다 등등. 정말 그렇다. 기적 같은 우연이 자주 일어나고, 만나야 할 사람은 꼭 만나게 된다. 까미노에는 수백 년 겹겹이 쌓인 뭔가가 서려 있음이 틀림없다. 이것이 까미노의 매직인가 보다.

그때가 순례길을 걸으면서 가장 극적인 순간이었다. 이게 인연이구나. 우

산티아고에서의 마지막 밤에

리들의 인연이 결코 단순하지 않다는 것을 다시 한번 느끼는 계기가 되었다. 그들에게 말했다. "너희들 속도에 맞춰 산티아고까지 함께 갈게." 혼자 과속하지 말라는 님의 뜻이려니 생각하고, 즐거운 마음으로 목적지인 오 세브레이오로 향했다. 빨리 가겠다는 욕심을 내려놓고 함께 걸으니 마음이 그렇게 편할 수 없었다. 몸도 더욱 가벼워진 느낌이었다.

그중에서도 재호와의 인연은 더욱 각별하다. 그는 한국환경공단K-eco이라는 기관이 있는 줄도 몰랐던 친구다. 그런 재호가 나를 만난 후 환경공단을 알게 되었고, 입사까지 하게 되었다. 거기에 더해 재호가 맡은 첫 업무가 내가 환경부 과장 시절 기획했던 업무다. 이러니 그와의 인연을 무슨 말로 더 설명할 수 있겠는가? 나는 산업단지의 토양 지하수 실태조사 자료를 활용하여 박사 학위 논문을 받았으니 그 어떤 업무보다 애정이 가는 분야다.

순례길은 그런 곳이다. 새로운 인연을 만나고 이어주는 곳! 언제나 듬직한 큰아들 재호, 과묵하고 속이 꽉 찬 둘째 아들 세정이, 맏며느리같이 믿음직스러운 큰딸 아름이, 깜찍하고 귀여운 둘째 딸 도영이, 산티아고 순례길에서 얻은 내 보물 같은 인연들이다. 산티아고 순례길을 걸으려는 젊은이라면 기본은 되어 있다는 말을 많이 한다. 모두가 자신과 가정을 빛낼 뿐만 아니라 대한민국의 든든한 기둥이 되기를 간절히 소망해본다.

"나와 인연을 맺은 모든 사람이 나와의 인연이 후회되지 않도록……."

사리아에서 (9월 11일)

트리아카스텔라 ~ 사리아 (Triacastela ~ Sarria)
18.5km

사리아Sarria로 가는 길은 두 갈래 길이 있다. 하나는 사모스Samos 쪽으로 돌아가는 24.5km 구간이고, 또 하나는 몬탄Montan 쪽으로 바로 가는 18.5km 구간이다. 젊은이들에게 정하도록 했다. 이런 건 가능하면 알아서 선택하도록 놔둔다. 짧은 길로 가자고 한다. 사리아에 빨리 들어가 김치찌개를 만들어 먹기 위해서란다. 김치를 먹고 싶은 건 젊은 친구들도 어쩔 수 없는 모양이다. 나는 사모스에 들르기도 할 겸 긴 코스로 가고 싶었지만, 그들 뜻에 따랐다. 6세기경에 세워져 스페인에서 가장 오래된 수도원 중 하나라는 사모스 수도원을 보지 못하고 가는 아쉬움은 꾹 참아야 한다.

까미노를 걷다 보면 이 길이 우리 인생의 축소판 같다는 생각이 많이 든다. 길은 어차피 갈라져 있고, 둘 중 하나를 선택해야 한다. 우리 인생도 마찬가지가 아니겠는가? 돌이켜 보면 선택의 갈림길에서 고민할 때가 많았다. 어느

길을 택할까? 그 순간 많이 망설였다. 고등학교 졸업 후 대학을 선택할 때 고민이 많았었다. 졸업 후 진로를 택할 때도, 연수를 마치고 부서를 정할 때도, 부처를 옮길 때도 많은 걸 생각해야 했다. 가지 않은 그 길은 늘 아쉬움으로 남는다. 그때 그랬더라면, 지금의 나는? 두 길을 한꺼번에 갈 수는 없다. 그것이 여행자의 운명이자, 우리 삶이다.

오늘 코스는 전체적으로 산실San Xil 부근까지 오르막이다가 그 이후 사리아까지 내리막으로 이어지는 코스로 내리막에서 주의가 필요하다. 7.5㎞ 몬탄에 있는 도네이션 바에 들러 휴식을 취했다. 사람들이 꽤 많이 몰린다. 생각보다 과일 종류가 많고 주스, 빵 등 먹을 만한 것들이 많이 있다. 나는 과일을 무척 좋아하는데 평소 먹어보기 힘든 네이트를 실컷 맛볼 수 있어 좋았다.

도네이션 바의 빵, 과일, 음료 등

도네이션 바는 참 좋은 발상인 것 같다. 여러 가지 과일과 빵, 음료수를 준비해 놓고, 순례자들이 골라서 먹을 수 있게 하고 있다. 많이 먹으면 많이 먹은 대로, 적게 먹으면 또 거기에 맞게 기부하고 가면 된다. 원하는 것을 골라 마음껏 먹을 수 있다는 장점이 있지만, 도네이션 금액을 너무 적게 내면 왠지 마음이 찝찝하다. 그래서 내 나름의 적정선에서 내고 있다. 바에서도 그렇고, 성당에서도 그렇다.

휴식을 취한 후 몬탄을 빠져나오면 농경지가 보인다. 꽤 오랜만에 보는 농경지다. 비야프랑카 이후 계속 계곡과 산속만 걸었다. 오 세브레이로에서 내려

당산나무 같이 큰 도토리나무

오면서 멀리 농경지가 보이긴 했으나, 주로 산속만 걷다가 앞이 뻥 뚫린 농경지를 보니 터널을 빠져나오는 느낌이다. 오랜만에 옥수수밭과 밀밭이 보인다.

10.5㎞ 지점 푸렐라Furela에서는 가로수가 도토리나무인데, 엄청 크고 오래되었다. 사리아에 가면서 나타나는 거목은 대부분 도토리나무라 해도 과언이 아닐 정도로 많다. 가끔 밤나무 거목이 섞여 있을 뿐이다. 이 나라는 도토리나무 천국이다. 우리나라는 당산나무로 느티나무 계통이 많다. 이 나라에도 당산나무 같은 것이 있다면 도토리나무가 아닐까 생각될 정도다.

오늘은 길을 걷다가 소 무리도 만났다. 지금까지 여러 번 보아왔는데 오늘

스페인 소

은 우리나라 소와는 많이 다른 종류다. 우선 색깔부터 검정, 흰색, 누런색 등 다양하다. 우리 소와 가장 비슷한 누런 소도 덩치가 우리보다 약간 크게 보이고, 뿔이 가늘고 길게 나 있다. 주로 육우만 보아왔는데 오늘은 젖소도 볼 수 있었다. 갈리시아로 넘어오면서 소가 많아지고 있다.

요즘 걷는 거리가 짧다 보니 컨디션이 상당히 좋다. 20㎞ 전후로 걸으면 걸은 것 같지 않다. 사리아에 중국 마트가 있다고 해서 이곳에서 쉬는 것이지, 그렇지 않으면 쉴 필요가 없는 곳이다. 알베르게(Rp Alb Casa Peltre, 10유로)에 도착한 후 중국 마트에서 김치를 사와 돼지고기볶음을 한단다. 작은 김치 캔 하나에 4.5유로라니 엄청 비싼 편이다. 그래도 먹고 싶을 땐 감수해야 한다. 요즘 요리는 주로 세정이가 하는데 취사병 출신답게 솜씨가 일품이다.

이런 곳에서 입맛에 맞는 한국 음식을 먹을 수 있는 것도 행운이다. 돼지고기볶음, 라면, 밥, 삶은 양배추 등으로 포식했다. 고구마와 옥수수도 삶아 먹고, 오늘도 너무 즐거운 하루다. 젊은이들을 만나지 않았더라면 꿈도 꾸지 못할 일이다. 이래서 늘 고마운 마음을 갖고 있다. 애들아, 고맙다. 그리고 음식 만드느라 고생이 많다. 내일은 내가 한턱낼게.

가끔 몸 상태를 점검해 본다. 양쪽 두 번째 발가락에 문제가 생겼다. 왼쪽 발톱은 이미 떨어져 나갔고, 오른쪽도 들떠 있다. 테이프로 감고 걸으면 통증은 없다. 걷는 데 크게 지장은 없어 다행이다. 양쪽 엄지와 검지 사이에 물집 기미가 보여 이 역시 테이

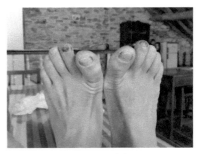

양쪽 두 번째 발가락이 문제다.

프를 붙이고 다닌다. 조금이라도 물집 기미가 보이면 바로 조치해야 더 악화되지 않는다. 끝날 때까지 물집이 생기지 않도록 총력을 기울이고 있다.

순례길 이야기 : 도토리 천국, 스페인

이번 순례길을 걸으면서 놀라는 것 중 하나가 도토리나무다. 나무가 많아서 놀라고, 그 크기에 눈이 휘둥그레진다. 엄청 오래된 고목을 보고 또 놀란다.

여행을 떠날 때마다 사전에 그 지역에 대한 자료를 많이 찾아보는 편이다. 책이나 인터넷을 뒤져 여러 정보를 얻는다. 그런데 이번 순례길을 떠나면서 스페인에 관한 공부를 거의 못하고 와버렸다. 퇴임하고 한 달여 동안 처리하고 마무리해야 할 일들이 그렇게 많다는 걸 몰랐다. 퇴임 한 달 뒤의 출발이 너무 빠르다는 것을 뒤늦게 알아차린 것이다. 그러다 보니 여기 와서 놀라는 일들이 많다.

도토리나무 고목

스페인에 도토리나무가 이렇게 많은 걸 보면서 너무 놀랐다. 처음 아헤스지나 1,080m 소원의 십자가 주변이 온통 도토리나무라는 걸 보고 깜짝 놀랐다. 그런데 그 이후 나타나는 것은 그것과 비교가 되지 않는다. 스페인 사람들에게 도토리는 어떤 나무로 자리매김하고 있을까?

누구에게나 친근한 나무가 있기 마련이다. 우리나라 사람들에게는 소나무가 그중 하나일 것이다. 스페인 사람들에게는 도토리나무가 그렇지 않을까? 많기도 하거니와 다양하게 분포한다. 산에는 물론 가로수로도 심겨 있다. 밀밭이나 목장 한가운데에도 자라고 있다. 심지어 정원수로도 이용하고, 대문밖 경계면에도 자리 잡고 있다.

크기도 엄청나다. 오늘 걸은 트리아카스텔라에서 사리아까지 가는 도중에만난 큰 나무는 대부분 도토리라고 해도 과언이 아니다. 교목 형태도 있지만관목 형태도 많다. 여기는 완전 교목 형태다. 남부지방에서만 자라는 종가시나무나 정가시나무가 있다. 도토리 열매가 열리고 완전한 교목 형태로 자란다. 그러한 가시나무 종류와 유사하게 보이는데 같은 나무는 아닌 것 같다.

떡갈나무 잎 모양의 도토리

올리브 잎 모양의 도토리

잎 모양이 다르다. 열매가 굵고 훨씬 많이 달려있다.

내가 본 도토리나무는 크게 두 가지 형태다. 아직 보지 못한 다른 형태의 나무가 또 있을지 모르겠다. 하나는 떡갈나무 잎 모양이고, 또 하나는 올리브 잎 모양에 가까운 형태다. 오늘은 대부분 전자에 해당하는 나무가 많이 보였고, 소원의 십자가 주변에는 후자가 많았다. 올리브 잎 모양에 가까운 도토리나무는 가시나무 종류와 유사하게 보인다.

우리나라 남부지방에서 자라는 종 가시나무 잎과 열매

도토리의 용도에 대해 스페인 사람에게 물어보았다. 사람은 먹지 않고, 돼지사료로 사용하는데 그게 유명한 '이베리코'라는 것이다. 스페인에 와서 호기심도 많이 생긴다. 도토리 연구만 해도 많은 걸 얻을 수 있을 것 같다.

스페인에 널려있는 도토리를 활용하는 방안은 없을까? 도토리는 웰빙 식품으로 인기가 높다. 몸속 중금속과 유해 물질을 제거하는 역할이 탁월하다고 알려져 있다. 이 나라 사람들에게 알맞은 식품을 개발하는 것도 좋을 것 같다. 우리나라의 도토리묵을 스페인 사람들의 입맛에 맞게 조리하는 방법은 없을까? 스페인 도토리를 수입하는 것도 하나의 사업 아이템이 될 수 있지 않을까?

100km 이정표를 지나 (9월 12일)
사리아 ~ 포르토마린 (Saria ~ Portomarin)
23km

사리아는 산티아고가 110㎞ 남은 지역이다. 여기에서 시작하는 사람이 많
다 보니 붐비는 지역 중 한 곳이기도 하다. 이곳부터 걸어도 순례증을 주기
때문에 알베르게를 나오자마자 어제까지와는 다르게 순례자가 넘쳐난다. 오
늘 코스는 400m 고도의 사리아에서 출발하여 600m의 페레이로스Ferreiros로 오
른다. 다시 300m의 포르토마린Portomarin으로 내려오는 코스라서 은근히 오르
막과 내리막이 많다.

시내를 벗어나면서 큼직한 사리아 홍보판이 보이고, 곧이어 고목 같은 도
토리나무 군락이 제일 먼저 반겨준다. 이제 도토리나무는 언급하고 싶지 않
을 만큼 자주 마주치고 있다. 여기는 사과나무가 참 많은 지역인 모양이다.
가로수가 사과나무이고, 농장 경계에도 심겨 있다. 9시경까지 운무 때문에
시야가 별로 좋지 않았지만, 도토리나무와 자작나무로 우거진 터널이 계속

되고 있다는 것은 알 수 있다. 9km 지점 페루스카요Peruscallo 인근에 가면 터널 속을 빠져나오는 느낌이 들면서 넓은 옥수수밭이 나타나고, 멀리에는 풍력발전기도 보인다.

도토리나무 터널

12km 지점 모르가데Morgade에서 30여 분 휴식을 취하고 출발했다. 뒤를 돌아보니 11시인데도 운무가 아직 걷히지 않고 있다. 아직도 산 속에 있음을 알 수 있다. 가끔 농경지가 나오고, 앞이 확 트여도 산을 벗어나지는 못한 것이다. 요즘엔 이정표를 자주 만난다. 갈리시아 지방에는 500m마다 산티아고까지 남은 거리를 알려주는 표지석이 서 있기 때문이다.

13.5km 지점 페레이로스Ferreiros 마을 인근에 100km 남았다는 이정표가 있다. 많은 사람이 사진을 찍느라 붐빈다. 인근 알베르게에서는 100km 기념으로 스탬프도 찍어준다. 표지석은 얼마나 많은 사람이 만지고 또 만졌는지 숫자가 잘 보이지 않을 정도로 닳아있다. 25일간 700여km를 걸어온 것이다. 고생한 내 다리에 박수를 보낸다. 버티어준 허리에도 감사의 마사지를 해준다. 다들 고생 많았다.

기분이 묘하다. 많이 걸었다는 뿌듯함과 함께 너무 빨리 와버린 것 같아 아쉬운 마음이 들기도 한다. 누군가는 이 길을 걷고 인생이 바뀌었다는데 난 뭐가 바뀌었을까? 뭘 얻어 갈까? 궁금하면서 걱정이 되기도 한다. 꼭 뭔가를 얻을 것이라는 기대는 하지 않았으면서도 아쉬움이 있는 건 어쩔 수 없는 욕심 때문인가 보다.

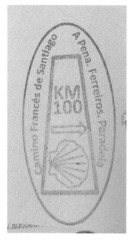

100km 남은 페레이로스 바에
서 찍어주는 세요

17.5km 지점 메르카도이로Mercadoiro 바에서 한국 식품을 판다는 안내판을 보니 눈이 확 뜨인다. 햇반, 카레, 된장국 등을 샀다. 젊은 친구들도 라면을 몇 개 샀다. 고생한 내 몸에 호강 좀 시켜주고, 다른 친구들도 좀 먹게 하고 싶다. 오늘 저녁은 내가 준비해 주어야겠다. 여기 온 김에 모두에게 이베리코나 실컷 먹게 해주련다.

메르카도이로를 지나면서 앞이 트이는 곳이 점점 많아진다. 소나무 인공조림지를 지나 앞이 트이면서 멀리 마을이 보인다. 20km 지점 빌라차Vilacha를 지나고 넓은 들에 밀밭, 옥수수밭이 보인다. 낮은 야산과 들판을 지나 갈리시아에서 제일 크다는 미뇨강Rio Mino을 건너면 오늘 목적지인 포르토마린이다.

미뇨강을 건너 포르토마린으로

멀리서 바라본 포르토마린은 한눈에 봐도 인위적인 계획도시임을 알 수 있다. 도로나 주택 등 도시가 잘 정비되어 있고 깨끗하다. 강을 막아 만든 커다란 저수지를 가로지르는 긴 다리를 건너면 반듯한 도로와 신축한 건물들이 나타난다. 지금까지 자주 보던 돌다리가 아닌 현대식 대교라 그런지 왠지 낯설다. 저수지를 막으면서 수몰되려던 지역이었는데, 주택과 성당 등 마을 전체를 이곳 산으로 옮겨왔다고 한다.

높다란 계단을 올라 알베르게로 향했다. 원래 가려던 아쿠아 포르토마린이라는 알베르게는 방이 없다며 다른 알베르게(Ultreia Habitaciones, 10유로)를 소개해준다. 이곳도 시설이 좋고, 특히 전망이 좋아 강추하고 싶은 곳이다. 짐을 풀고 우선 마트에 가서 찬거리를 준비했다. 점심은 각자 알아서 먹고, 저녁은 된장국과 이베리코를 먹기로 했다. 아쉽게도 마을이 크지 않아 마트에 이베리코는 없다고 한다. 하는 수 없이 일반 돼지고기로 바꿔 준비했다. 인구가 1,500여 명이라는데 마트가 너무 아담하다.

추석을 앞두고 있어 삼겹살, 된장국, 야채 쌈 등으로 준비했다. 먼 이국땅에서 맞이하는 추석이지만 마음만은 고향 산천을 향한다. 성묘하지 못한 아쉬움을 내일 들르는 성당에서 대신해야겠다. 식사 후 선배 부부가 와인을 준비해 와서 함께 하는 시간은 오늘의 피날레가 되었다. 연세 드신 부부가 함께 걷는 걸 자주 보는데, 정말 보기 좋다. 먼 이국땅에서 이런 좋은 분들을 만나는 것은 덤이려니 생각하고 있다.

식사 후 산책하는데 여기서도 보름달은 정말 크고 아름답다. 고향 친구들 생각이 많이 난다. 추석 전날 저녁은 죽마고우 열 명이 만나는 정기 모임 일이다. 20대 한창 젊을 때 정해놓은 날짜다. 고향을 떠난 친구들도 있어 참석이 어려울 수 있지만 날짜를 바꾸지 않고 있다. 그걸 핑계로 고향에 한 번이라도 더 올 수 있지 않겠느냐며 고집하고 있다. 내가 빠진다고 올해는 건너뛰자고 한다. 모두 저 달을 바라보며 지난 추억을 되새기고 있겠지?

포르토마린

명절이면 대가족이 함께 모이는 처가 식구들이 생각난다. 우리 부부는 막내와 막내의 만남이다. 나는 4남 3녀 중 막내이고, 아내는 1남 7녀 중 일곱째다. 누나가 궁합을 보더니 아주 좋다고 한다. 막내와 막내의 만남이니 당연하다 생각했다.

자매들끼리는 큰 처형을 중심으로 자주 모인다. 국내 여행 간다고 모이고, 해외여행 간다고 모인다. 맛있는 것 같이 먹자고 모이고, 어려운 일 생기면 함께 해결한다. 주변에서 시샘할 정도로 우애가 좋은 게 우리 처가 식구들이다. 이런 분위기가 될 수 있는 배후에는 장인, 장모님의 역할이 참 컸다. 세동리 딸 부잣집 어르신은 그렇게 자식들을 우애 있게 키우셨다.

순례길 팁 : 스틱 활용법

까미노를 걷다 보면 대부분의 사람이 스틱을 가지고 다닌다. 그런데 사용법을 정확히 알고 이용하는 사람은 많지 않은 것 같다.

유튜브에 관련 동영상을 보면 기본적인 사용법은 알 수 있다. 스틱을 이용해 다리의 부담을 줄여주고, 걷는 속도도 빠르게 할 수 있는 방법을 알면 훨씬 유용하다. 기본적인 스틱 사용법은 유튜브를 참고하기 바란다. 내가 사용했던 스틱 활용법이 다른 순례자들에게도 도움이 되었으면 좋겠다.

스틱을 사용할 때는 두 가지를 염두에 두어야 한다. 하나는 팔을 활용해 다리의 부담을 줄여주는 것이고, 다른 하나는 보행속도를 빠르게 하는 것! 먼저 스틱을 사용하는 이유를 정확히 알고 있어야 한다. 오래 걷다 보면 가장 고생하는 신체 부위는 당연히 다리다. 이때 놀고 있는 부위가 하나 있다. 바로 팔! 다리는 엄청 고생하고 있지만, 팔은 한가하게 놀고 있다. 놀고 있는 팔을 활용해, 고생하는 다리의 부담을 줄여주는 것, 그것이 스틱 활용의 핵심이다.

스틱은 일단 시계추처럼 자연스럽게 움직이게 잡을 수 있어야 한다. 연습하면 금방 익숙해진다. 스틱을 자연스럽게 잡고 걸으면 스틱이 발 앞에 찍히게 되는데, 몸이 앞으로 가면서 스틱과 몸이 일직선이 되었을 때 팔로 스틱을 밀면서 앞으로 나아가면 된다. 밀 때 길게 쭉 밀어주어야 한다. 이런 부분은 말로 설명하기 힘들다. 감을 느끼면서 익혀야 하기 때문이다.

스틱에 힘을 주면서 앞으로 나아가는 연습은 약간 오르막 경사로에서 하면 쉽게 숙달된다. 그 느낌으로 평지에서 연습하면 속도를 낼 수 있는 주법이 가능해진다. 국내에 있을 때는 속도 내는 방법을 이론적으로만 알고 있었다. 실제 사용할 일이 없었기 때문이다. 이번에 순례길을 걸으면서 완전히 숙달되었다. 핸드폰 충전 때문에 일행을 먼저 보내고, 40여 분 늦게 출발하여 15㎞쯤 가서 따라잡았다. 스틱을 활용한 빠른 주법 때문에 가능했다. 아침 식사와 스트레칭 때문에 늦게 출발할 때도 마찬가지로 스틱 활용이 필요했다.

메세타 평원 같은 길은 빨리 걷는 편이 낫다. 그 기나긴 평원을 느리게 가면 덥고 힘들다. 그런 곳에서 이 주법을 활용했다. 하루에 37~41㎞씩 걸은 날이 여러 번 있었다. 그렇게 걷고도 끄떡없이 다음날 또 걸을 수 있었다. 이는 팔을 활용해 다리의 부담을 최대로 줄여주면서 걸었기 때문에 가능했던 것이다. 환갑이 넘은 내 나이에 이 주법이 상당히 도움이 되었다.

스틱은 내 친구

순례길은 빨리 걷기 위해 가는 것은 아니다. 그러나 가끔 빨리 가야 할 때가 있다. 그래야 같이 가는 일행들에게 민폐가 되지 않는다. 가능하면 발에 부담을 줄이면서 가야 한다.

우리가 매일 쓰는 핸드폰도 잘 활용하면 스마트폰이지만, 그러지 못하면 돈 먹는 하마라고 한다. 스틱도 잘 활용하면 보물이 되지만, 그렇지 않으면 짐이 될 뿐이다. 넘치는 의욕만으로 순례길을 완주하기는 쉽지 않다. 까미노를 걸으면서 가장 안타까운 건 부상이나 체력 때문에 포기하거나 건너뛰는 사람을 만날 때다. 순례길 떠나기 전에 배낭 짐 꾸리는 법, 배낭 메는 법과 함께 스틱 활용법을 꼭 익혀서 가라고 권하고 싶다.

곤사르에서의 비상 상황 (9월 13일)
포르또마린 ~ 팔라스 데 레이
(Portomarin ~ Palas de Rei)
25km

27일차

오후 기온이 30도 이상 오를 예정이라서 일찍 출발하기로 했다. 이런 날은 가능하면 오전에 걷는 걸 마무리해야 한다. 어둡고 운무가 심해 앞이 깜깜하다. 8시경 큰 도로 옆을 지나면서 보니 농경지와 임야가 반반 정도 되고, 도로변은 온통 옥수수밭이다.

8.5㎞ 지점 곤사르Gonzar에서 휴식을 취하기 위해 바에 들렀다. 그런데 비상 상황이 발생했다. 어제부터 세정이의 몸 상태가 좋지 않았다. 젊은 혈기로 꾸역꾸역 따라오더니, 결국 걸을 수 없는 상태가 되어버렸다. 그동안 약으로 버텨왔는데 한계에 다다른 것이다. 혈색은 창백하고, 몸은 축 늘어져 더는 갈 수 없어 보인다. 병원이나 약국이 있는 큰 도시로 가야 한다. 택시를 불러 오늘의 목적지인 '팔라스 데 레이Palas de Rei'로 먼저 보냈다.

혼자 보내기 안쓰럽다고 도영이가 같이 타고 가겠단다. 이제 얘들은 서로 남남이 아니라, 형제자매처럼 서로 돕고 안쓰러워한다. 뭉클한 마음에 눈물이 나려 한다. 둘째 딸과 둘째 아들을 보내고, 큰딸과 큰아들 셋이 걷는다. 항상 넷이 걷는 모습만 보다가 둘만 걸어가는 모습을 보니, 왠지 짠하고 허전하다. 그동안 순례길에서 자주 보던 택시 전화번호 광고가 왜 필요한지, 왜 그렇게 많은지 이제야 알 것 같다.

곤사르를 출발해서 가는데 아직도 운무가 심하다. 운무 속에서 일하고 있는 사람들이 보인다. 한쪽에서는 트랙터로 밭을 갈고 있고, 한쪽에서는 돌을 줍고 있다. 아마 뭔가 새로운 작물을 심을 모양인데 이렇게 사람들이 함께 일하는 모습은 처음 본다. 그동안 종종 트랙터로 일하거나 농약 치는 모습은 봤지만, 사람들이 직접 일하는 모습은 처음이라 흥미롭게 쳐다보았다.

운무가 심한 날 아침

운무가 걷히는 듯싶더니만 다시 심해진다. 9시경 해는 떠 있는데도 운무는 계속 걷히지 않고 있다. 9시 30분경이 되니 운무가 약해지기 시작하면서 주변에 농경지와 숲이 많고 큰 나무도 많은 지역이라는 것을 알 수 있다. 가로수는 소나무에서 시작해 도토리나무, 자작나무로 이어진다. 갈리시아 지역은 한 종류의 가로수가 연속되는 것이 아니고 여러 수종이 번갈아 나타난다. 레온주에서 플라타너스나 포플러나무가 연속되던 모습과는 완전히 다르다. 스페인에서는 가로수로 심는 수종이나 식재 방법이 지역마다 확실히 차이가 있다.

16.5㎞ 지점 리곤데[Ligonde]에서 휴식을 취하고 있는데 외양간에서 사육하고 있는 소들이 보인다. 우리나라에서는 자주 보던 광경인데 여기 와서는 처음이다. 한 곳은 육우이고, 또 한 곳은 젖소다. 좁은 공간에 소를 몰아넣고, 열을 지어 여물을 먹이는 모습이 우리네 축산농가와 똑같다. 수십 마리로 보이는데 이 정도 규모면 우리나라에서는 부농은 아니더라도 중간 정도는 될 것 같다. 여기서는 어떨지 궁금해진다.

며칠 전 곤포 사일리지를 보고 이런 방식의 축산농가가 있을 거로 생각했는데 드디어 확인한 셈이다. 스페인에서는 소를 기를 때 동쪽 지방에서는 방목을, 서쪽 갈리시아 지방에서는 우리처럼 집단사육을 하고 있어 사육방식이 다르다는 걸 알 수 있다. 지역에 따라 주된 농작물이 다르고, 가축을 기르는 방식도 많이 다른 것 같다.

갈리시아 지방의 시골 풍경은 전반적으로 아주 정겹게 느껴진다. 산길과 들길을 걷다가 간간이 볼 수 있는 아담한 마을, 크고 작은 들판, 울창한 수풀과 쭉쭉 뻗은 나무들이 우리네 시골 풍경과 닮아서 그런 모양이다. 소나무, 전나무, 자작나무, 도토리나무 등 우리와 비슷한 종류의 나무도 많다. 이런 와중에 한 가지 힘든 게 생겼다. 아마 갈리시아 지방의 특징인 것으로 보인다. 지금까지 없었던 가축 부산물이 사방에 널려있다.

소 사육 축산농가

피레네산맥을 넘어 나바라, 라리오하 지역을 거쳐 레온에 올 때까지 방목하는 목장은 가끔 보았지만, 여기처럼 축사에서 가축을 기르는 곳은 없었다. 집단 사육하는 가축은 대부분 육우와 젖소인데 쇠똥 냄새가 진동한다. 어떤 곳은 길바닥에 쇠똥이 천지다. 가끔 소 떼를 만나는데 수십 마리가 지나가고 나면 질퍽한 길로 변해버린다.

비가 온 뒤에는 더욱 힘들다. 그걸 피하느라 요리조리 걷는 앞사람을 보면 얼마나 우스운지 모른다. 시골에서 이런 걸 많이 접한 나도 힘든데 도시 생활만 한 사람들은 더 힘들 수도 있겠구나 싶다. 그래도 쇠똥이어서 이 정도지, 돼지똥이 아니길 천만다행이다.

'왕의 궁궐'을 의미하는 팔라스 데 레이에 도착했다. 왕족과 귀족들이 선호하던 곳이라고 한다. 과거 순례자가 늘어나면서 번창한 도시였지만, 지금은 주민이 3,400여 명에 불과하다. 도시 입구에 들어오면 우리가 묵을 알베르게 (Outeiro, 10유로) 간판이 크게 보인다. 시설이 좋고 아주 깨끗하다. 여유 공간이 많고 편리해서 강추하고 싶은 곳이다.

알베르게에 들어갔더니 일찍 도착한 도영이가 가지각색의 재료를 넣은 붉은색 샌드위치를 만들어 놓았다. 둘째 딸의 정성이 가득한 점심을 맛있게 먹을 수 있어 행복한 날이다. 직접 만들면 바에서 파는 것과는 질이 다르다. 똑같은 샌드위치인데도 사용하는 재료에 따라 맛이 이렇게 다른 걸 보면 재료의 중요성이 얼마나 큰지 알 수 있다.

제일 먼저 쉬고 있는 세정이 얼굴을 살펴보았다. 조금 나아졌다고는 하나 아직도 상태가 좋지 않아 보인다. 창백한 혈색만 약간 나아졌을 뿐, 처음 만났을 때의 밝은 얼굴이 전혀 아니다. 식사 준비에서는 배제하고 쉬도록 했다. 빨리 회복해야 할 텐데 걱정이다. 외국에서 돌아다닐 때 가장 힘든 것이 몸이 안 좋을 때다. 몸이 아프면 만사가 귀찮고 힘들다. 그걸 알기에 최대한 빨리 회복되도록 해야 한다. 일단 쉬게 하고 회복상태를 지켜보기로 했다.

도영이가 만든 샌드위치

오늘 저녁도 진수성찬이다. 같은 알베르게에 들어온 한국인 네 명이 합류해서 아홉이 같이 준비하니 각자 주특기들이 나온다. 순례길을 두 번째 걷는다는 명철이라는 학생이 호박전, 가지전과 계란탕을 했는데 추석에 딱 맞는 음식이라서 더욱 빛을 발한다. 혼자 돌아다니면서 음식을 많이 만들어본 것이 틀림없다. 요리 하나하나가 정말 맛있다.

지금까지 음식을 별로 만들지 않던 아름이가 닭볶음탕을 했는데 오늘의 최고 인기 메뉴가 되었다. 이런 요리 실력을 갖추고도 그동안 아무것도 만들지 않은 이유를 모르겠다며 이구동성으로 아름이를 공격한다. 맛에 자신이 없어서 만들지 않았다고 변명해도 그 원성은

오늘 저녁은 진수성찬

여전하다. '아름아, 너 당장 시집가도 시아버지한테 이쁨받겠다.'라고 거들며 만찬을 즐긴다. 음식 준비에 동참하지 못한 친구들은 와인을 사 와서 흥을 돋우고, 나이가 지긋한 명운 씨와 내가 마지막 설거지로 마무리한다. 먼 이국땅에서의 인연은 이래서 더욱 끈끈해진다.

오늘 밤 마을에 큰 행사가 있어서 시끄러운 걸 감수해야 한단다. 얼마나 시끄러울지 앞쪽 방은 아예 사람을 받지 않았다. 무대 설치하는 현장을 보니 간단한 행사가 아닌 것 같다. 가수들 공연할 때 설치하는 무대와 음악, 음향시설이 상당히 넓게 퍼져있고, 대형 스피커까지 설치되어 있다. 내일은 좀 멀리 가는데 잠을 설치지 않길 바랄 뿐이다.

순례길 이야기 : 스페인 케일을 보면서

길을 가면서 식물들을 자세히 관찰하곤 한다. 평생 환경 관련 일을 하다 보니 관심이 많다. 케일이 스페인의 기후조건을 대변하고 있는 것으로 보인다.

케일은 순례길을 걸으면서 가끔 접하는 농작물 중 하나다. 우리에게도 익숙한 케일이지만 모양은 다르다. 저렇게 키 큰 케일을 국내에서 본 적이 없다. 정말 부럽다. 우리도 시설재배에서는 가능할 수 있을 것이다. 저렇게 클 때까지 수확할 수 있는 이곳 스페인의 자연환경이 부럽다. 온실도 아닌 노지에서 저렇게 자랄 수 있다니? 그저 놀라울 뿐이다.

식물은 모두 '생육기간'이라는 것이 있다. 씨를 뿌려서 수확할 때까지의 생육기간은 그 지역의 기후조건에 절대적인 지배를 받는다. 우리나라에서 케일을 봄에 노지에 심으면 여름에 꽃대가 나와서 더는 수확할 수 없다. 식물은 생육하기에 부적합한 환경, 즉 기온이나 일조량이 맞지 않으면 즉시 종족

보존을 위한 활동으로 전환해 버린
다. 그래서 꽃대가 나오면서 수확
량이 한정되는 것이고, 이를 극복
하기 위한 농법으로 시설재배가 도
입되는 것이다.

스페인 케일

우리나라는 노지에 케일을 심으
면 두어 달 수확 후 바로 꽃대가 나
와 버린다. 아마 스페인 케일의 3
분의 1 정도나 자랄까? 차이가 나
도 너무 심하게 난다. 이곳 케일을 보고 처음에는 다른 작물인가 싶었다. 자
세히 보니 확실히 케일이다. 저렇게 크게 자랄 수 있을 때까지 수확할 수 있
다는 것은 농업 생산적인 측면에서 보면 매우 부러운 환경이다. 만약 우리나
라 환경에서 저렇게 기를 수 있는 작물이 개발된다면 그야말로 획기적인 사
건이 될 것이다. 바로 노벨상감이다.

작물의 생육기간이 길다는 건 수확량이 많아진다는 것을 의미한다. 농업
분야 수익과 직결되니 얼마나 중요한 요인인가? 그런 면에서 스페인의 자연
환경은 농업 측면에서 부러움의 대상이 아닐 수 없다. 부지런한 우리 농민들
이 이런 환경에서 농사를 짓는다면 대박 날 것 같다. 스페인의 자연환경! 부
러워도 너무 부럽다. 하찮게 보일 수도 있겠지만 그 부러움이 나에겐 긴 여운
으로 남는다.

멜리데에서는 뽈뽀를 먹자 (9월 14일)
팔라스 데 레이 ~ 아르수아 (Palas de Rei ~ Arzua)
29.5km

어젯밤 야외 음악 소리가 시끄러울까 걱정했는데 잠을 자는 데는 전혀 지장이 없었다. 처음에만 약간 신경이 쓰이고 금방 잠들었기 때문이다. 지금까지도 계속 그랬다. 다른 순례자들 코 고는 소리 때문에 걱정을 많이 했는데 그 역시 잠자는데 아무 문제가 되지 않는다. 까미노를 걸으면서 잠을 너무 잘 잔다. 20~30㎞ 걷고 나면 몸이 피곤해서인지 웬만한 소음에는 무감각하다.

챙겨온 소품 중에 아직 한 번도 쓰지 않은 것이 하나 있다. 바로 귀마개! 많은 순례기에서 챙겨가라고 해서 가져왔는데 아무 소용이 없다. 빛을 가리기 위한 안대는 깊은 잠을 자기 위해 사용 중이다. 10시만 되면 모든 조명이 차단되지만, 여기저기 불빛이 남아 있기 때문이다. 그 불빛 때문에 잠을 설치는 건 아니지만, 깊은 잠을 자기 위해 사용하고 있다.

아침에 일어나 제일 먼저 세정이 상태를 살펴보았다. 몸이 충분히 회복되어 거뜬하게 걸을 수 있다며 오히려 우리를 안심시킨다. 젊으니까 다르긴 다르다. 어젯밤에만 해도 어려울 수도 있겠다 싶었는데 정말 다행이다. 오늘은 거리가 있어 좀 서둘러 출발했다. 달이 곧 서산으로 넘어갈 듯하다. 한쪽에서는 일출이, 한쪽에서는 월몰이 동시에 일어나고 있다.

6km 지점 카사노바Casanova를 지나면서 앞이 보이기 시작하는데 대부분 산이다. 산과 산 사이, 나무와 나무 사이에 농경지와 목장이 간간이 보인다. 9.5km 지점, 레보레이로Leboreiro를 지나 30여 분 가면 왼쪽에 웨버Weber, 누트리포Nutripor라는 큰 간판이 붙은 공장이 보인다. 공장지대인 모양이다. 그동안 까미노를 걸으면서 공장은 거의 보지 못했는데 이런 간판을 보니 무척 낯설다.

13.5km 지점에서 숲길을 따라 내려가 푸렐로스강Rio Furelos을 가로지르는 중세의 원형 다리를 지나면 바로 작은 성당이 있다. 먼저 가신 내 사람들과 내 주변의 모든 이들을 위한 기도를 드렸다. 모두 마음이 통했는지 뒤따라 들어와 기도한다. 이곳이 '팔을 뻗은 예수상'이 모셔져 있는 푸렐로스Furelos의 '산 후안 성당'이라는 것은 나중에야 알게 되었다.

푸렐로스의 산 후안 성당

성당을 보는 순간 들어가고 싶은 충

동이 강하게 일었다. 곧바로 들어가 기도하고 나왔는데 그게 중세 시대 기적을 일으켰던 성당이었다니. 왠지 아쉬움이 많이 남는다. '미리 알고 갔더라면 좀 더 자세히 보고 나왔을 텐데' 하는 서운한 마음은 어쩔 수 없다. 나를 이끈 그 충동은 무엇이었을까? 다른 친구들을 그쪽으로 인도한 것은 무슨 힘이었을까? 님은 아시겠지. 까미노는 참 묘하다.

아담한 성당에 들러 기도할 때마다 정화수를 떠 놓고 기도하시던 어머니 모습이 떠오른다. 어머니는 돌아가시던 날까지 이른 새벽과 밤늦은 시간에 하루도 빠짐없이 기도하셨다. 기도하실 때 옆에서 지켜보고 있으면 무아지경 상태로 보였다. 기도하시는 중에 무슨 말을 하면 아무 대꾸도 하지 않으시다 끝난 뒤에 묻곤 하셨다. 그만큼 몰입하여 기도하셨으니 그렇게 효험이 있지 않았을까 생각해 본다.

어머니는 특히 나를 위해 기도를 많이 하셨다. 곁에서 듣고 있던 형수들은 다른 아들을 위해서도 기도 좀 해달라고 투정을 부릴 정도였다. 부실하게 태어난 막내에 대한 애정이 과하기도 하셨던 것 같다. 내가 공무원 시험에 합격했을 때 동네 사람들은 하나같이 "어머님의 지극정성이 하늘에 닿았다."고 할 정도였다. 이는 어머니가 기도하시는 모습을 단 한 번이라도 본 사람이라면 부정하지 못할 것이다. 그런 어머니를 그리며 나는 오늘도 이 길을 걷고 있다.

바로 옆에 바가 있어 한참을 쉬었다. 토르티야와 함께 오랜만에 카페 콘 레체를 시켰다. 스페인에서 유명한 커피인데도 커피를 즐기지 않아 가끔 마시고 있다. 오늘은 목에 감기 기운이 약간 있어서 따뜻한 걸 먹고 싶어 주문했다. 커피나 와인을 좋아하는 사람은 스페인이 무척 매력적일 것 같다. 순례자 메뉴를 시키면 빠지지 않는 게 와인이다. 한 병 또는 반병이 따라 나오니 얼마나 좋을까? 커피도 저렴한 가격에 다양하게 즐길 수 있다.

뽈뽀를 요리하는 스페인 요리사

20여 분 정도 걸어서 멜리데Melide에 도착했다. '뽈뽀'라는 문어 요리로 유명한 곳이다. 젊은이들이 인터넷에서 검색해서 유명하거나 의미 있는 것이 나오면 얘기해줘서 그것도 많은 도움이 된다. 이곳에서 문어 요리를 먹지 않고 지나칠 수 없다. 끓는 물에 문어를 넣고 데친 후 싹둑싹둑 잘라서 올리브유와 소금, 파프리카 가루를 치고, 감자와 빵을 곁들여 먹는 음식이다. 뽈뽀는 매우 단순한 음식으로 보인다. 정말 부드러워 술술 넘어간다. 왜 이리 맛이 좋지? 뭔가에 비법이 숨겨져 있음이 분명하다.

프리미티보 길과 만나는 지점이기도 한 멜리데를 지나면 전형적인 농촌 시골길이 계속된다. 18.5㎞ 지점에 있는 라이도Raido를 지나다 수확한 호박을 보았다. 우리나라 호박과는 비교가 되지 않을 만큼 크다. 마치 품평회에서 1등 하려고 나온 호박 같다. 호박 크기는 품종이나 토질 등 여러 요인에 의해 결정되는데, 생육기간이 긴 것도 큰 몫을 할 것으로 보인다.

라이도를 지나 보엔떼Boente 가는 길목에서 복분자 재배하는 걸 처음 보았다. 면적은 그리 넓지 않은데 여기서도 복분자를 재배하는 게 흥미롭게 보인다. 산딸기가 많아 유사한 복분자도 있을 수 있겠다 생각은 하고 있었는데 직접 보니 이제는 용도가 궁금하다. 스페인은 우리와 비슷한 과일이나 채소류

아르수아 가는 길에서 본 커다란 호박

가 참 많은 나라라서 더욱 정감이
간다.

　23.5㎞ 지점 카스타네다Castaneda
에서 휴식하면서 오렌지 주스를 시
켰다. 이쯤 왔을 때 양말을 벗고 발
과 양말도 말려주어야 한다. 30여
분 정도 쉬면서 해주면 충분하다.
발에 물집이 생기지 않도록 하루에 한두 번은 꼭 하고 있다. 사리아 이후에서
는 길에서 참 많은 사람을 만난다. 100여㎞만 걷는 사람들은 마치 소풍 온 기
분으로 가볍게 걷고 있는 것 같다.

　26.5㎞ 지점 리바디소Ribadiso 마을을 지나 작은 언덕에 올라 뒤를 보니 걸
어온 길들이 보인다. 요즘 걷는 길들의 모습을 하나로 대변해주고 있는 듯하
다. 근래 며칠간 걸어온 길들은 주로 산속을 걷다가 크고 작은 농경지가 나타
난다. 그러고는 농경지와 산 사이의 길을 걷고 마을을 지나 다시 산길을 걷는
형태가 반복되고 있다.

갈리시아 농촌 풍경

아르수아Arzua에 도착해서 들어가려고 한 알베르게에 가니, 또 자리가 없단다. 바로 앞쪽 알베르게를 소개해주어 쉽게 들어갈 수는 있었지만, 이틀 연속 원하는 숙소에 가지 못해 아쉽긴 하다. 아르수아는 북부 내륙길과 교차하는 곳으로, 순례길이 발달하면서 성장한 도시라고 한다. 멜리데는 7,500명, 이곳은 6,000여 명 사는 곳이라고 하니 적지 않은 도시들이다. 약국, 은행, 식당과 바도 많고, 슈퍼마켓도 상당히 크다.

저녁은 식당에서 사 먹기로 했다. 세정이가 검색해 보더니 피자를 먹으러 가자고 한다. 느끼해서 내키지 않았다. 밥을 먹고 싶었다. 마침 같은 알베르게에 묵고 있는 명운 씨도 밥을 먹고 싶어 한다. 우리는 피자 대신 된장국, 불고기 볶음 등으로 맛있게 해결했다. 순례길을 걸으면서 같이 행동하다가도 음식이 서로 맞지 않을 때가 종종 있다. 그럴 땐 자기 입맛에 맞추어야 한다. 그런 면에서는 금방 이해해준다.

내일은 산티아고까지 40㎞가 넘는 강행군이다. 마지막은 실컷 걸어보고 싶다. 걷고 싶을 때가 있다. 내가 요즘 그런 상태다. 원 없이 걸어보고 싶은 것 말고는 아무런 욕심이 없다. 원래 계획을 변경해야 할 것 같다. 몸과 마음이 붕 뜬 느낌이다. 몸이 시키는 대로, 마음이 하자는 대로 그렇게 마무리하고 싶다.

양 떼 지키는 할아버지

순례길 이야기 : 스페인에서 자연인으로 살아간다면?

길을 걸으며 가끔 엉뚱한 상상을 해본다. 자연환경이 좋은 이곳에서 자연인으로 산다면 어떨까? 재밌을 것 같다.

우리나라에서 '나는 자연인이다'라는 프로그램이 중장년층에 인기가 많다. 스페인에서도 그렇게 살 수 있을까? 오늘이 28일째인데 지금까지 보아온 걸로 미루어 난 충분할 것 같다. 온 천지에 먹을 것이 널려있다. 자연에서 조달할 수 있는 것이 많고, 자신도 있다. 즉 돈 한 푼 없이 먹고살 수 있겠다는 생각이 든다.

가장 기본이 되는 것이 탄수화물을 섭취할 수 있는 식품이다. 밀 이삭과 밤, 옥수수가 널려있다. 밀의 경우 수확하고 난 밀밭 가장자리, 특히 모서리에 이삭이 많이 남아 있어 그걸 비비면 통밀이 된다. 어렸을 적 시골에서 밀로 껌을 만들어 먹던 기억이 새롭다. 밀을 씹어 먹을 때 완전히 물처럼 될 때까지 씹어야 뒤탈이 없다. 통밀이 좋다는 건 다들 잘 알고 있을 것이다. 현미와 마찬가지로 거의 완전식품에 가깝다고 한다.

호두나무

산길을 걷다 보면 밤도 익어가고 있다. 특히 갈리시아 지방으로 오면서 탐스럽게 익어가는 밤이 무척 많다. 밤은 식사 대용이 가능한 몇 안 되는 과일 중 하나다. 끝도 없이 펼쳐진 옥수수 농장 역시 훌륭한 탄수화물 공급원이다. 그 많은 도토리는 떫은맛만 제거할 수 있다면 이용할 수 있을 텐데 그게 쉽지 않아 아쉽다.

다음은 단백질과 지방 섭취! 산과 들판에 호두와 해바라기가 상당히 많다. 호두는 아직 익지 않았지만, 발로 밟아 깨뜨리면 안에 두 겹의 속살이 나온다. 그중 안쪽 속살만 먹으면 고소하고, 맛이 좋다. 바깥쪽 껍질은 엄청 떫다. 속살 발라내기가 처음에는 좀 어렵겠지만 금방 익숙해진다. 호두는 식물성 단백질과 지방 공급원으로는 최고의 식품이다. 수확기에 접어든 해바라기 농장도 자주 볼 수 있는데 해바라기씨 역시 훌륭한 영양 공급원이다.

그 외에도 과일들이 널려있다. 산딸기는 내가 본 기준으로는 생태교란식물 수준이다. 한라산 조릿대가 과잉 번식으로 문제가 되고 있지만, 약제로라도 이용할 수 있다. 스페인에서 산딸기는 무엇으로 활용할 수 있을까? 모르긴 해도 거의 없을 듯하다. 넝쿨성 산딸기도 많지만, 복분자처럼 관목성으로 자라는 산딸기도 많고, 유사한 종류의 찔레도 많은 걸 보면 이런 종류의 식물이 과잉 번식하고 있는 것 같다.

주인 없는 자두와 복숭아가 널려있고, 과수원에는 떨어진 사과도 많다. 요즘 과일 섭취는 대부분 산딸기로 하고 있다. 질 좋은 산딸기만 골라서 따먹으며 일행과 보조를 맞추고 있다. 젊은 친구들은 질린다고 가끔 먹는데 나는 아무리 먹어도 질리지 않는다.

스페인의 국토 면적은 약 50만㎢로 우리나라의 다섯 배나 된다. 인구는 4,700만 명으로 우리보다 약간 적다. 국토는 넓고, 인구밀도는 낮다 보니 전체적으로 여유롭게 보인다. 먹을거리도 우리보다 훨씬 풍부한 것 같다.

혼자 걷다 보면 온갖 생각이 다 든다. 산속에서 자연을 벗 삼아 노니는 망상도 해본다. 밤에는 무척 추운 게 스페인 날씨다. 메세타 평원이나 높은 산악지역은 초가을인데도 엄청 춥다. 보온만 잘하면 별 어려움은 없을 것 같다. 이 나라에서 자연인으로 사는 것이 우리나라보다 훨씬 더 수월할 수도 있겠다.

할 일이 없다 보니 별생각을 다 하고 있다. 상상은 나의 자유! 저 앞 산골짜기에 움막을 짓고, 텐트도 쳐본다. 스페인에서 자연인으로의 삶! 오늘도 나는 상상의 나래를 활짝 펴고 룰루랄라 까미노를 즐긴다.

널따란 해바라기 농장

**드디어 나의 버킷리스트 1번이
달성되었다! (9월 15일)**

아르수아 ~ 산티아고 (Arzua ~ Santiago)
40km

**29
일차**

마지막이라는 기대감 때문이었을까? 5시경 잠에서 깨어 식사 후 발 테이핑
을 하고 6시 5분에 출발했다. 오늘은 실컷 걷고 싶어 산티아고까지 바로 가
겠다고 얘기하니, 모두 그러라고 응원해준다. 그 정도는 바로 이해해줄 친구
들이란 것을 잘 안다. 이틀 후 산티아고 성당 앞에서 다시 만나기로 하고 출
발이다. 저네들은 산티아고 10㎞ 정도 앞까지만 갈 계획이란다.

오늘 먼저 출발하는 것은 실컷 걷고 싶다는 것 외에 또 하나의 이유가 있
다. 마지막 하루는 혼자만의 시간을 갖고 싶었다. 아는 사람 아무도 없는 길
에서 나 홀로 걸으며 나만의 시간을 갖고 싶었다. 마지막 여정에 홀로 걸으며
마음을 정리하고도 싶었다. 젊은 친구들에게는 미안했지만 하나를 얻으면
하나를 잃는 법, 아픔을 감수하고 홀로 길을 나섰다.

맥주병과 병뚜껑으로 장식한 아름다운 바

6㎞ 지점 깔사다Calzada에서 카페 콘 레체를 한잔하고 나와 8㎞ 지점에 있는 카예Calle를 지나가는데 맥주병으로 장식한 특이한 바가 눈길을 끈다. 병과 뚜껑을 잘 활용했으니 재활용 우수사례라 칭할 수 있겠다. 평생 환경 업무만 해서 그런지 그렇게 보인다. 재밌게 꾸며놓고 순례객들의 눈을 즐겁게 해주니 고마울 따름이다.

29.5㎞ 지점 라바꼬야Lavacolla에 도착했다. 라바꼬야는 '목덜미를 씻는다'라는 의미가 있는 마을이라고 한다. 옛날 순례자들은 산티아고에 입성하기 전에 라바꼬야 강물에서 손과 얼굴을 씻고 몸을 정화한 데서 유래한 것이다. 당시 순례자들이 순례에 임하는 자세가 어떠했는지 짐작이 간다. 여기서는 레스토랑에서 식사했다. 점심을 든든하게 먹기 위해서는 바보다는 레스토랑이 좋다. 야채수프는 맛이 좋았으나 감자와 돼지고기 요리는 영 맛이 없어 감자만 골라먹고 나왔다.

몬테 도 고소

9시간쯤 걸어 산티아고 인근에서 가장 높은 언덕, 몬테 도 고소^{Monte do} Gozo에 올랐다. '기쁨의 언덕', '환희의 언덕'이라 불리는 고소에서 멀리 산티아고의 전경을 내려다보았다. 약간 흐릿한 날씨지만 대성당의 첨탑은 선명하게 보인다. 그걸 보는 순간, '드디어 내가 여기까지 왔구나.' 실감이 난다.

고소에서 산 라자로^{San Lazaro}를 지나 산티아고로 들어가는데 도시가 서로 연결되어 있다. 걸어가는 길바닥이 커다란 돌로 구성되어 중후한 느낌을 준다. 중세 시대 도로라는데 규모가 대단하다. 대성당 주변까지 계속 시가지를 걸어야 해서 약간은 지루한 감도 있다. 오브라도이로^{Obradoiro} 광장에 들어서는 순간, 수많은 순례객이 광장 여기저기에 모여 있다.

광장에서 바라본 대성당은 좌우로 대칭을 이룬 뾰쪽한 첨탑이 장관을 이룬다. 아쉽게도 대성당은 공사가 한창 진행 중이다. 내일 정오 미사에서 기대했던 보타푸메이로^{Botafumeiro}는 볼 수 없게 되었다. 기다란 줄에 달린 커다란 향로의 향이 진동하는 순례자 미사는 상상 속에서 만족해야 한다. 아쉽지만, 프란체스코 성당 미사로 마음을 달래야 한다.

마지막 날, 산티아고 대성당에 도착했을 때의 감흥은 순례자마다 각양각색인 듯하다. 어떤 사람은 울부짖고, 어떤 이는 눈물을 흘리고, 또 어떤 이는 아무런

산티아고 데 콤포스텔라 대성당

감흥도 없이 덤덤하다고 한다. 오늘도 까미노를 마친 수많은 사람의 표정이 아주 다양하다. 무릎 꿇고 기도하는 사람, 배낭을 베고 누워 있는 사람, 성당을 바라보며 기도하는 사람, 서로 부둥켜안고 울고 있는 사람, 좋아서 펄쩍펄쩍 뛰는 사람. 나는 벽에 기대어 성당에 세워진 성인들을 바라보며 감사의 기도를 올렸다. '완주할 수 있게 해주어 감사합니다.'

어떤 사람은 순례를 마치고 산티아고 대성당 앞 광장에 들어서는 순간을 천국의 문에 들어서는 것 같은 느낌이라고 얘기한다. 그 감성을 정확하게 표현할 수 있는 단어는 없는 듯하다. 성스러운 곳에서만 감지할 수 있는 오묘한 느낌이랄까? 광장에 앉아 성당을 바라보고 있으면 마치 갓난아이가 엄마 품에 푹 안기는 것처럼 포근함을 느낀다.

산티아고 데 콤포스텔라! 드디어 나의 버킷리스트 1번이 달성되었다!

산티아고의 중세 도로

산티아고는 갈리시아 지방의 수도이자, 역사의 도시라고 한다. 대성당을 포함하여 도시 전체가 유네스코 세계문화유산으로 지정되었을 만큼 값진 지역이다. 도심지역 전부가 세계에서 가장 완벽하게 보존되어 있는 중세 시대 도시다. 오브라도이로 광장에 들어올 때까지 거치는 도심지를 보면 도로나 건물들이 모두 고풍스러운 느낌을 물씬 풍긴다. 도로 바닥을 보면 더욱 그렇다.

내일 오전에 인증서를 받은 후에 정오

미사에는 꼭 참석할 계획이다. 여기까지 와서 그것만은 하고 가야 한다. 젊은 친구들도 정오 미사에 참석하려고 5㎞ 인근까지 와 있단다. 산티아고 입성을 따로 하게 되어 매우 아쉽다. 30여 일간 온갖 희로애락을 같이한 보물 같은 인연들인데 미안하기도 하다. 내일은 함께 미사에 참석하고, 맛있는 거 먹으러 가자꾸나.

순례길 이야기 : 나는 완전히 순례자 모드로 변해 버렸다

산티아고에 들어오면서 만감이 교차한다. 참 묘한 느낌이다. 뭐라고 딱 잘라 표현하기가 정말 힘들다. 목표로 한 목적지에 도달한 성취감이라 할 수도 있고, 이루어야 할 목표를 달성한 뒤의 허무한 감정이라 할 수도 있겠다.

정면에서 바라다본 산티아고 대성당

어렵게 목표에 도달한 성취감과 너무 쉽게 끝나버린 것 같은 허망한 감정도 함께 느껴진다. 산티아고 성당 앞 광장에 앉아 성당에 세워진 성인들을 바라보면서 멍하니 한참을 서 있었다. '나라는 사람이 이 자리에 앉아 님들을 바라볼 수 있다는 그 자체가 커다란 영광입니다.'라고 속삭여본다.

산티아고에 입성할 때의 묘한 감정은 『느긋하게 걸어라』의 저자 조이스 럽이 비교적 상세히 기술하고 있다.

> "처음 출발할 때는 누구나처럼 마지막 날을 기다려 왔고, 순례를 완수하기를 고대해 왔다. 그런데 막상 산티아고에 들어서면서 카미노가 끝난다는 생각을 도저히 감당할 수 없었다. 물리적인 부분은 끝났다. 하지만 영적인 부분은 이제야 뿌리를 내리려는 참이라며 위안하려 했지만, 그것도 쉽지 않았다. 며칠 후 귀국 준비를 하면서부터 겨우 슬픔이 줄었다."

처음 이 글을 읽을 때는 그 뜻을 이해하지 못했다. 산티아고에 들어서면서야 겨우 고개가 끄떡여진다.

여행자 모드로 가볍게 시작한 여정이 피레네를 넘고, 용서의 언덕을 지나면서 점점 순례자 모드로 바뀌어 갔다. 메세타 평원을 걸으며 더 많은 생각을 하게 되고, 철의 십자가를 오르면서 나는 완전한 순례자 모드로 변해 있었다.

내가 왜 이 길을 걷고 있지? 무엇이 이토록 나를 여기에 오게 했지? 지치지 않는 이 힘은 어디서 나오는 거지? 이 길의 끝에 서면 난 어떻게 변해 있을까? 무엇을 얻어 가게 될까?

부질없는 욕심이란 걸 알면서도 그런 생각들이 떠나지 않는다. 산티아고에 도착할 무렵이면 어렴풋이나마 뭔가 집힐 것 같았는데 아직은 아무것도 없다. 누군가처럼 순례가 끝나고 몇 달, 몇 년 후에 찾아올 수도 있을까? 가벼이 시작한 여정이 점점 더 무거워지는 것 같아 무척이나 혼란스럽다.

이 길의 끝에서 가만히 생각해 보니 어떤 대단한 깨달음이나 특별한 대답은 없다. 눈에 띄는 커다란 변화를 경험하진 못했다. 파울루 코엘류와 같이 인생을 바뀌게 할 만한 변화는 더욱 없었다. 하지만 확실한 건 무언가 말로 표현하기 어려운 잔잔한 변화는 느낄 수 있다. 숨겨진 나를 보면서 자신감도 생겼다. 조금은 달라진 나를 보며, 앞으로 마음껏 나아갈 수 있을 것 같다.

까미노를 걷는 동안 가슴 속 응어리를 떨쳐버리려는 몸부림이 나를 전율케 했다. 흐르는 눈물 속에 가슴은 텅 비어져 갔다. 폭풍처럼 쏟아지는 눈물을 흘리고 나면 속이 후련해진다. 그러한 과정에 비우려는 응어리들이 날아갔는지는 알 수 없다. 나도 모르겠다. 누군가는 그랬다. 용서라는 건 신의 영역이라고, 인간은 다만 이해할 뿐이라고.

이번에 까미노를 걸으면서 이상한 변화가 왔다. 하루에 40여㎞를 몇 번 걸었더니 20여㎞를 걸으면 걸은 것 같지 않다. 30여㎞를 걸으면 조금 걸은 것 같이 느껴지고, 오늘처럼 40여㎞는 걸어야 걸었다 싶어진다. 피곤함도 별로 없다. 지금의 상태를 정확히 표현할만한 단어는 떠오르지 않는다. 약간은 붕 떠 있는 기분이다.

애초 계획은 산티아고까지 걷고, 남은 시간에는 세비아와 그라나다를 관광하고 갈 계획이었다. 하지만 지금 관광하고 싶은 생각은 완전히 없어져 버렸다. 오직 더 걷고 싶은 욕망만 남아 있을 뿐이다. 여기서 하루 쉬다가 피스테라와 묵시아를 돌고 갈 계획이다. 120㎞쯤이니 출국 전까지 충분할 것 같다.

왜 이렇게 변했는지는 나도 모르겠다. 몸이 하자는 대로, 마음이 시키는 대로 그냥 따라갈 뿐이다. 마라톤을 뛰다 보면 '러너스 하이Runner's High'가 온다. 뛰면서 생기는 희열감 같은 것이다. 풀코스를 다섯 번 뛰면서 잠깐씩 느꼈었다. 걷기에도 그런 것이 있다는 얘기는 당시에는 몰랐다. 순례기를 읽으면서 다른 사람들도 그런 걸 경험했다는 것을 알았다. 그 느낌도 러너스 하이처럼 사람마다 다른 것 같다.

워킹 하이Walking high! 나는 지금 러너스 하이와 유사한 뭔가의 상태에 와있다. 누군가의 순례기에서 '까미노 병, 까미노 중독'이라는 말을 사용했던데 그게 이런 건가? 혼란스럽다. 아무튼 더 걷고 싶은 생각 외에는 다른 어떤 욕망도 느끼지 못한다. 기분은 붕 떠 있고, 몸은 가볍다. 그냥 가는 데까지 가보련다. 가다 보면 끝이 나오겠지. 그런데 지금 내가 걷기 중독에 빠진 건가?

산티아고에서의 하루 (9월 16일)

오늘은 휴식이다. 고생하고 온 나에게 보상이 필요하다. 먼저 순례길 완주 증명서를 받으러 가야 한다. 8시에 시작이라 7시경부터 줄을 서야 일찍 받을 수 있다. 아침 식사는 라면수프에 달걀을 넣어 국을 만들어 먹었다. 아침으로는 이게 최고다. 여기 음식은 느끼해서 더는 먹기 힘들다.

순례자 사무실 앞에 7시 5분경 도착했는데도 번호표가 39번이란다. 8시 문을 열 때 보니 내 뒤로도 사람들이 매우 많다. 어제가 일요일이라 일찍 끝내서 오늘 이렇게 순례자가 많다고 한다. 요일 개념이 사라진 지 오래다. 오늘이 무슨 요일인지도 모르고 있었다.

인증서 받을 때의 기분은 정말 날아갈 듯하다. 인증서를 작성하기 전에 5분여 동안 확인차 이것저것 물어본다. 마치 취직시험 볼 때 면접시험 치르는

인증서를 받으려고 줄을 선 순례자들

기분이다. 나에게는 비교적 수월하게 준다. 아마 내 수염이 완주 증명으로 보였을 것이다. 한국에서 출발한 이후 수염을 한 번도 깎지 않았다. 생전 처음으로 길러도 볼 겸 자르지 않고 있다. 한 달 이상 기르면 어떤 몰골일까? 스스로 궁금하기도 했다. 순례 중에 면도하느라 시간을 빼앗기고 싶지도 않았다. 배낭 무게를 줄이기 위해서도 면도기는 제일 먼저 제외했다.

완주를 증명하는 증서, '콤포스텔라'를 받았다. 거기에는 출발지와 도착지, 거리와 날짜, 그리고 내 이름이 기록된다. 마라톤 완주 후 메달과 완주증을 받을 때도 무척 기분이 좋다. 그러나 지금은 그때와는 비교가 되지 않는다. 이 어려운 것을 해냈다는 뿌듯함이 나를 행복하게 한다. 이걸 받으려고 이렇게 힘들게 걸었나 싶기도 하다. 완주증을 받으면서 받는 희열과 감동이 산티아고 순례길의 매력 중 하나다. 내 인생 첫 번째 버킷리스트는 이렇게 완성되었다.

젊은 친구들에게 연락해 보니 10시경 도착 예정이란다. 성당을 먼저 들르느라 10시 30분경 순례자 사무실 쪽에서 만났다. 모두 반가워 얼싸안으며 서로를 위로하고 격려한다. 고생했다, 축하한다, 그동안 고마웠다. 너희들 덕분에 즐거운 순례길이었노라며 한 사람 한 사람씩 격한 포옹을 했다. 얼싸안으며 하는 인사말은 진심이 가득한 서로에게 하는 응원이다. 이 세상에 이보다 더 진심이 담긴 인사와 포옹이 또 어디 있겠는가? 꼭 껴안고 등을 다독이며 한마디 한마디 할 때마다 내 모든 진심을 다 전해주고 싶었다. 또 눈물이 난다. 이건 무슨 눈물이지?

내가 받은 콤포스텔라

정말이지 나는 얘들 덕분에 정말 많은 도움을 받으며 무사히 순례를 마칠 수 있었다. 출발지 생장에서 우연히 만나 도착지 산티아고 광장에서 끝나는 오늘까지 같이 있게 될 줄은 꿈에도 생각지 못했다. 서로의 속도가 다르고, 몸 상태도 다르다. 같이 출발했다 하더라도 끝까지 같이 간다는 건 거의 있을 수 없는 일이다. 그런데 우리는 다섯 명 모두 산티아고에서 다시 만났다. 한 사람도 낙오하지 않고, 끝내 우리는 해냈다. 다들 너무나도 잘 견뎌주었다. 흔치 않은 인연이라 생각된다.

요리 잘하는 둘째 아들 세정이 덕분에 잘 먹을 수 있었고, 닭볶음탕 잘하는 큰딸 아름이 덕에 포식할 수 있었다. 분위기 잘 띄우는 작은 딸 도영이 덕분에 더 웃을 수 있었고, 듬직한 수장 역할을 잘해준 큰아들 재호 덕분에 내 시간을 더 많이 가질 수 있었다. 믿음직하고 사랑스러운 내 아이들이다.

오랫동안 꿈꾸어왔던 산티아고 순례길. 800㎞ 대장정을 오직 두 발로만 걸어서 왔다. 내 생애 어느 순간보다도 더 행복하다. 그 어느 때보다도 더 만족스럽다. 지금의 나를 더 사랑하고 힘껏 보듬어주고 싶다. 고생한 두 다리, 잘 참아준 허리, 잘 버텨준 발바닥. 모두 수고 많았다. 얘들아! 너희들과 함께여서 더 행복하단다. 너희들과 어울려서 더욱 힘이 났단다. 고맙다! 사랑한다!

인증서 받고 다함께

줄을 서서 기다리는데 5명 이상은 별도로 처리해준다고 한다. 단체에 주는 일종의 특혜 비슷한 혜택이다. 같이 기다리는 한국인 여섯을 단체로 등록하니 오후 1시에 오라고 한다. 인증서 받는 데 상당한 시간이 소요되니 이를 잘 활용하면 시간이 많이 절약될 수 있겠다.

다시 성당 앞으로 가서 함께 사진을 찍고, 바에 들려 간단한 음식을 먹은 후 정오 미사를 보러 갔다. 본 성당이 공사 중이라 옆 건물에서 미사를 한다는데 그것을 찾는 데도 오래 걸렸다. 프란체스코 성당San Francisco이라는 건물로 가면 되는 걸 이름을 몰라서 고생한 것이다. 한 가게에 들어가 물어보니 그 성당이 그려진 엽서를 주면서 알려준다. 고마운 주인 덕분에 우리는 또 시간을 절약할 수 있었다.

성당 안은 순례객들로 꽉 찼다. 뒤에서 서성거리고 있으니 신부님께서 앞이 비었다고 알려주셔서 제일 앞자리에 앉았다. 자리가 부족해 의자를 앞으로 놓는 바람에 다섯째 줄로 밀려버렸다. 오늘 정오 미사는 성당 안이 부족할 정도로 가득 찼다. 미사는 엄숙하게 한 시간가량 진행되었다. 둘러보니 한국인들도 꽤 많이 보인다.

넷이 아침을 늦게 먹은 모양이다. 점심을 같이 먹기가 어려워 저녁을 함께 하기로 했다. 시간이 남기도 해서 중국 마트에 갔더니 라면, 김치, 고추장 등 웬만한 건 다 있다. 라면 몇 개와 김치 등을 사서 알베르게로 돌아왔다. 대도시는 이래서 좋다.

내일부터의 일정을 짜보았다. 피스테라, 묵시아까지 걷는데 4일이면 충분하다. 산티아고에서 오스피딸까지 이틀에 가느냐, 사흘 만에 가느냐가 관건이다. 이틀이면 충분한데 볼거리가 많으면 천천히 구경하면서 느긋하게 가볼 생각이다. 무거운 짐은 알베르게 보관함에 두고 최대한 가볍게 움직일 계획이다.

여기 알베르게 보관함은 2유로를 넣고 잠근 후 며칠 만에 와도 상관하지 않는다고 한다. 2유로에 5일 정도 보관할 수 있다면 정말 저렴한 것이다. 다만 물건을 넣고 잠근 후 바로 열어야 할 상황이 발생하더라도 2유로가 소비

Seminario menor 알베르게

되어 버린다. 잠그기 전에 넣어둘 물건을 잘 생각해야 한다. 참 좋은 알베르게를 이용하게 된 행운을 잡은 걸 보면 운도 많이 따른다.

저녁은 오케이 웍Ok Wok이라는 스시와 쌀국수를 하는 집으로 정했다. 점심 때 쌀국수를 먹었던 집인데 우리 입맛에 잘 맞는다. 소박하지만 젊은이들과 스페인에서의 마지막 만찬인 셈이다. 우리 다섯 명 외에도 창원 씨 등 네 사람이 함께 식사했다. 여러 번 같이 어울려 많이 가까워진 친구들이다. 순례길을 걸으면서 만나면 금방 친해지고 쉽게 어울리게 된다.

저녁 식사 후 헤어질 때는 왠지 마음이 짠해진다. 이때의 감정을 뭐라 표현해야 좋을지 모르겠다. 헤어지기 힘들어 안아주기를 여러 번, 한국에서 또 만나기로 하고 어려운 작별을 고한다. 안으면서 고맙다는 인사를 하고 또 한다. 너희들이 고마워하는 이상으로 난 너희들에게 고마운 마음을 갖고 있단다. 그 고마움은 아무리 강조해도 지나치지 않을 거야. 내 마음을 여기서 모두 전할 수는 없다. 한국에서 다시 만나 회포를 풀자.

산티아고 카페 거리

명운 씨랑 성당 야경을 구경하러 갔다. 그 웅장함은 밤에 더욱 빛을 발한다. 거기서 또 희재와 명철 씨를 만나 한참을 같이 보내고 기념 촬영을 했다. 잠시 만나고 헤어질 때도 가슴이 벅차오를 때가 있다. 먼 이국땅에서의

산티아고 대성당의 야경

특별한 인연이라서 더욱 그렇다. 내 좋은 인연들! 아쉬움을 뒤로 하고 작별을 고한다. 그렇게 산티아고에서의 밤은 마무리되어간다.

순례길 이야기 : 까미노 3단계, 그리고 하나 더

산티아고 순례길은 크게 세 부분으로 나뉘어 불린다. 생장에서 부르고스까지는 '몸의 길Physical Stage'이라 하고, 부르고스에서 라바날 또는 오 세브레이로까지는 '마음의 길Mental Stage', 그 이후부터 산티아고까지는 '영혼의 길Spiritual Stage'이라 부른다. 누군가 참 잘 분류해 놓았다는 생각이 든다. 이 까미노를 제대로 체험한 사람임에 틀림이 없다.

순례길에서는 누구나 처음에는 몸이 적응하느라 고생한다. 육체적 고통을 극복하는 단계라고 한다. 근육통으로 고생하고, 발바닥 물집 때문에 눈물 흘리고, 무릎이 아파서 포기하기도 한다. 몸이 아파 힘드니 어떤 생각을 할 여유가 생기지 않는다. 처음에 하루 20~30㎞를 걷고 나면 누구나 녹초가 된다. 아무리 시끄럽고 코 고는 소리가 나도 금방 잠에 빠져든다.

그러다 아침이 되면 다시 어느 정도 회복된다. 다른 순례자들이 출발하는 걸 보고 나도 함께 걷게 된다. 이 과정이 10일에서 2주 정도까지 지속되는 것 같다. 아름이와 도영이가 특히 그랬다. 내가 가장 아름다운 곳은 피레네산맥을 넘어오면서 보았던 풍광이라고 하면 재호만 동감할 뿐, 그 둘은 눈만 말똥거린다. "그렇게 멋있었어요? 우린 아무 기억도 없어요. 오직 힘들었던 기억만 나요."

다음 단계는 정신적으로 멘탈 붕괴를 겪고, 심한 감정적 도전을 받아 이를 극복해야 하는 단계라고 한다. 어느 정도 걷다 보면 몸이 서서히 적응하면서 이런저런 생각을 할 수 있는 여유가 생긴다. 걷고 먹고 자는 것밖에는 할 일이 없고, 생활이 단순해지다 보니 생각할 수 있는 시간이 많아지는 것 같다.

특히 메세타 평원을 지날 때는 지나온 과거 일들이 더욱 많이 생각난다. 광활한 대지가 더 많은 생각을 할 수 있게 해주는 것 같다. 죽마고우들과 어울리던 마을 뒷동산이 생각나고, 친척들과 함께했던 즐거웠던 추억들, 어렸을 적 서러움에 몸부림치던 순간들이 새록새록 새어 나온다. 즐거움에 눈물 흘리고, 서러움에 또 눈물이 난다. 지금까지 몰랐던 나의 새로운 모습을 보며 나를 더 알게 되고, 내가 나를 스스로 칭찬하고 격려해 준다.

우리가 날마다 걸었던 거리를 보면, 이 3단계 구분이 놀랍도록 맞아떨어진다. 육체적 단계의 끝이라는 부르고스까지 가는 12일 동안 단 하루만 제외하고 30㎞ 미만으로 걸었다. 모두가 육체적으로 무척 힘든 시기였다. 정신적 단계의 끝에 해당하는 오 세브레이로까지 10일간은 매일 30~40㎞씩 걸었다. 늦잠 자는 바람에 출발이 늦은 하루 외에는 강행군이었다. 이 시기는 몸이 까미노에 완전히 적응하여 그렇게 힘들이지 않고도 장거리를 걸을 수 있었다.

그 이후에는 다시 20~30㎞ 수준으로 줄어든다. 우리는 그날그날의 컨디션을 봐가며 목적지를 정했다. 몸이 시키는 대로, 마음이 내키는 대로 걸었을 뿐이다. 다섯 명 모두 비슷한 패턴을 나타낸 것이다. 누군가 3단계 구분을 참 잘해놓았다고 말하는 이유다.

마지막 세 번째 단계는 정신적으로나 영적으로 새로운 경험을 하는 단계라고 한다. 지나온 두 단계가 결국 마지막 단계를 위한 준비 과정이었다는 생각이 든다. 사실 내가 경험한 많은 것들이 여기에 해당하는지는 나도 잘 모르겠다. 분명한 건 걸으면 걸을수록 나는 변하고 있다는 것이다. 확실히 그렇다. 어제보다 오늘 더 감사함을 느끼며 이 길을 걷고 있다.

라바날에서 밥과 라면, 김치를 먹으면서 그 감사함이 얼마나 크게 와 닿았는지 모른다. 그동안에도 몇 차례 밥과 라면 등을 맛있게 먹었지만, 그날처럼 뭔가 울컥하는 그런 느낌은 없었다. 지금 생각해보면 똑같은 음식이라도 어느 단계에서 먹느냐에 따라 와 닿는 울림은 전혀 달랐다. 작은 일에도 왜 그렇게 고맙고 감사하다는 생각이 드는지 의아할 정도로 나는 변하고 있었다.

작지만 느껴지는 나의 잔잔한 변화들, 어쩌면 나는 더 강해지고 있는지 모른다. 걸으면 걸을수록 이 길이 더 좋아진다. 그래서 누구에게나 권하고 싶다. 꼭 한번 걸어보라고. 그 이유를 말이나 글로 모두 설명할 수는 없다. 하지만 돈 주고도 절대 얻을 수 없는 귀한 경험들임에 틀림없다. 많은 사람이 변화된 자신을 본다는 것이 결국은 이 단계를 거치면서 하는 이야기들이었구나 싶은 생각이 든다.

사실 나는 세 가지 구분이 명확하지는 않았다. 첫 번째 '몸의 길'과 두 번째 '마음의 길'은 확실히 구별된다. 명확하게 느낌이 다르다는 걸 겪었기 때문이다. 하지만 두 번째와 세 번째 단계는 혼재된 느낌이다. 지나온 과거가 모두 생각나면서 울고 웃다가, 세상 모든 하찮은 것들이 감사하게 느껴졌다.

산티아고 이후 워킹 하이walking high 상태에서 걸어온 길은 완전 보너스를 받는 느낌이었다. 페냐, 오스피딸을 거쳐 피스테라, 묵시아까지 120㎞! 전혀 힘들지 않고, 기쁜 마음으로 걸었다. 그냥 나 혼자 '치유의 길, 힐링의 길'이라 이름 지어본다. 앞서 고생한 나에 대한 보상을 받는 느낌이랄까? 그냥 즐겁고, 모든 것들에 감사해하면서 걸었다. 몸도 마음도 날아갈 것 같은 상태에서 걷게 된 말 그대로 '힐링의 길'이었다.

산티아고에서의 마지막 밤에

4장
힐링의 길

피스테라, 묵시아를 향해 (9월 17일)
산티아고 ~ 페냐 (Santiago ~ A Pena)
30km

산티아고에 도착하고 나니 큰 숙제를 하나 끝낸 기분이다. 이제 즐길 일만 남았다. 애초 목표는 이미 달성했고, 이제부터는 덤이다. 해도 그만, 안 해도 그만. 추가로 즐기는 느낌이다. 그동안 고생했으니 모든 걸 편하게 생각해야 겠다. 가다가 힘들면 쉬면 되고, 싫으면 그만두면 된다. 하지만 지금 상태로 는 못 할 일이 없을 것 같다.

지금 몸 상태는 최상이다. 아픈 곳 하나 없고, 며칠 동안 계속 날아갈 것 같 은 이 기분! 피곤함이라고는 전혀 느낄 수 없고, 마냥 즐겁다. 모든 게 감사하 게 느껴진다. 내가 여기 있음에 감사하고, 여기서 걷고 즐길 수 있음에 감사 한다. 길가에 풀 한 포기, 나무 한 그루도 감사하게 생각된다. 하늘 높이 흘러 가는 하얀 구름도 고맙고, 유유히 흐르는 저 강물도 감사하다. 모든 게 감사 하고, 고맙게 느껴진다.

컵라면과 시리얼을 먹고 피스테라 출발점으로 갔다. 출발점은 인증서 받은 바로 옆에 있다. 이 길을 걷는 사람도 생각보다 많은 것 같다. 7시 30분인데도 걷고 있는 사람이 이렇게 많다니! 처음엔 이정표 찾기가 좀 어려웠는데 곧 산티아고 들어올 때와 같은 표시들이 나타난다. 출발지 이정표에 피스테라가 89.6㎞로 나오니 90㎞ 정도로 보면 될 것 같다.

8시경 뒤를 돌아보니 여명에 나타난 산티아고 대성당이 정말 아름답게 보인다. 20~30분쯤 지나면 일출과 함께 더 멋진 모습을 연출할 것 같다. 회색 구름과 여명 속에 뾰족 솟은 성당의 첨탑들! 하지만 그때까지 기다리기엔 시간이 너무 많이 남았다. 비슷한 시간 서쪽에는 달님이 웃고 있다. 요즘 며칠간 계속되는 현상인데도 볼 때마다 늘 멋지고, 새롭게 다가온다.

오늘은 과일을 무료로 제공해주는 곳이 두 군데나 있다. 출발해서 한 시간쯤 지났을 때는 무화과가, 두어 시간 지나서는 살구가 놓여 있다. 둘 다 떨어진 과일 중 쓸 만한 것을 담아놓은 것 같다. 참 고마운 사람들이다. 서너 개 들고 가면서 먹는데 둘 다 꿀맛이다.

이른 새벽 산티아고 대성당

살구가 놓인 곳을 바로 지나니 보리수나무로 담벼락을 만든 집이 인상적이다. 보리수나무를 밀식 재배해 담장을 대신하고 있으니, 열매도 따 먹고 일거양득일 것 같다. 또 바로 지나면 자리공이 집단 서식하고 있다. 우리나라에서는 약제로 쓰이는데 여기서도 무언가로 활용하고 있지 않을까? 궁금해지는 게 또 하나 생겼다.

9시 50분경 아우가페사다Augapesada에서 토르티야와 오렌지 주스를 마시고 출발하는데 여긴 가로수가 아까시나무다. 길지는 않지만, 아까시나무를 가로수로 심는 것은 의외로 보인다. 이곳을 지나면서 오르막이 계속되는데 은근히 길다.

마른 고사리 군락 아래에는 덤불이 자라고 있다. 고목 같은 도토리나무에는 덩굴식물이 감고 올라가는 데다 이끼가 끼어있어 약간은 원시림 같은 느낌이다. 도토리나무가 군락을 지어 고목처럼 서 있는 곳을 지날 때는 약간 으스스한 기분이 든다. 어두울 때 지나면 더욱 그럴 것 같다. 갈리시아 지방은 이런 곳이 많아 너무 일찍 출발하면 여러 가지로 힘들다.

도토리나무 고목 군락

폰테마세이라Pontemaceira는 마을이 참 아름답다. 중세풍의 긴 다리를 건너면서 보니 양쪽이 모두 한 폭의 그림처럼 예쁘고, 마을도 아름답게 꾸며놓았다. 야외에 장식된 대형 정원 같은 느낌. 아담한 성당도 있는데 잠겨있어 들르지 못하고 가는 게 못내 아쉽다. 이런 작은 성당이 더 정이 가는 건 아직도 여전하다.

폰테마세이라 마을

21.5㎞ 지점에 있는 네그레이라

Negreira에서는 은행 일을 보느라 많이 지체되었다. 엊그제부터 카드로 현금 인출이 안 된다. 그 원인을 알아보려고 은행에 간 것이다. 은행 직원하고 이것저것 시도해보는 데 카드 사용 한도가 낮게 설정되어있단다. 아내의 카드를 가져왔는데 이럴 수가? 외국에서 쓸 일이 없다

러시아에서 온 카이트와 그 친구

보니 그렇게 되어 있었던 모양이다. 그걸 모르고 가져온 게 문제였다.

아내에게 연락해 한도를 조정하라고 얘기하고, 우선은 있는 돈으로 지내야 한다. 다행히 어제 명운 씨가 100유로 정도 한국 돈하고 바꿔준 것이 있어 당분간은 그럭저럭 지낼 수 있을 것 같다. 되도록 카드 사용이 가능한 곳 위주로 이용하고, 현금 사용을 줄이면서 지내야 한다. 사실 순례길 걸으면서 돈 쓸 일이 별로 없다. 하지만 현금이 없으면 마음이 편치 못하다.

바에서 식사하고 있는데 누군가 반갑게 인사한다. 산티아고 오는 동안에 자주 만났던 러시아에서 온 카이트Kait와 그 친구 두 명이다. 산티아고 오는 동안에 만났던 사람을 여기서 다시 만나니 그렇게 반가울 수가 없다. 마치 오래된 친구를 만나는 기분이다. 반갑게 포옹하고, 한참 동안 얘기를 나눴다. 매듭도 하나씩 주었더니 무척 좋아한다. 비행기 표 때문에 피스테라까지만 갔다가 산티아고를 거쳐 러시아로 돌아간다고 한다. 묵시아까지 함께하지 못하는 게 아쉽게 느껴지는 것은 왜일까?

네그레이라를 지나 20여 분 가다 보면 마을 전체가 내려다보이는 높은 지

페나 가기 전 아름다운 마을 전경

대가 나온다. 거의 모든 지붕이 붉은색이어서 어딘지 부촌 같은 느낌이 든다. 우리나라로 따지면 아름다운 마을 가꾸기 사업 같은 걸 해놓은 것 같다. 목적지에 거의 도착해서 산림과 어우러진 구름이 멋진 조화를 이루는 광경도 볼 수 있었다. 이곳에서도 유칼립투스 인공조림지가 상당히 많고, 이제 막 심어놓은 곳도 보인다.

페나Pena에 도착해서는 완전 실망이다. 알베르게(Cafe bar Alb Alto da Pena, 12유로)가 달랑 두 개 있고, 그 외에는 매점이나 다른 시설이 전혀 없다. 피스테라에 가려면 묵시아 가는 길과 갈라지는 오스삐딸Hospital을 거쳐야 하는데 그 중간지점이라서 다른 건 알아보지도 않고 이곳으로 정했다. 알베르게 시설에 문제가 있는 것은 아니지만, 이곳에서 묵을 예정이라면 이런 점을 감안해야 한다.

산티아고에서 젊은이들과 헤어진 이후 혼자 걸으려니 외로움이 엄습한다. 순례 기간 내내 느껴보지 못한 외로움이다. 카톡으로 소식을 주고받고는 있지만, 그것만으로는 해소되지 않는다. 이것도 내가 감내해야 할 과제다. 기다릴 사

유칼립투스와 구름의 조화

람도, 기다려줄 사람도 없이 가고 있는 것 자체가 나를 허하게 만들고 있다. 원래 순례길을 걸으면서 외로움에 익숙해져야 한다, 그런데 생장에서부터 젊은이들을 만나 같이 오면서 그런 걸 느끼지 못하고 지냈기 때문일까? 어제까지 같이 있었는데도 벌써 보고 싶고, 누군가와 함께 이고 싶다.

갈리시아에 많은 유칼립투스 인공조림지

까미노의 법칙 중에 간절히 원하면 이루어진다는 매직이 있다. 나도 그런 기적이 일어나길 기원해 본다. 그래서일까? 묵시아에서부터 반대로 걷고 있는 학생 한 사람을 만났다. 바로 옆 알베르게에 묵고 있단다. 독일에서 공부하다 한국으로 돌아가기 전에 여기 오게 되었다는 애경이라는 학생이다. 제주도가 고향이라는데 자기도 한국 사람이 무척 보고 싶었단다.

여기 와서 내가 두 번째라고 한다. 다른 사람들과 반대 방향으로 걷고 있으니 그럴 만도 하겠다. 얼마나 반가웠는지 모른다. 독일 생활에 관한 얘기를 한참 듣다가 나는 호주에서의 경험을 주고받으며 긴 대화를 이어갔다. 한 시간 정도 이야기꽃을 피우다 각자의 알베르게로 돌아갔다. 언제나 함께 일 수만은 없다. 남은 기간은 혼자에 익숙해져야 할 텐데, 그게 쉽지 않을 것 같다.

순례길 이야기 : 워킹 하이 Walking High

까미노에서의 새로운 경험을 꼽으라면 난 제일 먼저 '워킹 하이 Walking high'를 말한다. 지금까지 겪어보지 못했던 새로운 세계였다.

산티아고 대성당 앞에서 완주의 기쁨을 만끽하며 성취감에 취해 있던 그 날을 영원히 잊을 수 없을 것 같다. 8월 18일 프랑스 생장에서 출발, 가파른 피레네산맥과 광활한 메세타 평원을 거쳐 29일 만에 목적지인 산티아고 대성당에 도착했다. 18일째 레온에서 하루 쉬었을 뿐, 매일 27~28㎞씩 걸었다. 많이 걸을 때는 41㎞를 걷는 날도 있었다.

처음 출발할 때 계획은 30여 일 동안 800㎞를 걷고, 나머지 일주일은 그라나다, 세비아 등을 관광하고 귀국할 예정이었다. 한번 오기가 쉽지 않은 곳이니 스페인의 유명 관광지는 한번 둘러보고 가야 하지 않겠는가? 마드리드나 바르셀로나와 같은 대도시를 추천하는 사람도 많았지만, 나는 자연경관이 좋은 곳으로 가고 싶었다.

그런데 산티아고에 가까워질수록, 걸으면 걸을수록 관광보다는 실컷 걷고 싶은 욕망만 커지고 있었다. 이쯤 되면 피곤해서 쉬기도 할 겸 아름다운 그라나다와 세비아를 구경하고 싶을 줄 알았는데 그게 아니었다. 이게 대체 무슨 현상이지? 내가 지금 걷기 중독에 빠진 걸까? 웬만큼 걸어도 피곤하지 않고, 몸은 날아갈 듯 가볍게 느껴졌다. 관광에는 전혀 관심이 없고, 오직 원 없이 걷고 싶은 욕망밖에 없다. 지금까지 느껴보지 못한 새로운 경험에 머리가 혼란스러워졌다.

마라톤을 뛰다 보면 '러너스 하이Runner's high'라는 것을 느낀다. 30㎞를 지나 35㎞쯤이 가장 힘들면서 러너스 하이를 느끼는 지점인데, 선수마다 느낌과 강도는 다르다고 한다. 40대에서 50대 초반까지 마라톤 풀코스를 뛰면서 몇 번 느껴본 적이 있다. 산악마라톤도 많이 뛰었지만, 그때는 느껴본 기억이 없다.

달리면서 느끼는 것이 러너스 하이라면, 걸으면서 느끼는 것은 워킹 하이 Walking high라고 할 수 있겠다. 인터넷에서 찾아봐도 이런 용어는 없다. 그냥 내가 지어본 이름이다. 어떤 순례자가 쓴 책에서 비슷한 경험을 했다는 글을 본 적이 있다. 독일 코미디언 하폐 케르켈링이 느꼈다고 언급한 적이 있고, 『나의 산티아고, 혼자이면서 함께 걷는 길』을 쓴 김희경 씨도 언급했다.

하지만, 그분들이 말하는 느낌과는 많이 다른 것 같다. 그분들은 느낌이 일시적이고, 짧은 기간 지속된 것이지만, 나는 다르다. 29일째 산티아고에 도착했을 때 이미 며칠간 계속되고 있었고, 그 이후에도 지속되고 있다.

산티아고에 도착한 후 하루 쉬고, 다음 날부터 피스테라를 거쳐 묵시아까지 120㎞를 더 걸었다. 하루 30여㎞씩 4일을 더 걸었는데, 전혀 피곤하지도 않았다. 날마다 힐링하는 기분으로 걸었다. 특히 마지막 날에는 중간에서 잠깐 쉬고 끝까지 걸어도 피곤하기는커녕 그저 날아갈 것 같은 기분이었다. 이렇게 원 없이 걸으면서 워킹 하이를 느껴보는 그 희열감은 말로 표현하기 어렵다. 직접 느껴봐야 알 수 있는 이색적인 경험이리라.

34일 동안 915㎞! 참 많이도 걸었다. 순례길을 걸으면서 일상생활에서는 결코 맛볼 수 없는 새로운 경험을 해보았다. 이러한 과정을 통해 나 자신이 조금은 성숙해진 느낌이다. 자신을 찾아 떠나는 산티아고 순례길! 꼭 한번 다녀오라고 권하고 싶다.

32 일차

일출이 아름다운 갈리시아에서의
힐링 시간 (9월 18일)

페나 ~ 오스삐딸 (A Pena ~ Hospital)
30km

요즘 며칠간 새벽마다 반가운 두 손님을 함께 맞이하고 있다. 얼마나 반갑고 경이로운지 모른다. 동녘 하늘엔 붉은 태양이 이글거리며 올라오고, 서쪽 하늘엔 아직도 밝은 보름달이 두둥실 떠 있다. 우리나라에서도 쉽게 볼 수 있는 현상이지만, 까미노에서 해와 달을 함께 보는 기분은 남다르다. 왠지 기분

페나를 출발하면서 맞이한 일출

이 좋고, 뭔가 좋은 일이 일어날 것 같은 기분!

오직 더 걷고 싶은 욕망밖에 없는 날아갈 듯한 상태에서 맞아서인지 더욱 반갑고 기분이 좋다. 태양이 떠오르면서 구름 사이로 햇살이 쏟아지고, 일렁이는 물결 속에 비친 햇살은 말로 형용할 수 없이 아름답다. 가끔 걸음을 멈추고 자연의 경외감에 푹 빠져 한동안 가만히 서 있기도 한다. 아, 이런 기분 때문에 한 번 왔던 사람은 또 오고 싶어 하는가 보다. 양쪽을 번갈아 보며 어린애처럼 껑충껑충 발걸음을 옮긴다.

아침은 준비해 온 컵라면과 누룽지 반 봉지, 어제 남겨둔 옥수수까지 먹으니 든든하다. 가능하면 입에 맞는 음식으로 해결하려고 노력 중인데 여건이 쉽지 않다. 요즘 산을 보면서 수종이 변하고 있음을 알 수 있다. 유칼립투스 계통의 나무가 점점 증가하고 있다. 며칠 전부터 봐오고 있는데 오늘은 눈에 띄게 많아지고 있다.

호주 있을 때 많이 봤던 나무인데 곧게 자란 모습 때문에 처음에는 다른 나무인가 했다. 호주에서는 대부분 약간 구부러진 게 많지만, 여기는 곧게 쭉쭉 뻗어있다. 스페인은 대부분 인공조림을 해서 일직선으로 반듯하게 자라고, 호주는 자연적이라 다소 휘어진 게 많은 것으로 보인다. 아니면 스페인에 태풍이 없어서일까? 키 큰 포플러나무를 보면서도 가졌던 의문이기도 하다. 유칼립투스는 아르수아에서 산티아고 오는 중간부터 부쩍 많아지고 있다. 어제와 오늘도 계속 늘다가 마로나스Maronas 부근에서부터 줄어들고 있다.

산티아고 인근부터 그동안 안 보이던 우리나라의 감귤나무와 비슷한 유실수도 늘고 있다. 야자수와 소철 계통의 나무도 크기가 무척 큰 걸 보면 이곳

코르나도 인근 감귤

푸른 초원과 구름의 조화

이 다른 지역보다 온도가 높아 보인다. 코르나도Cornado를 지나는데 아침 9시인데도 해가 떠오르는 방향에 운무가 많다. 갈리시아 지방에 오면서 아침 운무가 상당히 늦게 걷히는 건 이곳 기후의 특성이 아닌가 싶다. 바다가 가까워서일까?

마로나스를 조금 못 미쳐 약간 높은 곳을 지나면서 뒤돌아보면 주변이 온통 옥수수밭이다. 큰 마을과 산, 멀리 풍력발전기도 보인다. 마로나스 갈 때까지 계속 옥수수밭뿐인 걸 보면 이 지역도 옥수수가 주된 농작물인 것 같다.

10시 30분경 11.5㎞ 지점인 마로나스에서 토르티야와 오렌지 주스를 마셨는데 이 정도 걸었을 때는 쉬기도 할 겸 바에 들르고 있다. 오늘은 도로 주변에서 소 사육 농가가 많이 보인다. 다른 지역과는 다르게 냄새가 많이 나는 편이다. 평생 환경 업무만 했던 사람으로서 본능적으로 왜 그럴까? 살펴보게 된다. 상당히 밀식 사육을 하고 있고, 배설물을 축사 주변에 방치하고 있다. 배설물이 잘 빠져나가게 되어있긴 한데 전반적으로 재래식으로 사육하고 있는 것 같다.

크고 작은 사육농들이 제법 많은 것으로 보인다. 토지도 넓으면서 이렇게 사육하고 있는 것이 이해가 되지 않는다. 오늘 본 낙농업의 실태로만 본다면 우리나라 낙농업자들의 의식 수준이 훨씬 높게 보인다. 근래 강화된 축산 관련 정책들 때문에 우리나라에서는 이렇게 느슨하게 관리하지 않는다. 소를 키우면서 이러기에 다행이지 돼지 농가가 이랬다면 정말 큰일이 날 수도 있을 것 같다.

마로나스Maronas에서 휴식 후 한 시간쯤 가다 보면 높은 언덕이 나오는 데 전망이 아주 좋다. 앞쪽으로는 높은 언덕이 있고, 서쪽으로는 큰 호수가 보인다. 푸른 초원 사이로 쭉 뻗은 길과 하얀 구름이 장관을 이룬다. 오랜만에 이런 멋진 전경을 보니 발걸음이 더욱 가벼워진다. 뒤돌아보면 멀리 풍력발전기가 보이는데 오늘 걸어오기 시작한 게 바로 그 발전기 아래쪽이다.

폰테올베이라Ponteolveira에서 휴식 후 30여 분 가면 바로 올베이로아Olveiroa 인데 여기를 지나면 산길로 들어선다. 오르막을 오르면 바로 우측에 풍력발전기가 있다. 그동안 수없이 보아왔지만, 순례길에서 이렇게 가까이에서 보기는 처음이다. 우리나라에 설치된 풍력발전기 팬은 반지름이 50m, 지름이 100m 정도 되는데 여기 설치된 것은 크기를 짐작하기 어렵다.

아직도 산딸기가 많이 달려있다. 한 달 전 피레네산맥을 넘을 때 론세스바예스 인근에서는 익기 시작했는데 이제 끝물임을 알 수 있다. 손을 대면 금방 떨어질 만큼 많

끝물인 산딸기

이 익어있고, 색깔도 약하게 변색해 있다. 걷는 동안 나에게 정말 많은 도움을 주었던 너희들도 끝날 무렵이 되니 이렇게 시들어가고 있구나. 고마운 마음과 함께 왠지 서운한 마음도 든다. 말 못 하는 식물이지만 내 너희들의 고마움은 간직하고 떠나마. 그래, 그동안 고마웠다. 정말 고마웠어. 잘 있거라, 산딸기야!

오늘 저녁은 알베르게(Cafe bar Alb O Castelino 12유로, 저녁 10유로)에서 순례자 메뉴를 먹기로 했다. 알베르게가 하나밖에 없고 매점이 없으니 다른 방법이 없긴 하다. 식당이 숙소와는 많이 떨어져서 차를 타고 가야 한단다. 거리는 2㎞ 정도인데 식사 시간에 맞춰야 한다면서 무조건 타란다. 까미노에 들어선 이후 처음 타보는데 얼마나 어색한지 모르겠다. 한 달 이상 걷기만 하다가 시트에 앉으니 오히려 불편해서 돌아올 때는 걸어서 왔다.

식사가 10유로에 이 정도면 가성비 최고다. 야채수프에 샐러드, 돼지고기, 빵, 후식 등 푸짐하다. 우리 입맛에도 맞아 오늘은 포식했다. 일반식당에서는 값이 최소한 두 배 이상은 될 것 같다. 지금까지 알베르게에서 먹은 순례자 메뉴는 모두 가성비가 좋았다. 뭘 먹을까 걱정될 때 순례자 메뉴가 있다면 그걸 택하라고 권해 본다. 다만 인터넷이 잘 안 되는 것이 아쉽다. 외로움만 없으면 지낼만할 텐데 그게 문제다. 뒤따라오고 있는 아름이랑 가끔 문자를 주고받고 있다.

순례길 팁 : 출국 전 유심칩 고르기
떠나기 전 유심칩 때문에 고심이 많았다. 어떤 것을 사야 하는지, 용량은 어느 정도가 적정한지, 얼마가 적당한지 등 확실하게 짚히는 게 없었다. 오면서 30일짜리 2기가 두 개만 샀다가 공항에서 5기가짜리 하나를 더 샀다. 아무래도 부족할 것 같아서 그랬다.

일출이 아름다운 갈리시아

여기 와서 써보니 의외로 데이터가 많이 소모되지 않는다. 한 달 동안 1.7기가 정도 쓰였다. 남은 하나는 기간이 지나 이틀 전 바꿔 끼웠다. 처음에는 돌아다닐 때 데이터로밍을 끄고 와이파이가 되는 지역에서만 인터넷을 사용했다. 데이터 소모가 많지 않다는 걸 알고부터는 인터넷과 위치정보 서비스도 계속 켜고 다녔다. 구글 지도도 자주 사용했으나, 데이터 소모가 많은 유튜브나 동영상은 와이파이가 되는 곳에서만 보았다. 여분으로 사 온 5기가 유심칩은 칩에 문제가 생긴 세정이한테 주었다.

결론적으로 너무 용량이 큰 걸 비싸게 사 오지 않아도 된다는 얘기다. 40일 정도 여행할 계획이라면 30일짜리 2기가 두 개면 충분하다고 본다. 40일짜리가 있다면 2~3기가 하나면 충분할 것이다. 나는 블로그에 글을 쓰고, 카톡과 밴드를 많이 사용하고, 페이스북과 구글 지도도 많이 사용하는 편이다. 자기가 쓰는 양을 고려해서 가감하면 될 것으로 보이는데 너무 큰 용량은 사지 말라고 권하고 싶다. 물론 2019년 당시의 상황이므로 그 이후에는 여건이 많이 달라질 수도 있을 것이다.

땅끝마을, 피스테라에서 (9월 19일)
오스삐딸 ~ 피스테라 (Hospital ~ Fisterra)
33km

오스삐딸은 해발 400여m에 있는데 피스테라는 해발 제로에 가까워 낮은 지대에 있다. 오늘 길은 그만큼 내리막 경사가 심하다. 3km쯤 가다 피스테라와 묵시아 갈림길에서 좌측으로 가야 하는데 이정표가 두 개다. 여기서부터의 거리가 30km로 표시되어 있는데 이는 0km 표지석까지의 거리다. 알베르게에 먼저 짐을 풀고, 0km 지점은 석양도 볼 겸 약간 늦은 시간에 갈 계획이다.

처음 알베르게를 나와서 8시경까지는 운무가 저 멀리에 있었는데 갈수록 심해진다. 심해진다기보다는 운무가 많은 아래쪽으로 내려가고 있다. 가는 곳이 바닷가 쪽인데 그쪽이 운무가 심하고, 위쪽은 조금 약한 편이다. 운무가 심한데다 소나무 사이 순례길은 자갈길이라 무척 걷기 힘들다. 자갈이 커서 미끄러지기 일쑤고, 내리막은 급경사라 더욱 힘들다.

10km 이상 걸었는데도 문을 연 바가 없고, 출발한 지 두어 시간 되었을 때 내리막 급경사가 상당히 길게 나 있다. 가끔 반대 방향으로 가는 사람들을 보면 땀으로 범벅이 되어 있다. 그만큼 경사가 심한 것이다. 반대로 가는 사람이 이렇게 많은 것은 예상 밖이다.

피스테라와 묵시아 갈림길 이정표

내리막을 다 내려가 우측에 처음으로 문을 연 바가 보인다. 두 시간 반을 걷고서야 나타난 건데 오스 까미노스Os Caminos 라는 지역명이 안내 지도에는 나와 있지 않다. 휴식 겸 식사를 했는데 어제 끝내지 못한 블로그 글을 여기서 완성했다. 어제 묵은 알베르게는 와이파이만 되는 곳이었다. 그것도 뒤뜰과 침실 유리창 쪽에서만 연결되었다. 유리창에 기대어 서서 글을 썼으니 얼마나 힘들었겠는가? 금방 지쳐서 잠을 자느라 완성하지 못했다.

콘셀로 데 시Concello de Cee라는 지역을 지나면서부터 주택이 많고, 왼쪽으로는 계속 바다가 보인다. 피스테라 7km 이정표가 있는 지점 오른쪽은 소나무 인공조림지인데 야영장으로 이용하고 있다. 그 반대편은 소나무와 해변이 어우러지는 멋진 해수욕장이 있다. 이곳은 우리나라 서해안과 남해안에 있는 해수욕장과 비슷해 보인다. 해수욕장을 따라 긴 모래사장이 있고, 뒤편으로 커다란 소나무가 군락을 이루고 있다. 소나무 뒤쪽으로 매점과 펜션이 들어서 있는 모습이 우리에겐 익숙한 광경이다.

캠핑장을 지나 30여 분 가다 보면 또 심한 내리막 경사가 있고, 왼쪽 바다가 멋진 풍경을 만들어준다. 바닷가 의자에 앉아 휴식을 취하면서 멀리 바다

해수욕장 앞 소나무 숲에 있는 캠핑장

를 바라본다. 광활한 바다가 끝없이 펼쳐져 있다. 섬도 거의 없는 망망대해! 내가 여기서 이렇게 쉴 수 있는 자체가 행복이고 힐링이다. 그저 감사할 따름이다. 이 세상 모든 것이 고맙다. 앞에서 노니는 갈매기들이 오늘따라 왜 이리도 예쁘게 보일까? 까미노는 나에게 소소한 것에 감사하는 방법을 알게 해주었다.

피스테라에서 들어간 숙소는 아쉬움이 많다. 이곳에서 가장 저렴한 알베르게(Xacobeo Galicia, 6유로)인데 불편한 게 한둘이 아니다. 화장실 상태가 좋지 않고, 주방은 저녁 8시면 폐쇄되어 이용할 수 없다. 아침에도 이용할 수 없으니 무척 불편하다. 바로 옆에 큰 슈퍼마켓이 있어 그거 하나만 괜찮을 뿐이다. 밥을 사먹을 경우는 상관없으나, 조리가 필요하다면 다른 곳을 택하라고 권하고 싶다.

저녁은 양상추, 참치, 볶음밥으로 해결했다. 오늘은 참치 두 통이 들어갈 만큼 많이 먹었다. 요즘 컨디션도 좋지만, 식욕이 왕성해졌다. 아내의 소원이 내 체중 늘어나는 것인데 가능할지 모르겠다. "산티아고를 걸으면 빠지는 것은 살이요, 찌는 것은 마음이다."라는 말이 있다. 없던 군살도 모두 빠져나갔을 테니 출발할 때보다 체중은 많이 줄었을 것으로 보인다. 식욕이 왕성한데도 왠지 서양식은 당기질 않는다. 입맛에 맞는 재료 몇 가지로 만드는 오늘과 같은 음식이 오히려 더 좋다.

숙소에 도착해서 언제나 제일 먼저 하는 일은 샤워다. 씻고, 식사를 마친 후 목적지로 향했다. 운무가 심해 0㎞ 지점에서 일몰을 보기는 이미 글렀다. 일몰은 못 보더라도 한 번은 가보고 싶다. 여기까지 와서 0㎞ 표지석은 꼭 보고 가야 한다. 왕복 7㎞쯤 되니 시간도 그리 많이 걸리진 않을 것이다. 해안가 선착장에는 조그만 배와 요트로 가득하다.

0㎞ 지점, 피스테라Fisterra! 갈리시아 지방 서쪽 끝에 고구마처럼 길게 자리 잡고 있다. 이베리아반도 끝자락에 작은 점 하나가 땅끝마을, 피스테라다. 이제 더는 갈 수가 없다.

'땅끝' 하면 제일 먼저 떠오르는 것이 해남 땅끝마을이다. 우리나라 육지에서 가장 남쪽에 있다 해서 붙여진 이름이다. 우리나라는 땅끝이 남쪽에 있지만, 스페인은 서쪽에 있다. 스페인은 유럽

땅끝마을 피스테라의 0㎞ 표지석

중앙부를 기준으로 보면 서쪽 변방에 있는 국가다. 로마 시대에 그들 시각에서 보면 가장 서쪽 끝에 있어서 유럽 대륙의 '땅끝'으로 불렀다고 한다. 로마인들 입장에서는 땅의 끝일지 모르지만, 이곳에 사는 사람에겐 땅의 시작일 수 있다. 땅끝에 서서 대서양을 바라보면 더 이상 갈 곳이 없다.

땅끝마을 순례자 상

끝없이 펼쳐진 망망대해, 땅의 끝에 서 있지만, 지금부터가 새로운 시작이기도 하다. 이제 서서히 순례 일정을 마치고, 새로운 시작을 위한 힘찬 발걸음을 내디뎌야 한다. 나의 새로운 시작은 어떤 모습일까? 새로운 그림은 어떻게 그려질까?

날씨가 좋은 날이면 엄청나게 붐빈다는 곳인데 날씨가 좋지 않은데도 사람들이 많이 왔다. 아름다운 석양을 기대할 수 없어 아쉽다. 하늘엔 검은 구름이 잔뜩 끼었고, 먼바다에서는 금방이라도 소나기가 쏟아질 것 같다. 바위 위에 올라가 있는 신발 조각은 실물처럼 생생하고, 지팡이를 든 순례자 상은 조가비를 모자에 달고 걸음을 재촉하고 있다. 까미노를 마무리하는 순례객들을 위한 배려가 곳곳에 배어있다.

순례길 이야기 : 스페인의 식생
길을 걸으면서 스페인의 식생을 유심히 보게 된다. 한 달 이상을 지내다 보니 전반적인 윤곽이 눈에 들어온다. 메세타 평원과 같은 특이한 지역을 제외

하고는 전체적으로 우리나라 산야
와 유사하게 보인다. 우리가 흔히
보는 동네 뒷산을 보면서 걷는 느
낌이랄까? 멀리서 보면 그다지 이
국적으로는 보이지 않는다. 식물
종류가 우리에 비해 그렇게 다양해
보이지는 않고, 작물이나 나무, 유
실수 등의 분포는 지역별로 확실한
차이가 있다.

포르토마린 가는 길의 도토리나무

먼저 나무 종류를 보면 참나무
종류가 무척 많아 보인다. 도토리
나무, 상수리나무, 밤나무가 많은
데 특히 도토리나무는 많아도 너무

라밀에서 본 밤나무 고목(목질부가 돌덩이처럼 단
단하다.)

많다. 넓게도 분포하거니와 갈리시아 지방에는 오래된 고목도 많고, 도토리
나무가 많은 지역은 터널을 지나오는 느낌이다. 완전한 교목 형태로 자라는
것은 우리나라 남쪽에 많은 가시나무와 비슷하게 보인다. 하지만 잎이나 열
매 모양으로 보아 같은 나무는 아닌 것 같다.

밤나무도 무척 많다. 레온 조금 못 미쳐서 처음 보았는데 비야프랑카 지나
면서 늘기 시작하다가 갈리시아 지방에서 아주 많아진다. 라밀이라는 지역
에서 본 밤나무 고목은 상상을 초월한다. 밤나무가 이렇게 고목으로 자랄 수
있는 나무였나? 너무도 신기했다. 목질부를 만져보면 돌덩이처럼 단단하다.
지리산 정상 부근 주목처럼 강하다. 우리나라에서 밤나무 목질부는 그렇게
단단하지 않다. 이는 고온다습한 우리의 기후조건 때문일 것이다. 고온 건조

한 스페인 기후가 똑같은 밤나무를 이렇게 다른 모습으로 키우는 것 같다.

소나무는 모든 주에 분포하는 것 같다. 나바라나 레온주에는 그렇게 많지 않고, 갈리시아에는 상당히 많다. 해변에서 본 소나무 숲은 우리와 너무 비슷해 친근감마저 들었다. 포플러는 아헤스에서 프로미스타까지 가로수로 많이 심었고, 인공조림지도 가끔 볼 수 있었다. 갈리시아에서도 포플러를 간혹 볼 수 있는 걸 보면 상당히 넓게 분포하는 것 같다.

플라타너스는 사아군 전후로 가로수로 많이 심겨져 있다. 포플러와 함께 순례자들에게 그늘을 만들어 주는 고마운 나무다. 자작나무는 가끔 보이는데 폰세바돈, 오 세브레이로를 전후해 많이 분포한다. 독일가문비나무는 철의 십자가 주변에서 한번 보았고, 마로니에는 부르고스에서 묵은 알베르게 앞에 다섯 그루 정도 있었는데 처음이자 마지막이었다.

유실수는 지역별로 확실하게 구분이 된다. 포도는 리오하 지방에 집단 재배되고 있다. 레온 지방에서도 몰리나세카에서 폰페라다를 지나면서 상당히 많았다. 리오하 지방은 지주를 세우는 방식이 많지만, 레온 지방에서는 지주 없이 키우는 방식이 많았다. 재배 방식도 지역마다 서로 다른 것 같다. 어디에서나 와인 저장시설을 볼 수 있는 걸 보면 스페인에서는 전 지역에서 포도를 조금씩이라도 재배하는 걸로 보인다.

캄포나라야 포도밭

산딸기가 많은 것도 스페인의 특징으로 보인다. 나바라, 리오하 지방에서는 많았는데 메세타를 지나면서 보이지 않는다. 갈리시아 지방으로 넘어오면서 다시 늘어나는데 처음처럼 그렇게 많지는 않다. 까미노에서 가장 많이 따먹은 게 산딸기인 것 같다. 내가 지치지 않고 걸을 수 있었던 게 혹시 산딸기 덕분이었을까? 가끔 보이는 과일나무로는 사과, 자두, 복숭아, 호두, 개암, 복분자, 보리수 등이 있는데 그렇게 많지는 않다.

농작물 분포도 지역별로 확실하게 구분이 된다. 밀의 경우 전체적으로 분포하는데 나바라에서 리오하에 많다. 메세타 평원은 대부분 밀밭이라 해도 과언이 아닐 정도로 넓게 분포한다. 수확한 뒤라 밀을 보지는 못했지만 남아 있는 그루터기로 보아 모두 밀이란 건 알 수 있다. 간간이 보이던 옥수수밭은 메세타가 끝나면서 늘어나다가 갈리시아에 오면 온 천지가 옥수수밭이다.

가장 인상에 남는 곳은 마사리페에서 오르비고 가는 길에서 보았던 끝도 없이 펼쳐지는 옥수수밭이다. 쭉 뻗은 7~8㎞ 직선도로 양쪽이 모두 옥수수로 가득하다. 해바라기 농장도 곳곳에 분포한다. 산토 도밍고에서부터 보이기 시작하다 부르고스까지 많이 볼 수 있다. 프로미스타 인근의 메세타에서도 보였는데 갈리시아 넘어오면서 보이지

갈리시아 지방의 옥수수밭과 운무

않는다. 가끔 보이는 콩이나 호프 등은 넓은 면적은 아니었다.

5월의 밀밭과 유채밭

　어느 계절에 걷느냐에 따라 볼 수 있는 식물 종류는 달라진다. 4~5월에 걷
는 사람들은 밀밭 얘기를 많이 한다. 끝없이 펼쳐진 푸른 초원이 마치 동화
속에 나오는 그림 같다고 표현하고 있다. 그 시기에는 꽃양귀비도 많은 모양
이다. 하지만 8월 중순부터 9월 말까지 걷는 동안 그런 광경은 보지 못했다.
들판은 전체적으로 누렇다. 밀밭을 수확한 후 그루터기만 남아 있다 보니 농
지가 모두 그렇게 보인다.

　먼 야산을 바라보면 우리의 뒷산을 보는 것 같다. 바닷가 소나무 군락이 우
거진 해수욕장은 우리나라 서해안이나 남해안 해수욕장처럼 보인다. 우리와
는 수천㎞나 떨어진 머나먼 스페인이 우리나라와 닮은 점이 참 많다. 그래서
일까? 걸을수록 스페인이 좋아지고 친근감이 간다.

34
일차

915km를 걷고서 (9월 20일)
피스테라 ~ 묵시아 (Fisterra ~ Muxia)
29km

오늘은 일찍 서둘러야 한다. 묵시아Muxia에서 산티아고 가는 버스가 하루에 두 번 있는데 오후 2시 30분 버스가 마지막이다. 3시간 만에 중간지점인 리레스 바Lires bar까지 가서 잠깐 쉬고, 묵시아까지 단번에 가버렸다. 쉬지 않고 15㎞ 정도를 걸어도 그렇게 힘들지 않다. 날아갈 듯하다는 것이 바로 이런 것인가? 내 몸은 이미 걷는데 완전히 적응되어 있다. 워킹 하이 상태가 지속되고 있어 힘들지도, 피곤하지도 않다. 오늘이 마지막이니 이제 힘을 아낄 필요도 없다.

운무가 심하고 이슬비가 약간 내리는데 우의를 입을 정도는 아니다. 처음에는 어제 들어왔던 코스의 반대로 가면 된다. 30여 분 걷다 삼거리에서 묵시아 방향 이정표를 잘 봐야 한다. 이정표가 크지 않아 어두울 때는 특히 주의해야 한다. 날이 밝을 때까지만 헤매지 않으면 그다음은 어렵지 않다. 이

피스테라와 묵시아 중간의 리레스 바

른 새벽이라 이정표가 잘 보이지 않고, 물어볼 사람도 없다. 이럴 땐 구글 지도를 잘 활용할 수 있어야 한다.

묵시아(M) 방향과 피니스테라(F) 방향 이정표가 군데군데 길잡이를 하고 있다. 8시 넘어서도 깜깜하여 잘 보이지 않는데 한 시간가량 가면 오르막이 은근히 길어 여기서 땀이 많이 흐르지 않게 가야 한다. 옷을 입거나 벗어서 땀이 나는 정도를 조절할 수 있어야 한다. 운무 속에서 좌우로 보이는 건 소나무와 전나무 숲이 대부분이다. 두 시간가량 가면 왼쪽에 바다가 보이고, 소나무와 유칼립투스 조림지가 크게 보인다.

서쪽으로 내려오면서 수종이 변하는 걸 확실히 알 수 있다. 도토리나무는 줄어들고 소나무, 전나무와 유칼립투스가 주를 이룬다. 가장 많은 3종의 나무가 원래부터 많은 건지, 인공조림으로 많아진 건지는 모르겠다. 순례길에서 보이는 건 대부분 인공조림지이다. 길을 걷다 보면 가끔 길가 잡풀을 정리하는 인부들을 볼 수 있다. 순례길 정비에 많은 공을 들이고 있는 스페인 정부의 노력은 높이 평가해주고 싶다.

길을 걸으면서 얼마 전부터 찾고 있는 게 하나 있다. 한두 장의 사진으로 이곳 시골 풍경을 설명할 수 있는 배경을 계속 찾아왔다. 완벽하지는 않지만 근접한 곳을 발견했다. 아래 사진 두 장이 이곳 시골 풍경을 어느 정도 대변해주는 것 같다.

마을 입구 작은 목장에서 소들이
풀을 뜯고 있고, 뒤로 집이 몇 채
보인다. 작은 마을을 중심으로 앞
에는 옥수수밭, 수확이 끝난 밀밭
등 농토가 있고, 뒤로는 나지막한
야산이 둘러싸고 있다. 뒷산에는
갈리시아에서 가장 많이 마주치는
도토리나무, 유칼립투스, 소나무
숲이 보인다. 집 앞뜰에는 무화과,
사과, 감귤 등 유실수가 심겨 있다.

갈리시아 지방의 농촌 풍경

두 번째 사진은 갈리시아 지방에
서만 볼 수 있는 오레오Oreo, 즉 곡
물 건조 창고다. 오레오는 이곳 시
골 마을의 전통인 양 한두 개씩 남
아 있는 곳이 가끔 보인다. 첫 번째
사진에서 옥수수밭 앞을 논이라고
하면 우리나라 시골 어느 마을이라

곡물저장 창고, 오레오

고 해도 믿을 것 같다. 스페인 농촌 마을은 우리들의 시골 모습과 흡사한데 나
무와 유실수 종류만 약간 차이가 난다. 그래서 더 정감이 가는지도 모르겠다.

9시가 넘으면서 반대쪽에서 오는 사람들을 만나게 되는데, 중간지점인 리
레스 바Lires bar를 지나면서 더욱 많아진다. 묵시아에서 시작해 피스테라를 거

돌이 많은 묵시아

쳐 산티아고로 가는 사람들도 꽤 많이 있는 것 같다. 9시 40분경 리레스 바에
서 잠깐 쉬면서 스탬프도 찍었다. 여기 스탬프가 있어야 묵시아에서 인증서
를 주기 때문에 반드시 받아야 한다. 피스테라에서도 인증서를 준다는데 늦
게 알아서 챙기지 못했다. 피스테라, 묵시아 코스는 생각하지도 않고 있다가
급하게 추가하다 보니 정보가 많이 부족한 탓이다.

오늘 코스는 중간에 마을도 별로 없고, 특히 바가 거의 없기 때문에 그걸
감안해서 계획을 짜야 한다. 먹을거리를 그렇게 많이 챙기지 못했는데 다행
히 중간에 복숭아가 많이 떨어져 있어서 큰 어려움은 없었다. 어제 주운 밤을
삶아서 주머니에 넣고 계속 먹은 것도 크게 도움이 되었다. 먹을거리가 널려
있어 그것을 잘 활용하는 것도 하나의 요령이다.

목적지인 묵시아가 가까워지면서 시원한 바다가 보이기 시작한다. 섬이
하나도 없이 앞이 확 트였고, 물이 맑고 깨끗해서 물속 바닥까지 다 보인다.

묵시아는 돌로 된 지역인 모양이다. 크고 작은 바위가 사방에 널려있고, 농경지 경계면은 모두 돌로 되어있어 제주도를 연상시킨다. 이국적인 느낌이 강해 하루쯤 묵으면서 마을 전체를 돌아보는 것도 괜찮을 것 같다. 정말 아름답고 멋진 곳이다.

묵시아 바닷가에 있는 유조선 사고 조형물

해변에 서 있는 높이 11m, 무게 400톤에 달하는 대형 조형물이 이곳의 아픈 과거사를 말해주고 있다. 2002년 11월 묵시아 앞바다에서 유조선이 두 동강으로 파손되고, 기름이 대량 유출되는 사고가 있었다고 한다. 이 조형물은 그 사고를 기리는 작품이다. 바다에서 발생하는 기름 유출 사고가 얼마나 치명적인지는 우리도 2007년 12월 태안 앞바다 유조선 충돌 사고를 통해 잘 알고 있다. 당시 현장에 나가 기름을 닦았던 기억이 새롭다.

길의 끝이라는 묵시아, 까미노 0km 지점. 성모 마리아가 야고보를 도왔다는 곳. 피스테라와 마찬가지로 더는 갈 곳이 없다. 앞은 끝없이 펼쳐진 망망대해, 멀리 파란 수평선이 아름답게 보인다. 멋진 묵시아에서 하루 정도 쉬고 싶었는데 그냥 나온 것은 두고두고 아쉬움으로 남는다. 어제 피스테라는 날씨가 흐려 아쉬웠는데 오늘은 어제보다는 조금 낫다.

마지막 목적지에 도달하면 마음이 허해진다. 성취감도 있지만, 그와 함께 뭔가 허탈한 마음도 같이 든다. 인증서를 받아보니 더 실감이 난다. 뭔가 하

유조선 조형물과 대서양

나를 이룬 느낌이 든다. 이것으로 이번 순례는 마무리하려 한다. 내일은 휴식이다. 산티아고 구경도 하면서 정오 미사에 참석해 까미노와의 이별을 준비하련다.

915㎞! 34일 동안 생장에서 출발해 산티아고를 거쳐 피스테라, 묵시아까지 왔다. 참 많이도 걸었다. 내 두 다리가 고생을 많이 했다. 잘 버텨준 허리도 기특하다. 출발할 때부터 걱정을 많이 했는데 묵직함이 느껴지지만, 잘도 참아주었다. 이 정도 걸었으면 많이 지쳤을 텐데 피곤함도 느껴지지 않는다. 아직도 워킹 하이 상태가 지속되고 있다. 몸은 가볍고, 마음은 텅 비어 있는 듯하다.

긴장이 풀린 탓일까? 묵시아에서 버스를 타기 직전 들어갔던 식당에 스틱을 두고 왔다. 잃어버리고 기분 좋을 때도 있다. 돌아갈 때 짐을 줄여야 하는데 순례길 끝나자마자 잃어버렸으니 얼마나 다행인가? 중간에 잃어버렸더라면 엄청 힘들었을 것이다. 나는 누구보다 스틱을 많이 활용하기 때문이다. 누군가 요긴하게 쓰면 그걸로 만족이다. 행운이 많이 따라주는 스틱이니 누군가 잘 쓰길 바라며 작별을 고한다.

스틱아, 잘 있거라. 그동안 고생 많았다. 정말 정말 고마웠다.

젊은 친구들과는 카톡으로 소식을 주고받고 있다. 재호와 세정이는 포르투로, 도영이는 바르셀로나로, 아름이는 나보다 하루 늦게 똑같은 코스를 명철이랑 같이 걷고 있다. 뿔뿔이 흩어져 각자의 여행을 즐기느라 볼 수가 없으니 헤어졌다는 실감이 더 크다. 그들과 헤어지고 나서 한국인을 딱 한 명 만났다. 무척 외롭다. 시간이 해결해 주겠지 생각하고 지내고 있다. 얘들아, 한국에서 보자꾸나.

산티아고에 도착해 버스에서 내리자마자 포르토마린에서 만났던 이승렬 선배를 만났다. 묵시아에 가려고 버스를 기다리는 중이란다. 구세주를 만난 기분이다. 사실 며칠간 마음이 편치 못했다. 아내의 신용카드를 가져오는 바람에 현금 인출이 되지 않아 현금이 거의 바닥난 상태다. 묵시아에 머물지 못하고 산티아고에 올라온 것도 누구든 한국 사람을 만나면 사정을 말하고 현금을 확보하려는 것이었다.

버스를 타고 오는 내내 산티아고에 오면 누구든 한국 사람만 만나길 고대하고 있었다. 다행히 비상금이라 생각하고 한국 돈을 챙겨왔었다. 돈 쓸 일

아름다운 묵시아 전경

이 별로 없더라도 현금이 없으면 마음이 불안하다. 그런 상황에서 선배 부부를 만나자 너무도 반가웠다. 뵙고 인사를 하자마자 사정 얘기를 하니 흔쾌히 허락하신다. 한국 돈을 유로화로 바꿨다. 거듭 감사의 말씀을 드렸다.

나는 참 운이 좋은 모양이다. '만날 사람은 반드시 다시 만난다. 간절히 원하면 이루어진다.'라는 까미노의 매직은 계속된다. 필요한 시기에 필요한 사람을 만날 수 있는 것도 큰 행운이다. 그것도 이국땅 산티아고에서……. 이것이 까미노다. 마지막 순간에 까미노의 매직을 실감하며 마무리한다. 이 얼마나 큰 행운인가? 이 또한 님의 뜻으로 받아들이고 싶다. 감사합니다!

순례길 회상 : 눈물의 의미

순례길을 걷다 보면 눈물을 참 많이 흘리게 된다. 평소에는 생각지도 못할 만큼 많이 흘린다. 내가 눈물이 많은 편인지, 적은 편인지는 잘 모르겠다. 기쁨의 눈물인지, 슬픔의 눈물인지도 모르겠다. 그냥 나온다. 멀리 가신 내 임들이 그립고, 보고 싶어질 때가 많다. 허허벌판을 혼자 걷다 보면 임들이 생각나고, 하늘의 별을 보거나 구름을 보고도 생각난다. 눈물 날 일은 생각하지 말자고 하면서도 어느새 또 생각하고 있다.

초등학교 들어가기 전, 아버지 회갑 때 찍은 사진이 부모님과의 유일한 사진이다.

과자를 훔쳤다는 누명을 쓰고 아버지까지 읍내 가게를 여러 번 왔다 갔다 한 적이 있다. 초등학교 2학년 시절, 아무리 아니라고 소리 질러도 소용이 없었다. 나는 그때 친구 이름만 말하면 끝날 수 있었다. 하지만 차마 내 입으로 그럴 수는 없었다. 내가 할 수 있는 건 '나는 아니라고, 나는 하지 않았다'고 절규하는 수밖에 없었다.

그날 집으로 돌아오는 길은 왜 그리도 멀게 느껴졌는지. 아버지 뒤를 졸졸 따라 걸어오는 길이 천리만리 멀게만 느껴졌다. 아버지는 단 한마디도 하지 않고 걷기만 하셨다. 그래서 더욱 힘들었다. 아마도 얼마를 물어주고 해결하는 것 같았다. 얼마를 지불했는지는 모른다. 한숨 소리가 긴 걸로 보아 상당히 부담되는 금액이었을 것으로 추측할 뿐이었다. 말 한마디 없이 걷기만 하셨던 아버지의 속마음은 어떠하셨을까? 한숨만 내쉬면서 하늘을 응시하고 걸으시던 그때 아버지를 생각하면 가슴이 무너진다.

어머니도 마찬가지셨다. 평생 자식을 위해 기도만 하다 가신 분이다. 지금 생각해보면 어머님의 기도는 소름이 끼칠 정도로 강력한 힘을 발휘했다. 기도하면서 중얼거리는 걸 들어보면 결혼 전에는 우리 막둥이 좋은 직장 가게 해달라고 하셨고, 시험에 합격한 뒤에는 좋은 색시 만나 잘 살게 해 달라고 빌고 또 비셨다. 결혼 후에는 아들딸 잘 낳아 복 많이 받게 해달라는 것이었고, 딸만 둘 낳아 기르고 있을 때는 떡두꺼비 같은 아들을 낳게 해달라고 또 비셨다.

그리고 그렇게 원하시던 손주가 태어나고 3주 뒤에 멀리 떠나셨다. 이제 기도할 것이 없으셨나 보다. 추운 겨울 어느 날 당신의 역할은 여기까지라는 듯 미련 없이 가셨다. 기도한 것을 모두 이루고 난 뒤였다. 별 욕심 없이 사시는 분이라 생각했는데 지나고 보니 그게 아니었다. 당시에는 몰랐다. 어머니의 기도가 그렇게 강력한 힘을 발휘했는지를. 까미노를 걸으며 곰곰이 되돌아보다 깜짝 놀랐다. 세상 물정 아무것도 모르는 듯 사시면서도 자식을 위한 욕심만은 누구도 따를 수 없었다. 생각할수록 강한 분이셨다.

아버지께서 돌아가신 후 그 역할을 하셨던 큰 형님도 그리워진다. 전형적인 촌로로서 농사밖에 모르고 평생을 사셨다. 막내만은 꼭 대학에 보내라는 아버지 말씀을 실천해 주셨다. 우리 형제 중 나 혼자만 대학을 나왔다. 그 어려운 와중에도 술을 드신 아버님이 큰형님한테 늘 하셨던 말씀, '막내만은 대학에 보내라.' 그 모습이 지금도 눈에 선하다.

형님은 넉넉하지 못한 형편 속에서도 내 등록금과 학비는 꼭꼭 챙겨주셨다. 내가 시험에 합격했을 때 당시로는 거금이었던 백만 원을 쥐여주면서 그냥 기쁨의 눈물만 흘리셨다. 감정 표현도 잘 못하는, 오직 농사일만 하던 전형적인 농사꾼이셨다. 바로 손위 형은 너무 일찍 멀리 떠나셨다. 내가 대학에 합격했을 때 자기가 대학생이 된 양 기뻐했는데……. 말은 별로 없으면서 묵묵히 도움을 주었던 순박했던 형. 보고 싶다, 형!

너무 어려서 가버린 우리 미경이 생각도 참 많이 난다. 초등학교 4학년 때 학교에서는 점심시간마다 옥수수빵을 나눠주었다. 나는 그걸 남겨서 조카에게 가져다주는 것이 큰 즐거움이었다. 그날도 들뜬 마음으로 학교에서 돌아오니 익사했다는 것이다. 한동안 멍하니 서 있었다. 이제 네 살밖에 안 된 그 어린 것이, 그 예쁜 조카가 사라졌다는 것이 믿어지지 않았다. 너무 어린 나이에, 너무 허망하게 가버린 조카 생각에 또 눈물이 난다.

84년 LA올림픽에서 레슬링 금메달을 따고 시상대에 선 김원기 선수

늘 반갑게 맞아주시던 장인, 장모와 처남 생각에 옛 추억들이 떠오른다. 가능하면 좋은 추억들만 생각하려 하지만 그게 그렇게 잘 안된다. 몇 년 전 가버린 원기 생각도 참 많이 난다. 1984년 LA올림픽에서 금메달을 땄지만, 늘 겸손하게 살면서 봉사활동을 많이 하던 아우다. 치악산에서 등산하다 심장에 문제가 생긴 것이란다.

젊었을 때 운동을 많이 한 사람들은 꼭 기억해야 할 게 있다. 한창 운동할 때처럼 평생 건강할 것이라는 착각 속에서 살면 안 된다. 그때의 건강이 평생 가는 것이 아니라는 것을 깨달아야 한다. 그 건강과 젊음을 유지하기 위해서는 엄청난 노력과 인내가 필요할 것이다. 늘 그랬듯이 거수경례하면서 '형님' 하고 원기가 달려올 것만 같다.

친구 옥현이도 생각나고, 후배 종이와 상택이도 그리워진다. 호주에 가 있던 2년 동안 군에 근무 중이던 옥현이는 심장마비로, 종이는 미국에서 익사

사고를 당했다. 호주에 잘 다녀오겠노라고 얘기하자 자기도 곧 미국으로 떠난다고 인사한 게 종이와의 마지막이 되어버렸다. 상택이도 산에서 심장마비로 떠나갔다.

애들레이드에 있을 때 가장 가까이 지내던 승모는 올해 초 암으로 떠났다. 잘살아 보겠노라고 호주까지 갔는데 너무 안타깝다. 2년 전 결혼 30주년 기념으로 호주에 다녀왔었다. 브리즈번 공항에서의 인사가 마지막이 되었다. 실눈웃음 지으며 그가 다가올 것 같다. 그와 함께했던 애들레이드 시절이 그리워진다. 모두 너무 가까이 지내던 사이였는데 꽃을 피우지도 못하고 가버렸다. 내일은 정오 미사에 꼭 참석하려 한다. 가신 내 임들을 위한 기도로 산티아고 순례를 마무리하련다.

우리 가족들 생각도 참 많이 나고, 보고 싶다. 그중 네 살짜리 손녀가 가장 많이 생각나고, 보고 싶다. 가끔 영상통화를 하지만 그래도 보고 싶다. 30년 이상을 같이 한 아내도 보고 싶다. 그동안 고생 많았다고 꼭 껴안아 주고 싶다. 큰딸, 작은딸, 아들과 사위도 보고 싶다. 이제 며칠 남지 않았지만 그래도 가장 많이 생각나는 건 내 가족들이다.

내일 정오 미사에는 기도할 것들이 참 많다.
가신 내 임들을 위해서 기도하련다. 그곳에서 행복하라고…….
내 가족과 친지, 친구, 그리고 지인들을 위해서도…….
늘 건강하고 행복하게 해달라고…….

나와 인연을 맺은 모든 사람이 나와의 인연이 후회되지 않도록…….

글을 마치며

　책을 출간한다는 것이 얼마나 힘든 일인지 처음 알았다. 글을 쓴다는 게 이렇게 어려운 일인 줄 알았더라면 처음부터 시작하지 않았을 것이다. 순례와 관련된 자료를 수집하고, 스페인 역사를 공부하고, 순례 역사를 알아가는 게 보통 어려운 일이 아니었다. 팜플로나를 얘기할 때는 헤밍웨이를 알아야 했고, 오르비고 다리를 논할 때는 『돈키호테』의 저자 세르반테스를 알아야 했다.

　한편으로 책을 출간한다는 것이 자기 발전에 얼마나 큰 도움이 되는지도 처음 알았다. 순례기를 쓰면서 까미노를 수십 번 걸은 기분이었다. 처음 쓰면서 걷던 순간을 회상하고, 내용을 보완하면서 또 회상하게 된다. 글을 다듬으며 까미노를 걷던 그 순간이 생각나 희열을 느끼고, 옛 기억이 되살아나 눈물 흘리게 된다. 콤포스텔라를 받아들고 기뻐하던 순간, 워킹 하이를 느끼며 걸었던 환상적인 해안길은 나를 더욱 들뜨게 한다.

　이번에 글을 쓰면서 고마운 분들이 참 많다. 처음부터 끝까지 초고를 다듬어준 영길 형, 처음에 큰 틀에서 봐준 인 선생, 제3자의 입장에서 하나하나 지

적해준 지혜, 처음부터 끝까지 자기 글처럼 다듬어준 대구의 허 선생, 투고 이후 전체 글을 꼼꼼히 수정해준 종완이도 정말 고맙다. 글을 쓰는 내내 옆에서 격려해준 아내와 가족들, 환경산업진흥원 직원들에게도 고마움을 전하고 싶다. 사진 작업을 도와준 직원, 수정할 때마다 출력하고 제본하느라 고생한 직원들도 정말 고맙다. 사진을 흔쾌히 제공해준 까미노 후배 이 원장과 영철 형, 책 쓰는 요령을 알려준 전 선생, 출판을 위해 혼신의 힘을 다해준 김 대표와 신 선생께도 감사의 말씀을 드리고 싶다. 추천사를 흔쾌히 허락해준 엄홍길 대장과 산티아고에서 인연을 맺은 재호, 세정, 아름이와 도영이도 무척 고맙다.

출간이 끝나면 나는 다시 까미노에 서려고 한다. 아내가 가는 길에 나는 가이드로 가는 것이다. 내 글을 읽고 아내가 산티아고에 가고 싶다는 소망을 얘기했다. 일단 한 사람은 성공한 셈이다. 내 책을 읽고 산티아고에 가고 싶어지는 사람이 많아지기를 바라며 이 글을 썼으니 말이다.

그래서 베트남〉〈가벼워져서 돌아올게요〉〈그래서 프랑스〉

여행을 생각한-데이

소율 지음

송수연 지음

김미연 지음

우리는 왜 여행을 떠날까?

멋진 산과 바다, 아름다운 건물, 낯선 사람과의 만남 속에서 나를 찾는 것이 여행이다.

누군가와 같이 여행을 떠나는 것은 그 사람을 여행하는 것과 같다.

'여행을 생각하다'는 여행을 통해 행복한 시간을 보내고 싶은 사람, 다음 여행을 더 잘하고 싶은 사람을 위한 이야기를 담았다.

〈그래서, 베트남〉
느리게 소박하게 소도시 탐독

〈가벼워져서 돌아올게요〉
무거운 나를 위한 스무가지 질문여행

〈그래서, 프랑스〉
프랑스어 선생님이 들려주는 진짜 프랑스 이야기

 서울특별시 마포구 토정로 222, 한국출판콘텐츠센터 401호 T.02-323-5609

엄홍길휴먼재단
UM HONG GIL HUMAN FOUNDATION

세계 최초 히말라야 8,000M급 16좌 완등!
도전 그리고 희망의 아이콘, '엄 홍 길'

세계의 도전, 그 간절함을 가지고 설립된 '엄홍길휴먼재단'은
열악한 환경 속에 있는 히말라야 아이들을 위해
네팔 오지마을에 16개의 휴먼스쿨을 지었고
현재 3개의 학교를 건립하고 있습니다.

19개 휴먼스쿨 건립사업과 더불어 휴먼스쿨 교사지원,
도서관 및 컴퓨터실 건립, 기숙사 및 다목적 체육관 건립,
히말라야 휴먼 장학금 지원, 엄홍길휴먼재단 병원 건립 등을
지속적으로 시행하며 네팔 청소년들이 배움을 통해
꿈과 희망을 키워갈 수 있도록 노력해오고 있습니다.

또한 산악인 유가족 지원, 엄홍길 대장과 함께하는 DMZ 평화통일대장정,
엄홍길배 전국 청소년 스포츠 클라이밍대회 및 우수인재 육성 지원,
엄홍길 대장과 함께하는 강북구 청소년 희망원정대 등
다양한 공익프로그램을 실시하고 있습니다.

세상을 바꾸는 유일한 희망인 '교육'

국내외 청소년들이 내일의 희망을 꿈꿀 수 있도록 지원하는
엄홍길휴먼재단의 발걸음에 동참하여
여러분의 '희망'을 전달해 주세요!

우리은행 1006-880-008848 (재단법인 엄홍길휴먼재단)